读客®

全球顶级畅销小说文库

全球文化，尽收眼底；

顶级经典，尽入囊中！

你要
像喜欢甜一样
喜欢苦

[美] 斯蒂芬妮·丹勒 著
孙璐 译

Stephanie Danler

SWEETBITTER

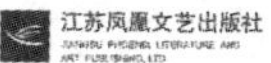

江苏凤凰文艺出版社

献给我的祖父母

玛格丽特·巴顿·费雷罗

詹姆斯·维切利·费雷罗

爱欲之神

再度赐我苦乐旋涡

像不知名的生物

悄然潜入

我肢体怠惰

难以逃脱

——《爱欲之苦乐》，萨福[①]，由安妮·卡森译成英文

“现在，让我们从哲学的角度解读味道中的快乐与痛苦。”

——《味觉生理学》，布里亚-萨瓦兰[②]

---

① 萨福（Sappho，约前630或612—约前592或560），古希腊著名的女抒情诗人。

② 布里亚-萨瓦兰（Brillat-Savarin，1755—1826），法国法学家、政治家，因写作了一篇诙谐的关于吃的艺术的论文《味觉生理学》（The Physiology of Taste）而闻名。

目　录

夏

Summer

第一章

你一定能培养出味觉。

味觉是舌头对味道的记忆，让人总有描述食物质感的欲望。当饮食成了门学问，无法摆脱语言的时候，吃喝就不再是单纯的吃喝了。

我至今也没有搞懂，成为“侍者”究竟意味着什么。当然，侍者是个职业，但不止于职业。这份工作看上去并不复杂，干了这一行，就得暂时搁下平常人的种种梦想，不奢求晋升，也无须害怕降级，听人使唤，意思就是当个服务员。

侍者赚的是快钱，一晚过去，到手的钞票可多可少，没有定额。你可以把这份职业当成跳板，实现一些更具体的目标和更坚定的理想。二十二岁的我被那家餐馆雇用的时候，对这些道理已经明了大半。

这其中自有吸引人的地方：做侍者有钱拿，又有安全感，让我边为人服务边静待时机。我没有料到的是，时代对这个行当偏见太大，在它四周竖起狭小的围栏，围栏之中再无他物，等你逃出牢笼，记忆中仅剩一片短暂模糊的疯狂。九成做过服务员的人，不会在简历中提到这段生涯，即便偶尔谈起，也会视其为人生中浑噩度日的迷惘时期和体验苦难的纪念章，将它与经历地震、应征入伍相提并论。总之，实在乏善可陈。

和别人一样，我是开车来到这儿的。车里塞满我觉得有意义，其实却是垃圾的破烂玩意儿，过不了多久，我就会把它们丢到街上：一摞即将过时的DVD，一只装着数码相机和胶片相机的箱子——是我这个一直没出名的摄影天才的创作工具，一本我没能读完的《在路上》，以及一盏从沃尔玛买的现代风格瑞典台灯。从一个小得连地图上都找不到的地方一路开出来，旅途漫长，完全靠摸索。

大家都是一身轻松来到纽约的吗？恐怕不是。穿越哈德逊河的时候，我觉得好似横渡忘川[①]，浊水滔滔的遗忘之河，忘记了我有一个老是在我清晨醒来之前就已经开车出门的母亲，还有一个喜欢在家里各个房间悄无声息穿行的父亲；忘记了游行般从我人生中列队闪过的各色人物，无论我说什么，他们总听不明白；也忘记了我曾怎样驶过干涸田野中的土路，头顶星空逼仄，内心混沌空虚。

是的，我来这里是为了逃避，可究竟要逃避什么？无聊的橄榄球赛和教会活动？死气沉沉的小巷尽头凋敝的低矮住房？读本地报纸、吃盒装甜甜圈的千篇一律的早晨？还是这种平淡无奇、令人感伤的生活本身？答案并不重要，我也永远不会想出确切的回答，因为与大多数人一样，我的生活总是在不知不觉中前进，而且必定是向前的。

不妨这样说，二〇〇六年六月下旬的一天，上午七点，我在乔治·华盛顿大桥[②]上重获新生：那一刻，天色刚刚破晓，太阳在地平线附近逡巡，朝霞的耀眼尖角遍布天空，恼人的交通拥堵也尚未拉开

① 忘川，Lethe，希腊神话中冥界五河之一，饮其水万事皆忘。

② 横跨哈德逊河的悬索桥。

序幕，我的车窗已经放下，收音机里恰好播放着一首乐观得不切实际的流行歌曲，新生活仿佛在我眼前展开，展开，展开。

酸：柑橘汁、薄皮儿的梅尔柠檬、满身疙瘩的卡菲尔酸橙，都能让你的嘴巴皱起来。还有浓缩酸奶和醋。厨子的料理台上都备有柠檬，盛在品脱桶里。每当主厨大叫“这个得酸！”，他们就把柠檬精华加到菜里，用爱抚般的酸涩激发食物的活力。

我不知道收费站是什么。

“我真不知道，”我对收费站里的女士说，“这一次就让我过去吧。”

岗亭里那个女人不为所动，稳如屹立千年的埃及方尖碑。我后面那辆车的司机开始按喇叭，接着，他后面那辆车的司机也开始按喇叭，按得我直想蹲在方向盘下面。收费员指挥我开到边上的车道，我顺着这条车道左转右拐，最后发现自己正面对来时的方向。

我在一片工业区街道组成的迷宫中停下车，那里的道路看上去一条比一条更能把我引入歧途。虽然这很荒唐，但我就是连一台ATM机都找不到，只好原路折回。我把车停在一家唐恩都乐[①]门口，从那里的ATM机上取出二十美元，瞥了眼账户余额：$146.00。我上了个厕所，洗了把脸。**就快到了**，我对着镜子里自己的苦瓜脸说。

“能来一份大杯榛果冰咖啡吗？”我说。柜台后面那个男人喘着粗气，仅凭眼神就能将我碾碎。

---

① 一个快餐连锁品牌，主打商品为甜甜圈和现磨咖啡。

“你又来啦？”他找给我零钱。

“你说什么？”

“你昨天来过，也买的这种咖啡。”

“没有。我——没——来——过。”我摇着头，一字一顿地说。我想象自己昨天、明天、新生活的每一天都把车停在他妈的新泽西州的唐恩都乐门口，走进店里买榛果咖啡，顿觉恶心。“我没来过。”我又说了一遍，当然没忘记配上摇头的动作。

“我又来啦，是我呀。”我得意地放下车窗，对收费站岗亭里的女人说。她扬起一边眉毛，大拇指钩住裤腰鼻。我摆出满不在乎的样子把钱给她：“现在我能过去了吗？”

咸：遇到它，你嘴里会自动分泌口水。布列塔尼的雪片盐入口即化。喜马拉雅山的粉红盐，灰扑扑的大块日本粗盐。主厨掌中无尽流淌的犹太盐。盐的用量最难把握，似乎总差那么一小撮，但味蕾被它引爆时的感觉是致命的。

布赖恩是我朋友的朋友的朋友，他有间闲置的卧室对外招租，月租金700美元，房子在威廉斯堡街区。纽约城目前正被一股残暴的热浪掌控，皇后区及其周边因为停电而热死人的新闻登上了报纸头条。警察向居民分发冰袋，但这种形式的慰问品实在太容易蒸发了。

宽敞的街道空空荡荡，我把车停在罗布林街。已经是下午三点左右，马路上没有多少阴凉，大小商铺也似乎没在营业，我只好步行前往贝德福德大道，找寻生命的迹象。我发现一家咖啡馆，想进去问他们需不需要咖啡师。透过窗玻璃，我看到店里坐着几个玩笔记本的小孩，薄嘴唇上穿着环，面容憔悴，貌似比我老很多。我曾向自己保证，要迅速找到工作，不能想太多——女招待、咖啡师，无论他妈的什么活儿，只要让我有个地方待着就行，可当我的大脑告诉自己“把门推开”时，我的手却表示反对。

河岸边的高楼大厦层层叠叠，从低矮的楼群里冒出来。相形之下，那些低矮的建筑就像画中的败笔，被橡皮擦掉了脑袋。一块锈迹斑斑的美孚汽油广告牌立在一片杂草丛生的荒地旁，吱吱响动，与远处的高楼对比，俨然末日景象。

我的新室友把钥匙寄存在公寓附近的酒吧里，他白天在市中心一个办公室上班，没法和我见面。

克莱姆酒吧所在的街角很亮堂，店面却像个黑洞，空调好似柴油发动机一样轰隆隆地运转，我进门时，它还往我头上淋下一滴液体，好似神圣的膏抹。我在气流中站定，眨着眼睛，努力适应室内的昏暗。

一位酒保背靠后橱，身体悬空，脚蹬在吧台上，上身套一件满是补丁和铆钉的牛仔背心，里面光着膀子，什么也没穿。两个穿黄色印花连衣裙的女人坐在他面前，捻动插在大杯饮料里的吸管。没人和我搭话。

“钥匙，钥匙，钥匙。”听到我问他，酒保念叨起来。这家伙不光有体臭——我走近时，那股味道扑面而来——身上还文着许多恶魔图案，瘆人得很。他肋条外面的皮肤仿佛是胶水粘上去的，紧贴骨头，两撇八字胡是标准的猪尾巴形状。他拖出一本登记簿，甩到吧台上，在台子下面的抽屉里翻找。抽屉里堆着好几沓信用卡，还有外国零钱、信封、收据什么的，夹子里的钞票随着他的动作颤抖跳跃。

“你是杰西的朋友？”

“哈，”两个女人中的一个在吧台那头说，她举起饮料杯，抵在脑门上来回滚动，“有意思。”

“房子在南二街和罗布林街的交叉口。”我说。

“你觉得我像狗日的房产中介吗？”他朝我抛出一大串钥匙，钥匙圈上还挂着彩色的塑料标签。

“哎呀，别吓唬她。”另一个女人说。这两个女的看长相不像姐妹，但都胖嘟嘟的，肉肉的脖子从低矮的领口伸出来，活像船头的艏饰像。一个发色浅，另一个发色深——我这才发现，她们的裙子一模一样。两人交头接耳，开始嘀咕一些只有她们听得懂的笑话。

怎样才能在这种地方待下去？我想。不是别人适应我，就是我适应别人，总有一方需要改变。这时，酒保突然蹲下了。

“非常感谢你，先生。”我对着眼前的空气说。

“哦，不客气，女士。”他忽地冒出来，朝我挤挤眼，打开一罐啤酒，掀起八字胡，伸出舌头，贴着罐口舔了一圈，眼睛一直瞅着我。

“好了，”我边说边往后退，“呃，我也许还会来的，喝一杯……什么的。”

“恭候大驾。”他说，转过身，体臭在空气中久久不散。

就在我跨出门槛，准备回到大太阳底下的时候，听见其中一个女人说：“噢，上帝。”又听见酒保说：“该死的邻居走啦。”

甜：颗粒，粉末，棕褐色。黏稠，如蜂蜜，似糖浆，浑厚的汁液包裹唇舌。甜，让我们放纵迷醉，是最早使人上瘾和渴望的味道，尽管我们已经驯服了它的野性，但鲜美的桃汁依然蕴含山洪暴发般蛮荒的冲击力。

我不记得自己为什么去了那家餐馆。

我记得——历历在目——那家餐馆在第十六街，门面狭窄，对面的咖啡厅装潢中规中矩，以蓝绿色调为主。餐馆旁边就是“蓝水”烧烤餐厅，两家店之间的夹道里摆着成排的垃圾箱，还有家杂货店，放着两张供顾客喝啤酒的小牌桌，总有穿制服的餐馆侍者跑过去买“欧托滋”薄荷糖和能量饮料。

上菜的间歇，厨师纷纷钻进夹道抽烟，自动站成一排，还有人躲在墙凹里吸大麻，伸脚去踢在垃圾堆里乱窜的老鼠。站在夹道里望进去，入眼的是停车场狭长的轮廓。

店主创办这家餐馆的时候，看到的是什么？当然是未来。

我到餐馆上班之后，从同事那里听来许多故事。他们说，八十年代，没人愿意去联合广场，只有几家出版社搬了过来，可如今另一个城市取代了原来的纽约城：全食超市[①]、巴恩斯和诺布尔书店[②]、百思买[③]——这些新地方恰好盖在旧纽约头顶上。现代人在罗马修了条地铁，结果发现了完整的古文明遗址，古代罗马城里什么人都有：艺术家、政客、裁缝、理发师、酒保……所以，要是你在第十六街原地开挖，一定能发现比现在年轻的我们，还有好些旧物件。当然，如果你挖到了停车场里的老流浪汉，他们肯定也比现在年轻。

一九八五年餐馆成立，第一批侍者来面试时看到的是什么？在他们眼中，这里像个小酒吧、烧烤店还是小餐厅？后厨那时供应的就是意大利菜、法国菜和当时无人认可的新兴美式菜肴的混合体吗？餐馆自创的多国风味大杂烩获得了顾客的青睐，是否是个意外？我向老侍者提出这些问题，他们说，店主的初衷就是营建一家前所未有的餐

① 全食超市（Whole Foods Market），一家大型连锁超市。

② 巴恩斯和诺布尔书店（Barnes & Noble），美国最大的零售书商，已在全美开设了六百多家分店。

③ 百思买（Best Buy），美国连锁家电商场。

馆，他们都认为，每当走进这里，感觉就像回到了家。

苦：总是有点出人意料。咖啡、巧克力、迷迭香、柑橘皮、葡萄酒。苦，也能让我们放纵迷醉，中毒上瘾。每逢尝到苦味，嘴巴依然会迟疑犹豫，但在我们的敦促下，口腔总会适应，然后便是享受。

因为笑得太多，面试结束时，我的嘴角就像被帐篷钉钩住了一样疼。那天我穿了黑色的背心裙和开襟绒线衫（有点起球），这是我最保守和最职业化的一套行头。我包里有一大摞折叠好的简历，我的底线计划——在危机感的驱使下，我不得不逼迫优柔寡断的自己做此打算——是，逢餐馆必进，直到人家愿意雇用我为止。我问室友该去哪里找工作，他说，纽约最好的馆子在联合广场。出地铁不到一分钟，我绒线衫的腋窝部位就被汗水溻出几个巨大的半月形，可我的背心裙是低胸的，上半身露得太多，不能脱掉套在外面的绒线衫去面试。

“你为什么选择纽约？”餐馆的总经理霍华德问。

“我还以为你会问我为什么选择这家餐馆呢。”我说。

“先说说你为什么选了纽约吧。”

书本、电影和《欲望都市》只告诉我“应该”如何回答这个问题。“我一直梦想住在这里”，小说和影视作品里的人物都会这么说，还会刻意强调“梦想”这个词，拖着长音，让它听上去真实。

很多人告诉我：我来这里是为了做歌手/舞者/演员/摄影师/画家。我来这里是为了变得强大/漂亮/有钱。他们的言外之意，恐怕可以用一句话总结：我留在这里，想变成别人。

我回答：“对我来说，好像没有别的选择，还能去哪儿呢？”

“啊，”他说，“是一种召唤，对吗？”

就是这样。**啊**。我觉得他明白，我没有无穷尽的选择，世界上只有这一个地方，大到足以容纳如此之多肆无忌惮、漫无边际的欲望。**啊**。也许他知道，我是如何幻想过上一种二十四小时昼夜不息的生活。也许他知道，过去的我有多么无聊。

霍华德不到五十岁，方脸盘，面相斯文，微微秃顶，那肿胀的眼泡告诉我，他并不需要太多睡眠。他体格健壮，腆着发福的肚子，四平八稳地站在那里，眼神明智审慎，指头敲打着雪白的台布，估量着我的价值。

“你的指甲保养得很好。”我看着他的手说。

“工作需要，”他丝毫没被我的恭维打动，“你对葡萄酒了解多少？”

“噢，基础知识。基础知识我都了解。”其实，我只清楚“白葡萄酒和红葡萄酒的区别”这种水平的知识，没有比这个更基础的了。

“举个例子，”他环顾四周，仿佛要从空气中摘下一个问题问我，“波尔多地区的五种高级葡萄都有哪些？”

我脑海里瞬间开始播放动画片：一群葡萄头戴王冠，欢迎我去它们的庄园——你好，我们是波尔多地区的五种高级葡萄，它们说。我盘算着要不要撒个谎，如果老实承认不知道，对方不一定看重你的诚实，反而更在意你的无知。

“梅……洛？”

“正确，”他说，“这是一种。”

“解百纳？对不起，我其实不喝波尔多葡萄酒。”

他露出了然的表情：“当然，波尔多的价格偏高。”

“是的，”我点点头，“就是这个原因。”

“你喝什么？”

我的第一反应是列出自己平时喝的各种饮料。高级葡萄们又回到我脑袋里，又唱又跳，打算把我与唐恩都乐冰咖啡之间不得不说的故事告诉霍华德。

“在什么情况下？”我问。

“买葡萄酒的时候，你会买哪种？”

我想象自己去买葡萄酒，不受价格、酒在店铺里的位置和酒标上印的是哪种动物左右，而是根据我与生俱来的口味……却发现这幅画面和刚才的高级葡萄动画片一样可笑，哪怕我穿的是开襟绒线衫。

“博若莱？是葡萄酒吧？”

“是的。博若莱，**懒人和小气鬼喝的酒**[①]。”

“是，我会买这种。”

“你喜欢哪个产区的酒？”

“我不确定。”我装腔作势，奋力忽闪眼睫毛。

“你有做侍者的经验吗？”

“有。我在一家咖啡馆里工作了好几年，简历里写着的。”

“我指的是在餐馆里做侍者。你知道‘侍者’是什么意思吗？”

“知道。菜做好之后，我把它们端给顾客。”

“你说的是客人。”

“客人？”

“你的客人。”

“是的，我就是这个意思。”他在我的简历上写写画画。侍者？客人？“客人”和“顾客”，有区别吗？

---

① 原文为法语。

"简历上说，你是英语专业的。"

"是的。我知道，很多人学这个专业。"

"你在读什么书？"

"读书？"

"你现在正在读什么书？"

"这个问题也和工作有关？"

"也许吧。"他笑了，目光不加掩饰地在我脸上缓缓打转。

"嗯。没读什么。这是我人生中头一次什么也没读。"我顿了顿，扭头看向窗外。在我记忆中，没人问过我在读什么书，连教授们都没这样问过我。他在刨根问底，尽管并不清楚他想了解什么，我还是决定配合下去。"你知道，霍华德，如果我可以这样叫你的话。来这里之前，我收拾出几箱子书，可当我真正开始读它们，却发现这些书……代表着过去的我……我……"

我的话里包含一个观点，我刚刚产生这个观点，想要如实相告。"所以，我把那几箱书留下了，没有带来。这就是我要说的。"

他抬起一只贵族气派的嫩手，托着腮听我说话，我霎时觉得仿佛被他看穿。"是的，这是一种反思青春时代的激情本质的表现，但或许是个好兆头，说明我们的思想发生了变化，有所进步。"

"也许还意味着我们忘记了自己。不断忘记自己，这就是成长和生存下去的秘诀。"

我凝视窗外，整个城市都在忘却中前进。如果今天的面试不顺利，我也会忘记这件事。

"你写作吗？"

"不。"我说。桌子回到我的视野，霍华德正在看我。"我喜欢书，也喜欢别的东西。"

“别的什么都喜欢？”

“你明白我的意思，我喜欢的东西很多。我喜欢被打动。”

他又在我的简历上写了几笔。

“你不喜欢什么？”

“什么？”我以为自己听错了。

“如果你喜欢被打动，那么，你不喜欢什么？”

“这些是正常面试的问题？”

“这不是一家正常的餐馆。”他笑着交叉起双手。

“好吧。”我又看了一眼窗外。真是够了。“我不喜欢这个问题。”

“为什么？”

我手心里汗津津的。这时我才意识到自己想要这份工作，在这家餐馆工作。我盯着自己的手，说：“听起来有点儿私人化。”

“好吧。”他爽快地说，迅速瞥了一眼我的简历，继续提问，“你能告诉我，你在以前的工作中遇到过什么样的问题吗？一个例子就够了。比方说，在那家咖啡馆，你遇到过什么问题，又是如何解决的。”

犹如梦境，我试图回想咖啡馆，那里的布置却像融化了一般，变得模糊不清。我努力回忆自己是怎么在那里打卡上班的，回忆那里的水槽、收银台、咖啡磨，那些东西反而逐渐从我脑海中消失，随后，她那张自鸣得意、幸灾乐祸的胖脸浮现在我眼前。

“有个女顾客很可怕，庞德夫人。我一点儿不夸张，没人忍得了她。我们叫她‘锤子’。她总是一进店就开始抱怨，好像一切都和她作对：咖啡烫了她、喝起来有土腥味、音乐声太大、昨天夜里她差点儿被我们的蓝莓松饼毒死。她总是威胁说要让我们倒闭，每次走路撞到店里的桌子，都会警告我们做好吃官司的准备。她给自己的狗点炒鸡蛋，却不愿付一分钱的小费。她很恐怖。不过，一年多以前，因为有糖尿病，她的一只脚截肢了，最初我们都不知道这件事，我们怎么会知道？看到她坐着轮椅经过咖啡馆门口，每个人都露出如释重负的表情，好像在说，‘锤子终于完蛋了。’”

“为什么这么说？”霍华德问。

“哦，我忘提了，咖啡馆门口没有轮椅坡道，只有台阶，反正在我们眼里她是完了，或多或少地完蛋了。”

“或多或少。”他说。

“最重要的部分还没讲：有一天，她摇着轮椅经过，眼神很凶，带着仇恨。不知道为什么，我竟然有点儿想念她，挺想看到她的脸。所以，我给她倒了一杯咖啡，跑出去追她。我推着她穿过马路，来到公园里，她又开始抱怨，从天气抱怨到消化不良。从那时起，这样的散步就成了我们的习惯。每天如此。我甚至会用外卖盒给她的狗打包炒鸡蛋。同事经常嘲笑我。”

我始终记得双腿肿胀的“锤子”给我看她家居服底下的残肢，记得她紫色的手指。

“这个故事能不能回答你的问题？我猜，问题就在于我们没有轮椅坡道，解决方案是把咖啡端到外面。很抱歉，我讲得不怎么好。”

“我认为你的叙述很完美。你是在做好事。”

我耸耸肩：“我真的挺喜欢她的。”

“锤子”是我认识的唯一一个不讲究礼貌的人，是她让我进了那家餐馆，当时我就有这种感觉，但并不理解其中的意味。她侄女的女儿是我新室友（威廉斯堡的杰西）的朋友的朋友。我们的道别催人泪下——确切地说，我哭了，她没哭。我答应写信给她，但几周的分别已然侵蚀了我们脆弱的友情。我看着霍华德，还有精心摆设的餐桌和品位高雅的绣球花，终于明白了他所说的“客人”是什么意思，也知道我永远不会再见到她了。

“你和别人一起来纽约的吗？比如说闺蜜、男朋友？”

“只有我。”

“很勇敢。”

“是吗？我才来两天，就已经开始觉得这样做很傻了。”

“成功了就是勇敢，失败了就是傻。”

我很想问问他，在什么时候、怎么样才能分辨出两者的不同。

“如果被这里雇用，你对明年有什么期待？”

我忘记了自己是在面试，忘记了余额为负的银行户头，忘记了胳肢窝里的汗渍，还有高贵的波尔多葡萄。我表达了一通“想学东西”的愿望，还介绍了我对“职业道德”的看法。

我从不擅长应付未来，和我一起长大的女孩们却很喜欢设计和畅想未来，她们可以胸有成竹地谈论将来，就像谈论过去一样。每逢这样的谈话，我都会变成哑巴。

我对未来也有期许，但过于抽象和平面化，难以把握。多年以来，我看到的是再平凡不过的城市灯火，也会借助这些遥远的人造光源安抚自己入睡。有一天，我辞去工作，丝毫不觉欢喜雀跃，有一天，我给父亲留下一张字条，驶出他的私人车道，离去时有些茫然失措。两天后，我坐在霍华德面前。未来就是这样来到我面前的。

开车来纽约的路上，一个女孩的模样在我心中幻化成形：确切地说，是一位女士。我们的发型相同，可她并不像我。她穿驼色大衣和及踝靴，大衣底下的裙子高高地系着束带，手提各种专卖店的购物袋走在路上，时而在某些商店的橱窗前驻足，大衣下摆随风飞舞，靴跟敲打着石砌地面。她恋过爱，分过手，看心理医生，也看书，不缺少在大街上遇到却想不起对方名字的点头之交，但她只属于她自己。她不妥协、守界线、有品位——细致到眼睫毛。当她行走时，毫无疑问，她知道自己要去哪里。

我向霍华德道谢，和他确认我的联系方式，我不知道他对我产生了怎样的认识，不清楚我给他留下的印象是好是坏，甚至连记住这个餐馆的名称都让我花了一点时间。我站起来，他一直握着我的手，目光从上到下扫视我的全身，不像雇主观察雇员，更像男人打量异性。

“我不喜欢拖地，也讨厌撒谎，”我说，却不明白为什么要这么说，“我最先想到的就是这两样。”

他点头微笑——我认为那是真心的笑。我的两条腿后面全是汗，离开时，我感觉他的眼睛肆无忌惮地盯着我的屁股。来到门口，我把绒线衫向后一翻，露出肩膀，做出伸懒腰的样子，弓了弓背。天晓得我为什么会得到这份工作，可在有些事上还是不要自欺的好。

味道：主厨说，味道全在于平衡，酸、咸、甜、苦，你的舌头已经被编码了。鉴赏食物的能力也代表了你与世界相处的能力，你要像喜欢甜一样喜欢苦。

第二章

这家餐馆的布置并不美观，有几处地方甚至可说难看，但绝对不能形容它“破烂”——装潢得很新，也不见灰尘的踪影——但是，这里的鼎盛时代显然已经一去不复返，陈旧的装饰品华而不实，有的看上去着实荒谬可笑，可能是上世纪八十年代购入的。就餐区共有三层，似乎分别建于不同时期，最后勉强拼接到一起，桌椅都挤在房间一头，另一头相当空旷，只有零星几张桌子，好像主人还没有想好如何布置餐厅就执意邀请客人来吃饭了。

入职培训时，店主告诉我：“很多人努力为人们营造愉悦的感觉，艺术家们也把这件事当成挑战，但我们创造出来的东西是最周到贴心的，因为它会直接变成你的一部分。我说的‘它’不是食物，是经验。”

餐馆中有两个区域称得上完美无缺：首先是入口处的大窗前面那三张咖啡馆风格的桌子，位于一天中不断变化的光线之下。有的人——我是说客人——讨厌坐在入口旁边，与主餐厅隔离，而有的客人就愿意坐在门口，所以这三张桌子经常是为这类举止最泰然自若的家伙准备的，他们的穿戴精致讲究，很少有打扮得邋里邋遢的懒人。

店主说："开餐馆好比设置舞台，可信度取决于细节，观众对舞台世界的体验——视觉、听觉、味觉、嗅觉和触觉——完全由我们控制，我们的表演从客人踏进大门，见到迎宾招待和鲜花的时候开始。"

然后是酒吧，这里必须给人时间停滞的感觉：深色的红木吧台向空间纵深处延展，高脚凳必须高到让你感觉自己好像飘浮在半空中。酒吧有柔和的音乐、昏暗的灯光，叮当作响的噪声此起彼伏，邻座之间膝盖相碰，偶尔有人贴着你的脸侧伸出胳膊，端走一杯闪闪发光的马提尼。迎宾招待领着客人从你身后轻声走过，菜盘传来传去，玻璃杯发出咯咯声，酒保把空瓶送进后厨，端出客人要的面包或其他东西。最有经验的常客进来时都会先和迎宾招待打招呼，紧接着问一句："今晚酒吧有位子吗？"

"我们的目标，"店主说，"是让客人觉得我们站在他们一边。任何商业交易——实际上生活事务也是如此——都是通过给对方带来某种**感觉**而达成协议的。"

店主的长相和说话的样子都仿佛神祇，很有权威，《纽约邮报》有时称他为"市长"。他身材高大，棕褐色皮肤，样貌英俊，牙齿完美洁白，吐字发音清晰流畅，毫不费力，举止优雅悦目。我把双手放在膝盖上听他讲话。

但我也觉得，让客人"感觉"我们站在他们一边，听来有些虚伪，我环顾室内的摆设，它们似乎一瞬间都变成了光芒炫目的货币：银光闪闪的餐具、锃亮的桌椅、华贵的花饰给整个酒吧戴上了君主的冠冕。天啊，我想，你可以通过让别人感觉良好来赚他们的钱，甚至发大财。我们并没有站在他们那边，而是站在店主这边。所有对细节的强调，所有的行话——都只是为了生意，不是吗？

入职培训结束后，我很想让店主看到我，让他知道我明白他的意思，我还想找人问问，店里赚进的钱我可以分走多少。接着，我在出口看到店主，就朝他走过去，他直视我的眼睛，我停住脚步，尽管我此前并没有告诉他我叫什么，他还是说出了我的名字。他握着我的手，点了点头，似乎已经原谅了我所有的缺点，并且会永远记住我的长相。

他说："我们正在按照正确的样式创造世界，至于世界现在是什么样，我们不用管。"

虽然通过了面试，我并不算真正得到这份工作，通过了培训才算。我的岗位是"助理侍者"，并非真正意义上的侍者，霍华德领我走上后厨一道狭窄的螺旋楼梯，把我安置在更衣室。他说："现在你是新来的了，需要承担一定的职责。"

他并没有告诉我"职责"是什么就走了。更衣室没有窗，角落里坐着两个上了年纪的拉丁裔男人和一个女人，他们刚才一直在用西班牙语交谈，现在都盯着我看，一台小电扇在他们身后颤抖着送出热风，我挤出一丝笑容。

"在哪里可以换衣服？"

"就在这儿。"女人说。她有一头不羁的黑色乱发，用丝质花手帕向后扎着，脸上的汗水汇成涓涓细流，一路淌下来，在皮肤上留下蜿蜒的痕迹。她努起嘴巴。那两个男人的脸盘很大，好像毁过容。

"好吧。"我说。我打开属于我的储物柜，故意把脑袋伸进去，将他们挡在我的视线之外。为了免去脱掉全部衣服的尴尬，我拿出那件遵照霍华德的吩咐买来的纽扣一直到底的白衬衫，套在吊带背心外面，然后脱下吊带背心。白衬衫像硬纸板一样密不透风，汗水顺着我的脊背流进内衣里面。

他们又开始说话、扇风、踱到一个小水池旁边往脸上拍凉水。房间后面堆着些椅子，靠墙摆着好几双厚底鞋，鞋面长满白色的霉点，鞋跟已经完全磨掉了。屋子里的空气好像消失了，我的胸腔缩成一团。

门突然开了，传来一个男人的声音："你不饿吗？要不要过来？"

我扭头看看角落里那三个人，确定他是在跟我说话。这个男人有张娃娃脸，长相并不凶悍，但似乎带着怒气，眉头拧在一起。

"是的，我饿了。"我说。其实我不饿，只是想找点儿别的事做。

"大家都快吃完了，你还要打扮多久？"

我关上柜门，把头发拢到脑后，扎起马尾辫。

"我准备好了。你是我的主管吗？"

"是的，我负责培训你，是你的师傅。第一课，如果你错过了大家聚餐的时间，就不用吃了。"

"好吧，很高兴见到你。我——"

"我知道你是谁。"他关上我们身后的门，"你是新来的，上班别忘了打卡。"

后面的饭厅里有几张桌子，桌上摆着一些不锈钢托盘和大碗，大到我能躺进去泡澡。可供选择的饮食包括：意大利面和奶酪、炸鸡、土豆沙拉、饼干、油腻的蔬菜沙拉（配胡萝卜丝）、大杯冰茶。仅从食物来看，这里好像在举办大型宴会。师傅随手塞给我一只白色的盘子，就头也不回地加入了聚餐，径自走到角落里的一张桌子旁边坐下来，看来并不打算叫上我。餐馆员工早已占领了后饭厅，他们来自各个部门：有的系着围裙，一看就是侍者，有的穿白色制服，有几个女人正摘掉头上的耳机，还有些西装革履的男人在拉扯领带，想要放松一下。我坐在侍者们旁边，占据了最靠边的那把椅子——如果需要逃跑，这个位置是最方便的。

换班之前是最混乱的时间段。一位名叫佐伊的经理疲惫不堪、情绪激动地看着我，似乎这一切都是我的错。她不停地大声念叨各种号码和名字——诸如“六号部门”“××先生晚上八点来”之类，但侍者们把她当空气，旁若无人地聊天。我只顾装模作样地频频点头，根本来不及吃东西。

这些侍者看起来就像演员——虽然角色性格迥异，但他们演得很入戏，而我是唯一的观众。他们身穿各种颜色的条纹衬衫，有时恶语相向，有时鼓掌、亲吻，有时彼此挖苦，伴随这些喧嚷，我慢慢陷进自己的座位。

霍华德拎着几只高脚杯走过来，杯子在他掌中相碰，叮当作响，像在说话一样。一个穿西装的年轻人跟在他身后，拿着一瓶裹了牛皮纸的葡萄酒。侍者们开始传递盛葡萄酒的杯子，让大家尝味道，但没人把杯子传给我。

霍华德拍拍手，大家安静下来。

“谁先说？”

有人喊道：“皮诺[1]，很明显。”

“新大陆还是旧大陆？”霍华德扫视整个房间，目光在我身上停

---

① 皮诺，即黑皮诺葡萄（Pinot Noir），原产于法国勃艮第地区，在美国、意大利、智利、南非、澳大利亚、新西兰等地均有种植。

留了一秒，我只好低下头盯着盘子，想起自己小学四年级时尿裤子的历史，要是他现在让我回答，我的裤子没准还会湿。

“旧大陆。”一个声音响起。

“很明显。”又有人说。

“我说这酒是旧的，是因为它有些年份了，看——颜色都开始变淡了。”

“这么说，它是勃艮第[①]的？”

“现在只能推测，主管先生，”答话的男人举起玻璃杯，指给霍华德看，“我知道你在想什么。”

霍华德等他说下去。

“有点儿像博纳丘的。”

“变质没有？”

“我觉得可能变质了！”

“不，这酒很完美。”

两个男人停止了交谈。我俯身向前，想看看刚才这句话是谁说的——她和我坐同一排，也是躲在许多人身后，我看到她把酒杯从鼻子前挪开，又端回去，用低沉的声音继续说：

“夜丘……嗯，霍华德，这是好东西。来自热夫雷-香贝丹村[②]，绝对的。阿曼-杰夫酒庄。”她放下杯子。反正我是没看到她尝过杯子里的酒，连一小口都没喝。杯中酒透出惑人的光芒。“二○○○年出产，口感真的很好。”

---

① 勃艮第（Burgundy），位于法国中东部的葡萄酒产区，其核心产区分为南北两个部分，北部为夜丘（Côte de Nuits），南部为博纳丘（Côte de Beaune）。

② 热夫雷-香贝丹村（Gevrey-Chambertin），夜丘产区拥有最多特级园的村庄，出产的葡萄酒被称为“勃艮第红葡萄酒之王”。

“我同意你说的，西蒙娜。谢谢你。”霍华德拍了拍手，“朋友们，这酒是便宜货，别看它是二〇〇〇年出产的。夜丘产区能弄出物美价廉的葡萄酒，现在仍然很好喝，对，就是现在，此时此刻！所以，今晚就把它推荐给你们的客人吧。”

每个人都站起身，我周围的人把他们的盘子摞在我的盘子（里面的食物我根本没动）上，然后纷纷走开。我端起盘子，把它们紧贴在胸前，穿过后厨的弹簧门，两个侍者从我右边经过，其中一个阴阳怪气地说：“噢，阿曼-杰夫酒庄，绝对的。”另一个姑娘翻了个白眼。这时我左边过来一个人，对我说：“真的吗？你不知道洗碗机长什么样？”

我来到一条横跨整座房间、堆积着脏盘子的水槽旁，满怀歉疚地把手中的盘子放进去。站在水槽另一边的一个灰头发小个子男人哼了一声，怒气冲冲地逐一拿起我刚刚放进去的盘子，把盘里的食物刮到垃圾桶里。

“天杀的智障。”他说，往水槽里吐了口痰。

“谢谢你。”我说。也许我过去从未真的犯过什么错误，所以现下的感觉对我来说十分陌生：手不知道放在哪里好，不知道该说什么、做什么，身体轻飘飘的，似乎连地心引力都靠不住。我隐约觉得师傅就在我身后，于是转过身去向他求援。

“在哪里……”我抓住身后那个人的胳膊，却发现上面没有师傅衣袖上的条纹图案，而且，胳膊是光着的。我像触电一样缩回手。

“啊，认错人了。”我抬起头说。这个人穿着黑色牛仔裤，白色T恤，一侧肩膀上搭着个双肩包，眼睛是极淡的蓝色，好像遭到风雨的侵蚀褪了色。他浑身是汗，微微喘息。我深吸一口气。“我把你当成我的师傅了。”

他凝视着我，眼神像老虎钳一样。“你确定？”

我点点头。他轻率地上下打量我。

“你是干什么的？”

“我是新来的。”

“杰克。”我们同时转身。那个很懂红酒的女人站在门口，好像没看见我一样，她目光灼灼，仿佛能把厨房里的灯光蒸馏提纯。

“早上好，你什么时候开始接班？”

“噢，去你妈的，西蒙娜。”

她笑了，显得挺高兴。

“我给你拿了盘子。”她说，转身进了餐厅。弹簧转门猛地反弹回来。随后，我看到他跺着脚踏上最后几级台阶。

他们教我怎么叠东西：叠塑料包装和白得刺眼的餐巾。正折、反折、正折、叠起来，打开成扇形，套上餐巾环，堆到一边。侍者们充分利用这点时间叙旧，聊个没完。正折、反折、正折、叠起来，打开成扇形。重复的动作和逐渐在我围裙上堆积起来的线头让我精神恍惚。虽然没人理我，但至少我可以叠餐巾，我一遍又一遍安慰自己。

我看着杰克和西蒙娜。他弯腰站在吧台那头，面向盘子，背对着我，她嘴里说着什么，眼睛没有看他，手指在电脑终端的屏幕上轻轻敲打。我看得出他们两人的关系远非同事那么简单，也许因为他们没有戏谑打闹——没有表演，只是交谈。一个翘鼻子女孩走过来，带着学生气的微笑和我打招呼：“嗨。”说着就把她嚼过的口香糖粘在我膝盖上的餐巾里。精神恍惚结束了。

我埋头工作了好几周，放弃休息日，尽可能多加班，但发薪日推迟了好多天，等最后拿到钱，也只是培训工资，少得可怜。我从第一份工资里拿出250美元，到一对搬到附近公寓的夫妇那里买了一块旧床垫。

“放心，”他们说，“床垫里没有虫子，只有满满的爱。”

我买下了床垫，但他们的话让我更不放心了。

叠完无数的餐巾，接下来的活儿是整理抹布。每个培训我的人都会先问一句：“有人给你讲过抹布如何保管吗？”如果我回答“是的”，他们就问是谁，然后表示：“这个×××靠不住，总是弄得一团糟。我都会自己藏一些抹布。”于是，我学会了四种精心藏匿抹布的方法，知道了那些上了锁的抹布藏匿点（收藏的抹布基本上都比较破旧）的位置。

然而这样还不够，不知怎的，我们永远缺少抹布。也许厨房总是需要更多抹布，也许管后勤的人总是忘记准备，抑或是酒保每天都在狂擦吧台，反正你总会忘记给自己多留几条，经常有急用抹布的人跑到你面前大喊大叫，如果你去问经理要，经理也会朝你大喊大叫，还没上菜之前，抹布争夺战就已经开始了。如果你央求——每个人都会央求——的话，经理会打开橱柜的锁，数出十条抹布给你，千万不要告诉任何人你这儿还有十条抹布，必须偷偷藏好，只有在紧急情况下，你才可以摆出英勇的姿态，把它们奉献出来。

“厨房就是教堂，”我问师傅问题的时候，主厨向我吼道，“不准他妈的说话。”

厨房里的沉默有目共睹，进来的人都踮着脚。上菜期间，唯一有资格直接和主厨对话的人是霍华德——有时候其他经理也想和主厨说话，结果头差点儿被他咬掉。沉默很可能对厨师干活有好处，但也让想学点东西的人绝望。

换班之前，我会去附近的星巴克喝杯咖啡，那儿有股厕所味。晚上没班的时候，我就去杂货店买几瓶科罗娜啤酒带回家，拿到床垫上喝，因为太累，我总是没喝完就昏睡过去，以至于窗台上堆积了一排半空的酒瓶，黄色的酒液像尿一样，自动过滤射进室内的阳光。我把餐馆里的面包片偷塞进包里，拿回家烤了做早餐。如果上双班，我会在两次换班之间溜到公园里打个盹儿。我睡得很死，总是梦见自己沉入地下，这样反而让我感觉安全。醒来后，我会拍打面部，弄掉草叶在脸颊上压出的印子。

我一个人都不认识，不知道他们叫什么，只能从他们身上抓住一切我能抓住的特征：牙齿是否整齐、有没有文身、讲话的口音、用什么唇膏，我甚至能通过步态认出某些人。并非师傅们对我有所隐瞒，只是因为我太笨，无法同时记住那么多桌号和名字。

他们告诉我，这家餐馆与众不同——他们付的是正规工资，还有健康保险和病假。有些不拿固定工资的侍者甚至能按小时涨薪。在这里工作的人可以放心地买房子、生孩子、度假。

每个人都在这里工作了很多年，那些高级侍者——包括学生气的口香糖女孩、戴超人眼镜的男人、绾着发髻的长发小伙子和灰头发胖男人——永远不会离开。连助理侍者们也至少在这里干了三年，例如“恶毒女”“俄罗斯噘嘴怪”，还有我的第一位师傅，我叫他“中士”，因为他指挥我的时候带着大兵做派。

西蒙娜是管红酒的高级侍者，她和“超人眼镜”的工作资历最老，我的一个师傅叫她“知识之树”。每次换班前，餐厅领班都要重新安排座位表，因为常客会要求坐在她服务的区域。侍者们经常排队问她问题，或者请她到点了一堆红酒的贵宾桌应付客人。她对我从来都是视而不见。

至于那个爱出汗的男孩杰克，培训的那几周里，我没再见过他。我以为他可能不在餐馆工作，只是临时代班的，可是后来，一个周五的晚上，我去领第一份工资，发现他也在那里，看到他时我低下了头，原来他是个酒保。

“听说你是个咖啡师，”绾发髻的小伙子懒洋洋地说，“这样我的培训就简单多了。”

可这里的咖啡设施好像是从外星运过来的，每样东西都银光闪闪，充满未来感，高贵典雅，甚至比我还聪明。

“用过马佐科吗？”

“对不起，你说什么？”

“马佐科咖啡机，咖啡机里的凯迪拉克。”

没关系，没关系，我想。我知道怎么做他妈的咖啡，凯迪拉克再高级也不过是汽车。我取下滤碗，看到了研磨机和填压器。

“你知道四个M吗？你们用哪种咖啡豆？”

“就是装在大袋子里的那种，”我说，“我们那边不是什么讲究地方。”

“哦，妈的，好吧。我听说你是咖啡师。没什么大不了的，我来教你，到时候我们再问问霍华德——”

“啊，不。”我转动着取出滤碗，倒掉里面报废的原料。“抹布在哪儿？”他递给我一块抹布，我接过来擦干滤网。“你们用定时器吗？”

“我们用眼睛看。”

我呼出一口气。“好吧。”我打开研磨机，把蒸汽棒和冲煮头擦洗干净。二十五秒是制作一杯浓缩咖啡的标准时间，没有定时器，我可以自己数秒。“一杯卡布奇诺，马上就好。”

我既要研究菜单，也要研究《工作指南》。每次上菜结束后，一位经理都会问我一些问题。我发现，即使不知道龙虾牧羊人派是什么，甚至连它的样子都想象不出，只要知道它是周一晚上的特色菜，我也会通过经理的拷问。虽然根本没搞懂我们的店训到底是什么意思，但我可以一字不差地背诵给佐伊听：“店训第一条是‘互相照顾’。”

“你知道什么是‘百分之五十一’吗？”

佐伊在办公桌前吃烤腹肉牛排，从土豆泥和炸韭葱里翻出一块牛肉塞进嘴里。我饿极了，简直想上去打她。

“嗯。”

我早忘了店主对我说过的话：“你被录用，是因为你是个‘百分之五十一’，‘百分之五十一’是训练不出来的，是你的天赋。”

我不知道这是什么意思，只好茫然望向墙上的防噎警示标牌，标牌上那个男人尽管被食物卡住了喉咙，看上去却很淡定，我羡慕他。

这份工作的另外百分之四十九是可以通过训练学会的。是个人就能当服务生——人们经常这样告诉我，噢，对不起，我说错了，不是服务生，是**侍者**。

你知道的，这份工作无非是记住那些桌号和岗位的名称，把盘子摞起来搬走，背诵菜单上的菜名和菜的组成，记得添水，不要把酒洒出来，保持桌面干净整洁，做好餐前准备，下单点菜，了解基本的葡萄品种和主要红酒产区，熟知金枪鱼的来历，正确搭配红酒和鹅肝，了解奶酪和动物的种类，知道什么是巴氏杀菌、什么含有麸质、什么含有坚果、哪里有多余的吸管、怎么算账，懂得如何及时出现。

“除了这些，还有什么？”我喘着粗气问师傅，捏着纸巾擦拭胳肢窝里的汗。

“哦，还有百分之五十一，这些比较难做到。”

我努力扒掉被汗水浸透的工作装，打开一瓶帕西菲科啤酒（科罗娜卖完了），坐在床垫上，开始研究《工作指南》。我是个“百分之五十一”，我对自己说。这就是我：

· **始终不渝地乐观**：不会被世界打倒。

· **贪得无厌地好奇**：谦卑，不以提问为耻。

· **一丝不苟**：不相信捷径。

· **慈悲**：以情商为行动指引。

· **诚实**：不仅对他人诚实，更重要的是对自己诚实。

我躺到床垫上，笑起来。有的时候（但很少），我会想起自己的老同事——我们以前那家咖啡馆的培训内容包括学习如何开关咖啡壶——他们如果看到我每天忙得汗流浃背、脚不沾地，还要死记硬背这本《工作指南》，却连五英尺之外有什么东西都无心理会，将作何感想？看到我工作时间的每分每秒都在盲目与恐惧中度过，他们肯定会和我一起嘲笑这样的生活。

南二街和罗布林街的转角处，好些波多黎各裔家庭把躺椅和冷饮箱搬到外面乘凉，大人在玩多米诺骨牌，小孩围着一只正在喷水的坏掉的消防栓尖声叫嚷。看着他们，我想起第一天来纽约时在贝德福德大道看到的那家咖啡馆，现在的我大概有勇气走进去，对里面的人说："是的，我用过马佐科——噢，你不知道那是什么东西吗？"

然而这样还不够，助理侍者、侍者、咖啡师——这些职位在这家餐馆都不算什么，我也不会自称"百分之五十一"，因为听起来像机器人的名字。我希望引人注目，不仅要让那些曾经嘲笑我的同事重视我，还要赢得这座城市的尊重，所以，每次遇到责怪、抱怨或白眼，我一律报以微笑。

第三章

一天，我跑上楼梯，走进更衣室，办公室里的一个女人跟在我身后。她拿着三只衣架，衣架上挂着三件样式呆板的“布克兄弟”正装条纹衬衫，这种衬衫不仅走中性路线，男女同款，还是服装界的万金油，上及会议室，下至马戏团，在什么场合都能穿。

“恭喜你，”她的语气像那三件衣服的款式一样单调，“这些是你的条纹衬衫。”

我把衣服挂进我的储物柜，盯着看了一会儿。培训结束了，我有工作了。我在纽约最热门的餐馆上班。我摩挲着衬衫，认为自己已经成功逃离了过去的生活。我换上那件海军蓝色的条纹衫，恍若有微风拂面，仿佛身体里的麻药过了劲，又恢复了正常的感受，终于活出了人样。

我刚刚走进餐厅，她就叫住了我，端着一杯红酒。那个瞬间，我觉得她似乎等了我很长时间。

“张开你的嘴。”西蒙娜说，她抬起下巴，高傲专横地与我对视。每次上菜前，她都会涂上亮红色的唇膏，她的头发是暗金色的，蓬松毛糙，并不柔顺，把她的面孔衬托得像七十年代的摇滚女神，可她的长相偏古典风格。西蒙娜把红酒杯举到我面前，等待着。

出于习惯，我像喝龙舌兰酒那样一饮而尽。

“现在，张开你的嘴，”她命令我，“酒和空气混合，才能产生奇妙的口感。”

我张开嘴，但酒早已被我吞了下去。

“品酒就像欣赏荒诞剧，”她闭着眼睛说，鼻尖在高脚杯里嗅探，“了解一种红酒的唯一方式，就是和它相处几个小时，观察它的改变，然后让它改变你。这也是学习任何东西的唯一途径——你必须忍受它。”

第二天放假，我很想庆祝一下，就去逛大都会艺术博物馆。侍者们总是谈论他们去那里看的展览——音乐展、电影展、戏剧展和美术展。尽管上大学时选修过《艺术简史》这门课，他们说的东西我却一概不懂。我到那里，实际上是为了在叠餐巾时和他们有话题可聊。

我不清楚自己在这个城市住了多长时间，但是当我走出地铁，立刻意识到我平时的活动范围是多么狭窄——联合广场周围的五个街区，再加上小拉丁区和威廉斯堡的五个街区。看到中央公园的树林，我放声大笑。

大都会博物馆的大厅——神圣的迷宫——夺走了我的呼吸。我开始想象自己十年后接受采访的情景，请注意，是采访，不是霍华德向我提问的那种工作面试。采访者友好地问我从哪里来，我告诉他，很久以来，我一直觉得自己一无是处，被固若金汤的孤独围困，看不到未来。然而，当我来到纽约，一切都改变了，我的存在空间无限扩大，未来他老人家甚至冲破迷雾，亲自跳到了我面前。

我在印象派的画廊中流连，这里的画作在我读过的书里出现了不下一百次，当然，书上的图片都是复制品。它们好像一个个供人打瞌睡的房间，虽然睡眠中的你身体无法动弹，但如果头脑清醒，仍然可以在画框圈出的梦境里活动，以这种方式对抗现实。

“这证实了我一直以来的怀疑，”我告诉采访者，“来到这个城市之前，我的生活只是复制品。”

我在塞尚、莫奈、马奈、毕沙罗、德加、梵高建造的房间中徜徉。“这就是我想要的，”我把梵高画的柏树指给采访者看，“你发现了吗，近看它们非常模糊，充满狂乱的激情？从远处看却是一个整体？”

欣赏塞尚的苹果时，我听到采访者不由自主地问我：“你怎么看待爱情？”那个瞬间，我想起西蒙娜的红嘴唇，这个问题仿佛是从她嘴里说出来的。

“爱情？”我茫然四顾，寻找答案。我已经离开印象派作品，来到早期象征主义的地盘。我敢发誓，片刻之前房间里还挤满了人，现在却空荡荡的，只有一位拄着拐杖的老人和一个搀扶他的年轻些的女士。开车来纽约时，我曾对自己说，我不是那种为了谈恋爱跑到纽约来的女孩，然而现在，在象征主义画作、西蒙娜和那个老人组成的陪审团面前，我的否认显得很单薄，没有说服力。

“我还不了解爱情。”我说。我走到老人和他的朋友身边。老人的大耳朵就像用蜡雕刻出来的一样，我断定他耳聋，因为他实在太安静了。我们一起欣赏克里姆特[①]笔下的白衣女人，展牌上写着作品的名字——《塞蕾娜·莱德勒肖像》。这幅画肯定不属于他最大胆的作

---

① 古斯塔夫·克里姆特（Gustav Klimt，1862—1918），奥地利象征主义画家，奥地利新艺术运动中“维也纳分离派”主要代表人物。

品，与他后期用金箔创作的那些色情味道十足的画像形成鲜明对比。白衣女人尽管看似庄严肃静，脸上却有种内敛的喜悦。传言说，克里姆特和画中的模特有染，她的女儿就是克里姆特的私生女。白衣女人塞蕾娜站在我们三个人头顶，根本不在乎有人盯着她看。老人朝我笑笑，走开了。

“你来告诉我。”我对白衣女人说。我们面面相觑，等待着。

出了地铁口，街上热极了，我走进北五街和贝德福德大道交叉口的迷你商场，来到卖酒的摊位，柜台后面的长发男人眼神疲倦，他正大声播放克里斯托弗·华莱士[①]的说唱，见我进去，忙把声音关小。

我逐个审视货架上的酒，无奈哪瓶都不认识。十分钟后，我终于问：“你这里有便宜点儿的莎当妮[②]吗？”

他遍体文身，耳朵后面夹着根香烟。“你喜欢哪种莎当妮？”

“嗯，”我咽咽口水，“法国的？”

他点点头：“没错，正宗莎当妮当然是法国的，对吧？加州货色算个屁。这个怎么样？我有一瓶冰的。”

我付钱给他，把装酒的袋子抱在胸口，一路跑回家。我选择走格兰特街另一侧，因为对面一侧的克莱姆酒吧门口游荡着酒疯子，我可不想被他们污染。我跑上四段楼梯，跑进公寓，顺手拿走杰西的开瓶器和一只马克杯，冲上最后一段楼梯，来到屋顶。

天空像油画一样，不，是油画试图模仿日落时分的天空。天幕被火点燃，烈焰熊熊，火星四溅，紫黑色的灰烬给橘红色的云彩镶上了

---

① 克里斯托弗·华莱士（Christopher Wallace，1972—1997），别名Biggie Smalls，美国嘻哈音乐人，1997年在洛杉矶被枪杀。

② 莎当妮（Chardonnay），一种原产自法国勃艮第的白葡萄酒。

边。曼哈顿每座高楼的窗玻璃上都有一团火焰，好像火灾中的建筑，即将被烧为平地。我感觉窒息，游览博物馆使我疲劳过度，心脏狂跳。一个声音说，你必须忍受它。另一个声音说，你做到了，你做到了。听到这里，我忍不住加入它们的合唱，声嘶力竭地质问：“做到什么？忍受什么？”

我走进更衣室，撞见他们两个。西蒙娜已经换好条纹衬衫，双腿交叉坐在椅子上，正大声说着什么。他站在自己的储物柜前，系着衬衫纽扣。听到动静，他们俩一齐扭头看我，显然受到了惊吓。

“抱歉。我等会儿再进来？”

“当然不用。”她说。但他们都没再说话，沉默是最好的控诉。他把裤子褪到地上，从裤筒里抽出脚，走了几步，转身背向西蒙娜。

“别理他。”她说。听起来像在下命令，所以我选择服从，把头偏向一边。

“送走。”这是召唤。

“来了。”这是回声。

“六和六，45号桌，拼桌。”主厨说。他的视线始终没有离开面前的小票板。“送走。”

我伸出双手握住托盘。又是闷热的一天，全城的空调似乎都在搞罢工。推门走进半冷不热的餐厅，我发现自己端着的这盘牡蛎里的冰块正在融化，淡蓝色的牡蛎肉在冰水中晃动，看起来有点恶心。我不知道“六和六”是什么意思，没查看今天供应的是什么牡蛎，也忘了该把它们送到哪张桌子。西蒙娜快步从我身边走过，我拦住她。

“对不起，西蒙娜，对不起，你看得出这些牡蛎的区别吗？”

“你还记得它们是什么味道吧？”她没有看盘子。

聚餐时，大家曾经尝过牡蛎，但我没尝，也没看菜单上的标注。

“你还记得它们是什么味道吗？”她拖长音调又问了一遍，好像我是个傻瓜。“东海岸的牡蛎偏咸，含矿物质更多。西海岸的牡蛎更肥，汁水更多，偏甜。它们的外观也不同，一种壳比较平，另一种壳比较尖。”

“好吧，那这盘牡蛎怎么区分？”我把盘子举到她的脸旁边，但她看都不看。

“这一盘全被水泡过了，送回主厨那里吧。”

我摇摇头。绝对不行。

“不能上这样的菜，送回去给主厨。”

我又摇摇头，这一次抿起了嘴唇：我仿佛看见主厨的怒火，听到他谴责浪费的咆哮，提前感受到我的尴尬。可是，等待他重新准备牡蛎时，我可以看一眼菜单上的标注，然后听他再告诉我一遍桌号，这样就都解决了。

“好吧。”

“下一次用你的舌头分辨它们。”

经理们通过改变事物来宣示权力。他们会走进侍者服务台，给摆在那儿的记录本、结账单和小票调换位置，抽出冰桶里的白葡萄酒，擦一遍，再以全新的方式插回去。他们会在你小跑的时候——傻子都看得出你是在赶时间——拦住你，问你对工作适应得怎么样。

西蒙娜拥有驾驭离心力的法术，她行动时，整个餐馆会被一阵旋风连根拔起，她的关注点指向哪里，侍者们就朝哪里靠拢——她的视线如同聚光灯，给她关心的问题打上高光，整个上菜过程都在她的掌控之下。

“那个酒保叫什么名字来着？就是只和西蒙娜说话的那个？”我装出漫不经心的样子问萨沙。

萨沙是助理侍者，他的美貌超凡脱俗：外星人般的宽颧骨、蓝眼睛、形状高傲的厚嘴唇。他本可以去做模特，然而身高受限——只有五英尺四英寸。他的目光特别冷，在各色人等身上都可以找到这样的眼神，比如富豪、穷人、坠入爱河的家伙、被抛弃的可怜虫、杀人犯、快死的人。可他对这些人的状态不屑一顾。

“那个酒保？杰克。”

萨沙是俄罗斯人，讲起英语来清晰流畅，却不会刻意遵守语法，口音既优雅又滑稽。他切着面包，朝我翻了个白眼。

“好吧，盲目乐观的笨蛋，告诉你吧，你是新来的，不了解情况。”

“你的意思是……”

“你觉得我是什么意思？杰克会把你当晚饭吃掉，再吐出来。明白吗？等你被吐出来，就不会这么活蹦乱跳了。”

我耸耸肩，表示自己不在意，把面包篮装满。

“而且，他是我的。你敢打他的主意，我就划开你的喉咙，我这人从来不开玩笑。”

“不准在厨房说话！送走。”

“来了！”

厨房被奇形怪状的丑陋西红柿占领，散发着植物体内青色汁液的味道和一股土腥气。

这些西红柿五颜六色——黄、绿、橙、红、紫，还有杂色的、条纹的、斑点的，它们的表面都有深深的沟纹，主厨说这叫“接缝”，是外凸和内凹两股力量互相拉扯的结果，但拉扯得并不彻底，没有完全决裂，看上去就像微张的唇瓣。

“复古季节。”艾丽尔唱起来。她也是助理侍者，不分早晚，总喜欢画很浓的眼线，梳着刘海，深褐色的头发向上绾起，别着筷子模样的发簪。我暗中给她起的外号是“恶毒女”，因为培训期的时候，她从不直接和我说话，要么伸出手来指指点点，要么发出恼怒的叹息。然而今天不知怎么回事，她主动把浸过冰水的抹布拿给三厨，让他们当头巾缠在脑袋上，或是搭在脖子后面降温。这可不像一个恶毒女会做的事。老实说，我还从没见过什么人愿意如此慷慨地贡献自己私藏的抹布。我听到自己的脑袋里有个声音说：店训的第一条是“互相照顾”。

她也给我一块抹布，我把它放到脖子后面，感觉就像钻出潮湿的云层，吸入清新的空气。

“送走。”

“来了。”我说。我期待地看着窗口，不过没发现排成长龙的盘子。文着身的年轻副厨斯科特给我一片西红柿，果肉粉红和红色相间，像扎染过的布料。

“这是布鲁姆希尔农场的‘奇迹条纹’。”斯科特用答疑解惑的语气说道，似乎我刚问了他一个问题。

我捧起还在流溢汁液的西红柿，斯科特把手伸进一只塑料桶，捏了点粗盐，撒在果肉的剖面上。

“遇到这样的好东西，别毁了它，加点儿盐就可以了。”

“哇哦。”我说。我的惊叹是认真的，我从来没把西红柿当成水果吃——我见过的西红柿大部分中间发白，硬得像石头，可这片西红柿好吃极了，味道浓郁——有的西红柿淡然无味，像白开水，有的却像夏天的闪电。

“什么是复古西红柿？”聚餐时，我快步跟在西蒙娜身后问道。发现她拿了两只托盘，我哆嗦了一下，期待地看着她手中的第二只托盘。她自己的托盘里是蔬菜沙拉和一份马铃薯冷汤。

“味道棒极了，对吧？时令食材？它们都是稀有或特有的动植物品种。在防腐剂、超市和我们现在这个该诅咒的商业食品生产系统诞生之前，地球上的西红柿都是这样的。食物的进化原则是：味道越变越好。保存时间长短、有没有瑕疵并不重要。所有蔬菜都具有丰富的生物多样性，各个品种之间存在细微差别，反映出生长时间和空间——风土条件——的不同。”

西蒙娜把今天最大的那块猪排放进第二只托盘，舀了一勺米饭沙拉，铲了些烤土豆，继续说：“现在倒好，无论什么东西吃起来都没味道。”

西蒙娜和杰克不总是一起出现，有时他们会暗中联络。每当看到他们两人中的一个，我的眼睛就会四处搜寻另一个。西蒙娜很好找，几乎无处不在，总是指挥别人做这做那，她似乎有种技巧，能把自己的精力平均分配到每次上菜的过程中。找起杰克来却不容易，他神出鬼没，也没有固定的同伴。

只要他们都在餐馆，就会以各种方式彼此关注，我也在悄悄关注他们，想弄明白他俩到底是怎么回事。其实，除了西蒙娜和杰克，这家餐馆里还有许多有趣的人，但如果把其他人比作大陆，他们两个就是岛屿——遥远，难以触及，笼罩着神秘的光环。

“送走。”

我猛地睁开眼，却蓦然意识到今天我是咖啡师，厨房离我很远。霍华德在收银终端那边眼巴巴地望着我，等候我给他做一杯玛奇朵，但我脑海中思绪纷杂，前两杯都没做好。

“我连做梦都好像听见主厨在尖叫‘送走’”，我打着奶泡，热牛奶泛出新刷的油漆般的光泽，“简直是自我惩罚。”

“塔纳托斯[①]——自己找死。”霍华德说。他把一条餐巾搭在胳膊上，检查了一下吧台上的一瓶葡萄酒。“为了保持心理平衡，我们竟然需要时常幻想那些会给我们造成精神创伤的事件。人类真是太可爱了。”他端起第三杯玛奇朵咖啡，闻了闻，抿了一口，凝视着我。其他经理虽然也穿西装，但不知怎么，餐馆里的每个人都知道霍华德才是真正管事的——就好像他的西装是用更高档的面料剪裁制作的一样。

“虽然这样做有点像得了强迫症，但我们确实能通过重复经历各种痛苦的体验来获得快乐。”他又抿了一口咖啡。

“听起来可不怎么快乐。”

“但这正是我们自我抚慰的方式——让自己产生‘人生得到控制’的错觉。比方说，每次听到‘送走’这句话的时候，你会暗自希望出现不同的结果，可每次都是以你的尴尬告终，不是吗？”他等着我回应，然而我不敢看他的眼睛。“你希望掌控自己的体验，可唯一熟悉的感觉只有疼痛，疼痛是现实的晴雨表，我们永远无法相信快

① 塔纳托斯（Thanatos），希腊神话中的死亡之神。

乐。”

每当霍华德看着我，我都感觉自己赤身露体，无地自容。这时，一张咖啡小票恰好打印出来，我立刻抓住这个机会转过身去。

“你经常梦见工作吗？”他问，话音仿佛径直传到我脖子里。

“不经常。”我拿起滤碗，猛地一扣，倒空里面的渣滓，感觉他好像走开了。

其实，我的确经常梦见工作。混乱的梦境如同潮汐，冲刷我的睡眠，让我精疲力尽，上菜的场景在我脑中上演，但里面的人全都没有脸，他们的说话声和刺耳的噪声互相交杂，此起彼伏。“借过”“送走”“到你右边”“到你左边”“送走”“蜡烛”“请你”“现在”“牙签”“送走”“抹布”“现在”“打扰了”“送走”，这些熟悉的语声会接连响起，然后逐渐消失。

梦境中，这些词句就是代码，我像盲人一样接收指令，在黑暗中摸索着前进，无数音节在我耳畔跳跃、断裂。醒来时，我常常还在自言自语，说的什么我记不清了，只记得那种不吐不快的感觉。

风土条件。我来到经理办公室，在《世界葡萄酒地图》这本书里查找“风土条件”这个词。书里很多地方都提到了这个词，却没给出它的定义。似乎有点牵强。“食用性植物的特点是由土壤、气候和时令决定的，这些特点可以通过品尝感受到。”真是非常诱人的奇谈怪论。

我决定忽略他。每当杰克参加聚餐时迟到，坐在西蒙娜旁边，每当他在前窗外停下自行车，每当他大叫着表示抹布不够的时候，我都会扭过头，不去看他。

我也听说了一些事情，但都是无法证实的离奇传言，许多还自相矛盾。比如杰克做过音乐家、写过诗、当过木匠……曾在柏林、银湖和唐人街住过，差一点儿就拿到研究克尔凯郭尔[①]的哲学博士学位……人们叫他的公寓“鸦片窝”……他是双性恋，和每个人都睡过/没和任何人睡过。他过去是个瘾君子/他不喝酒/他总是有点儿醉醺醺的。

尽管经常眉来眼去，无意识地寻找对方的踪影，杰克和西蒙娜并不是一对儿。我知道他们是很老的朋友，是她把他介绍到餐馆工作的。有时候，一个金红色头发的可爱女孩（萨沙叫她“奈莎宝贝儿”）晚上会来，坐在杰克工作的吧台前，直到我们结束服务。

杰克知道，自己的工作职责包括“被人看”这一条。他是个安静的酒保，他的美里面有着近乎女性化的柔和沉静，让人很想把他画下来。在吧台工作时，他显得很顺从，很有耐心，各种年龄的女人和男人会把名片、电话号码连同小费一起给他。客人们还会无缘无故地送他礼物——他就是美到了这样的程度。

当他卷起衬衫袖子，手臂上的文身图案若隐若现，你会窥见他没有裸露在外的那部分身体的秘密。自从看到他胳膊搭在啤酒桶龙头上的样子，我就再也不是原来的我。当时啤酒出了点儿问题— 桶装啤酒刚运来不久，冰镇的时间不够长，龙头里流出来的酒都是泡沫状的。杰克边和客人说话，边让泡沫往外流，水槽里的泡沫涌出来，流向他的脚，形成逐渐扩大的白色小水池。他的衣袖是卷上去的，晃动鸡尾酒那条胳膊上的肌肉鼓胀起来，我记起碰触他时感受到的那种安静的震撼，冲击波一直传到我嘴巴里。他不合时宜裸露出来的前臂和翻涌的啤酒沫让我挪不开眼。他的态度随便，居高临下。

“浪费了这么多啤酒。”我说。我的声音甚至让我自己都感到惊

① 克尔凯郭尔（Søren Aabye Kierkegaard，1813—1855），丹麦哲学家、诗人，现代存在主义哲学创始人。

讶，打破了我决定保持沉默的誓言。

他看着我。那个晚上，也许天在下雨，室内的气氛如热带风暴般令人窒息。也许有人划了根火柴，举到我脸颊旁边。也许有人把我的生活劈开，分割成从前和以后。他看着我，然后笑了。从那一刻起，他变得让我无法忍受。

你会遇到第五种味道。

鲜：海胆、凤尾鱼、帕尔马干酪、带硬皮的干式熟成牛排、谷氨酸。再也没有什么味道比它更神秘，人们甚至发明味精来模仿天然的鲜味。它代表一种成熟到即将发酵的状态。最初尝到它，你会感到警觉，了解它的名字，熟悉它之后，腐化的食物也成为值得追求的美味，挑战你的舌头。

第四章

今晚的沙丁鱼有股怪味。

真的，主厨叫他基佬。

人力主管吓坏了。

你去过Ssäm酒吧吗?

不，最好的中餐在法拉盛。

我周三有个演出。

斯科特效率大爆发。

我一度迷上契诃夫。

我正在迷金巴利酒。

我的相机需要再次出山。

我在实验舞蹈界相当知名。

43号桌坐的是同行——Per Se餐厅来的吗?

如果又有贱人打断我，要什么莎当妮的话——

如果再有人要牛排酱汁——

他妈的怎么回事?

卡森又来了——他老婆没来。

这是本周的第二次。

有时我想，我他妈的不要和别人分小费。

我不嫉妒。

从技术上说，是我先发的短信，他只是回复而已。

你不明白。

第三天——我感觉非常好，一直在嗨。

给24号桌添个水好吗？

给49号桌送点儿面包好吗？

快去。

滚。

去你妈的。

今天，粗暴下流奥运会在我们这里开幕了。

他们不过是法国人。

参加完法学院入学考试，我才想到：哎呀，我不愿意当律师。

我有时还会画画。

我只需要空间。还有时间。还有钱。

纽约的日子太苦了。

61号桌有人过敏。

这不是真正的浪漫。

我倒愿意和那个妈妈睡觉。

她进来的时候喝醉了吗？

只是柠檬、枫糖浆和辣椒。

尼基的马提尼，只能喝一杯，千万不能多喝。

我要抗议。

就像撞到砖墙上。

27号桌需要汤勺。

主厨要见你——现在。

我现在要去送汤。

我做了什么?

去他妈的主菜。

“送走。”

主厨右手边的打印机吐出一串小票，它们飘到空中，组成一个惊叹号，如轻柔的波浪般缓缓降落。片刻之后，他吼道：“格鲁耶尔奶酪一份。鞑靼牛肉一份。鱿鱼等一下。烤炉预留两个位置。”

接到指令，大小厨子纷纷付诸行动。主厨按顺序排好小票，两脚交替着跳来跳去，好像尿急的孩子。他身材矮小，来自新泽西，但在法国受过古典训练。他会高声给厨师们讲述烹饪界的轶闻趣事，回忆“真正的”厨房是什么样的——如果西芹切得不够精细，主厨会用铜质平底锅拍你的脑袋。主厨的嗓门震耳欲聋，可他真的控制不了。侍者和经理经常抱怨连餐厅里都能听到他的声音。如果主厨开始长篇大论地发表演讲，每个人，甚至他的副手斯科特都会尽量避免与他目光接触。这个男人平日的惯常状态，就是脸红脖子粗地在厨房里踱步，随时都有可能爆发。

三厨们基本上每天都待在某个固定的地方埋头忙碌，所有常用的东西都搁在他们伸出胳膊就能拿到的范围之内，背后不是明火就是烤炉，面前的传送带上还有保温灯，汗水时常顺着他们的眼睫毛滴落下来。把菜传给主厨之前，他们会擦拭盘子的边缘，主厨则会不留情面地仔细检查，急迫地寻找不该出现的酱汁或橄榄油的痕迹。

“送走！”

“来了。”

我是跑堂的，是厨房接力的下一环。我双手缠着抹布，盘子像熨斗一样奇烫，我觉得它们简直有可能烧起来。

“听说你还没学会分辨牡蛎。”威尔说。我胆战心惊。威尔就是“中士”，我培训第一天的师傅。尽管我现在穿上了条纹衬衫，他似乎仍然把我当成他的学徒。

“老天，”我说，“这里不管干什么都搞得像上课一样，不就是做饭嘛。”

“你还没资格说这种话。”

“送！走！”

“来了。”我回应道。

“送走！”

“大点儿声。”威尔轻轻向前推我。

“来了。”我伸出双手，做好准备。

只是一个动作而已。窗口摆了一份刚出炉的烤半鸭，需要和意大利烩饭一起端走，盘子温度灼人。与所有刚被烫到的人一样，我起初毫无感觉，接着便凭本能做出了反应，然后盘子就碎了，鸭子滑到地垫上，我尖叫起来，猛地抽回手，倒退几步。

主厨看着我，以前他从来没拿正眼瞧过我。

“你开玩笑呢？”他问。静默。三厨、切肉师、打杂的、做糕点的女孩都在看我。

“我被烫伤了。”我伸出已经浮现红色条纹的手掌作为证明。

“你**他妈的**开玩笑呢？”主厨的嗓门更大了，像打雷一样。又是静默，甚至小票都停止了打印。“你是从哪儿来的？现在连星期五餐厅的白痴女招待都敢来这里混了？你被烫啦？要不要我给你妈咪打个电话呀？”

“盘子太热了。”我说。话一出口我就后悔了。

我盯着他的脚，还有乱七八糟的地板，弯腰捡起精烹细烤的鸭子。我怕他会打我，于是身体尽量向后缩，手臂前伸，拎着烤鸭的腿，想递给他。

“你是弱智吗？滚出我的厨房，以后别进来了，这里是教堂。”他两手用力拍在身前的不锈钢台面上，“他妈的教堂！”

他的目光转回台面，开始发号施令，大家凝神静听。“重做烤鸭，重做意大利烩饭，加急。特拉维斯，你他妈的在看什么？眼睛盯着你的牛排，你也打算把它扔进垃圾箱吗？”

我把鸭子放在柜台上的面包旁边。打印小票的声音、移动盘子的声音、平底锅撞击炉子的声音刺进我的耳朵，我的鼓膜和手掌同时抽痛。我走进更衣室，来到水池边，用温水冲洗手掌，红色印痕已经开始消退。我哭了一阵，换掉制服时又哭了一阵，然后在椅子上坐下来，想先平复情绪再回到楼下，这时，威尔开门进来。

“我知道，”我嚷道，“我搞砸了。我知道。”

“让我看看你的手。”

他蹲在我旁边。我摊开手掌，他把包着冰块的抹布放到上面。我又哭起来。

“你没事了，小姑娘。”他拍拍我的肩膀，“穿上你的条纹衬衫，你可以在餐厅干活。”我点点头，涂上新的睫毛膏，下楼去了。

后饭厅的阁楼设有七张双人桌，通上去的楼梯狭窄陡峭，危机四伏。“在这里干活儿，如果不小心谨慎，随时都有可能惹上官司。”他们告诉我。因此，我每次只送一道菜上去，再逐一把残羹冷炙撤下，然而即便如此，也难免洒出汤和酱汁。

“口香糖女孩”名叫希瑟，她几乎每周都会因为粘在地板上的口香糖惹麻烦。她是佐治亚州人，一口地道的南方腔，精致动听。他们告诉我，她收到的小费平均数额是最多的，大家都觉得她的南方口音帮了大忙，我却认为功臣是口香糖——保持口气清新的习惯为她赢得了更多好感。

“甜心，”她嚼着口香糖告诉我，“下楼梯时先伸左脚，身体往后靠。”

我点头。

“我听说主厨发火的事儿了，他经常这样。”

我又点头。

“你知道的，谁也不是生下来就在这儿混，我们都是新来的。我经常说，不就是做饭嘛，有什么大不了的呀。”

《工作指南》里有一条曾经被我忽略的规定：员工打卡下班后，可以免费获得一杯餐馆赠送的换班饮料，连续工作八小时后，员工还可以享受一杯免费的换班咖啡。

我同样不知道的是，这条规定推出之后，人们逐渐开始滥用自己的权利，而且越来越过分。尽管如此，“换班饮料”还是在需要紧张时给大家上足了发条，在需要放松时舒缓了我们的神经。

“坐下吧，新来的。”

尼基绝对是在跟我说话。我刚刚打卡下班，已经换掉制服，正活动着手腕往外走。

时间还不算很晚，厨子们在给厨房里的东西裹保鲜膜，侍者们有的在刷最后一批客人的信用卡，有的在隔间里等候下班。洗碗工把垃圾袋堆在厨房门口，不时向外窥探，像等待起跑信号的短跑运动员那样浑身颤抖，蓄势待发，随时准备把垃圾袋丢进路边的垃圾箱，然后回家。

“坐哪里？”

“吧台。”他收拾出一块空地。

尼基就是“超人眼镜”，他是餐馆聘请的第一位调酒师，他们说，只要餐馆不倒闭，他就不会离开。他的眼镜经常是歪的，有时候领结也歪着。十年前，他在酒吧遇到了他的老婆，每到星期五，她还会来餐馆，坐在当年与他相遇时的老位置上。我听说他有三个孩子，但我实在消化不了这条信息，因为他本人看起来还是个半大孩子。尼基人品谦逊朴实，讲话带长岛口音，这两点是他十几年来吸引客人到酒吧消费的资本。

“你要我像普通人那样坐着吗？”

“像最普通的人那样。你想喝什么？”

“嗯。”我想问他啤酒多少钱一杯，我不知道价格。

“这是你的换班饮料，是店主在晚上工作结束时对你的一点感谢。”

他把调酒器里剩余的琥珀色液体摇晃进自己的杯子里。“当然，你也可以把它理解成店主对你的感恩戴德。你想喝什么？”

“白葡萄酒好像不错。”我爬上高脚凳。今晚早些时候，忙疯了的尼基曾经质问我有没有常识，害得我一整晚都在思考这个问题，却根本不知道该对他说什么，尤其是现在，我没穿条纹衬衫，说话愈发显得没有权威。好吧，管他呢，答案是肯定的：我认为我有常识。

“是吗？没有特别的要求？”

“我不挑剔。”

“我就喜欢听助理侍者这么说。”

我脸红了。

“阿伯堡酒庄的？”他问，倒出一点儿酒给我品尝。我把杯子举到鼻子底下，点了点头。其实我很紧张，根本没嗅出味道。他给我倒了一大杯，远超我们招待客人的定量，把直身杯当成高脚杯来用。

“你今晚表现得有进步。”我身后的一个声音说。威尔跳到我旁边的凳子上坐下。

“谢谢你。”我准备先喝上一小口，再故作谦虚地回应他的赞美。阿伯堡的雷司令①并非德国货，而是来自阿尔萨斯，属于高端酒，二十六美元一杯——我正在喝的就是，尼基倒给我的，为了感谢我。按照西蒙娜教我的方法，我嘟着嘴，卷起舌头，像吸着气吹口哨那样，把酒液吸进口腔。我以为尝到的味道应该是甜的，像蜂蜜，或者像桃子，然而酒是酸的，我仿佛被人刺了一下，口水一下子流出来。尽管如此，我还是忍不住又呷了一口。

“不是甜的。”我大声对尼基和威尔说。他们笑了。

“棒极了。”我说。一小时之前，我们坐的地方还是贵宾席，只有舍得掏三十美元买上一盎司苹果白兰地的人才有资格坐在这里。

自我烫伤那次之后，威尔和我说话的语气有所变化，显得小心翼翼，似乎是在保护我。我想，也许他希望和我做朋友，要是他成为我在餐馆交到的第一个朋友，也是件不错的事儿。他穿着卡其布衬衫，让人想起狩猎爱好者，鼻子又长又尖，棕色的眼睛像牛一样，语速急促，吐字含糊不清。过去，我觉得他说话快是因为他总是很着急，现

① 雷司令（Riesling），一种具有独特酸味的白葡萄，原产于德国，在美国和澳大利亚也有种植。

在却发现真正的原因是他不愿意露牙：他的牙齿偏黄，是正方形的，左边那颗门牙上有裂缝。

威尔抽出一支烟。“都收拾好了吗？”

“是的，先生。”尼基推给他一只面包牛油碟。威尔点烟的时候，我有点儿惊慌失措——我没见过有人在餐馆里吸烟。他问我要不要也来一支，我摇摇头，眼睛望着吧台后面，假装背诵干邑白兰地酒瓶上的标签，耳朵却在听尼基和威尔你来我往地痛骂同一个地方的两支棒球队。

“你今晚和乔尼打招呼了吗？”尼基开始擦拭吧台上堆积如山的玻璃杯，它们好似列队作战的士兵，冲到前面的迟早要被后排的换掉。

“他来过？我没看见他。”

“他在希德和丽莎旁边。”

“老天，那两个家伙，我还是躲远点儿比较好。还记得‘威尼斯是不是个岛’那次争论吗？”

“我猜那天晚上他会打她。”

“如果我和她那种人结了婚，会做出比打人还恐怖的事儿。”

我脸上一直挂着漠不关心的表情，他们说的肯定是他们的朋友，与我无关。

“你在喝什么，比利·鲍伯①？”

“我可以先来一杯菲奈特②再回答你的问题吗？”

“想——得——美。”艾丽尔一巴掌拍在酒吧角落的杯架上，玻璃杯发出清脆的碰撞声。她的发型乱七八糟。

“你这么早就开始披头散发啦？”尼基问，声音相当严厉，脸上

① 比利·鲍伯·松顿（Billy Bob Thornton），好莱坞男演员、编剧、导演，生于1955年。

② 菲奈特·布兰卡（Fernet Branca），一种产于意大利米兰的比特酒。

却在挤眉弄眼。

“得了吧，尼基，拜托，我干完了，你知道我干完了，我看着不像吗？”艾丽尔撩了一下长发，像摘假发那样抠抠头皮，把发梢全部拨到肩膀一侧，趴在吧台上，双脚离地。

“瞧，尼基，喀嚓，喀嚓。”她比出剪刀般的手势，装模作样地“剪掉”了自己的头发。

艾丽尔散开头发的模样惨不忍睹，因为头发一整晚都是扎起来的，解放束缚后，形状甚是怪异，她的头发很长，盖过了胸脯，刘海被压平了，本来就浓郁欲滴的液体眼线现在已经花了——简直像鬼一样。

艾丽尔忙起来时的劲头跟飞来飞去的鸟儿差不多，还喜欢发出叽叽喳喳的声音，偶尔唱上两句，很容易紧张狂躁，也很容易恢复悠闲的状态。

“好啦，我承认你的头发剪短啦，艾丽。但我真的需要两瓶立顿豪斯[1]和一瓶菲奈特。”

“行，威士忌算我的。但是，这位哥们儿，麻烦你自己想办法弄你的菲奈特好吗？”她瞥了一眼威尔的杯子，里面是种黑色的液体，发出酽茶和泡泡糖掺到一起的怪味。“谁喝谁准备。”

“滚，艾丽。”威尔对准她喷出一股白烟。

“滚你妈，亲爱的。”她敏捷地逃开了。威尔仰脖喝光他杯里的东西。

“那是什么？”我问。

“药。”他打着嗝说，“饭后服用，治疗消化不良……有奇效。”

---

① 立顿豪斯（Rittenhouse），一个威士忌酒品牌。

他手伸向吧台，往自己杯子里倒啤酒，尼基停下手里的活计，看着他。

“我刚他妈的把这里擦干净，威尔，你他妈要是敢洒出一滴来……”

威尔哆嗦着倒酒，啤酒泡沫冒出杯沿一英寸。房间里静下来。泡沫继续往上蹿，但始终没有涌到外面。

“我是专家。”威尔宣布。

“可怜。”艾丽尔说。她把两瓶裸麦威士忌搁在吧台上，从威尔的另一侧拖出一只高脚凳。她穿着黑色吊带裙，也许她是把它当成正式的连衣裙来穿的，透过裙子能看出她的胸罩是荧光黄的，好像黄色的交通灯，潜台词是“谨慎通过”。

“嗯……有开了瓶的吗？”她跪在凳子上，去够吧台后面的简便酒架。

“你们这些禽兽，能不能离我的吧台远点儿？我要打扫卫生。”

“那瓶吉恭达斯[①]还在吗？我们什么时候打开的来着？”

“两个晚上之前。”

“喝点儿吧。”

“值得考虑。”

尼基取出一只杯子、一瓶带徽章的葡萄酒，往吧台上一放，继续打扫起来。

“你让我自己倒吗？刚才你还给新来的倒酒了。”

“艾丽尔，别胡闹，你今天兴奋过头了。她现在还什么都不会，脑袋和屁股都没分清，我想她可以做得更好。你已经浪费了我二十分

---

① 吉恭达斯（Gigondas），法国罗纳河谷一个葡萄酒产区生产的葡萄酒。

钟了。”

“我偏要在这儿胡闹，老头子。”艾丽尔把酒一股脑儿全部倒进她的杯子，闻了闻，掀开她的手机翻盖。

假如尼基像刚才那样对我说话，我会觉得受不了，可他们两个谁都没有介意，酒吧的气氛还是一如既往地平静。过了一会儿，尼基朝厨房里大喊：“警报解除！”话音刚落，服务员们就从门后蜂拥而出，提着黑色的垃圾袋，沿着吧台后面的过道跑到门口，猛然把门打开，夏夜热腾腾的空气扑面涌入，黏稠得像成排的手指扫过我的脸颊。可怜。我喝着我的雷司令。药。

“好热啊。”我说。无人回应。

“夏天。”我说。

街道上传来单调的嗡嗡声，然后是沙沙声，使我想起童年的蝉鸣，沉闷单调，又好似风吹过树枝，牛在麦田里低吟。其实，那是外面的车流经过的声音，我只是尚未习惯——没来得及用过热的机器发出的哀叫替换大脑对自然界的记忆。

我向威尔那边靠过去一点儿，做出欢迎别人找我聊天的姿态。威尔和艾丽尔都在玩手机，尼基在吧台后面自言自语地骂脏话。我开始考虑要不要把手机拿出来，我的手机是新买的，来纽约之前，我把旧手机留在我房间的梳妆台抽屉里了，我想知道父亲会怎么处理它，还有我那好几箱书——尽管我也非常肯定，到现在为止，他应该连我房间的门都没打开过。我新手机号的地区编码是917[①]，似乎具有某种象征意义。我忠实地把所有人的联系信息都拷贝到新手机里，但迄今为止没有出现过未接来电或未读短信，甚至连找我代班的电话都没接到过。

---

① 纽约市的电话区号。

“我没有空调。”我说。

“真的吗？”威尔挂掉电话，转身看着我，“不开玩笑？”

“用不起空调。”

“可怜。”艾丽尔插话道，她趴在威尔身边，好奇地看着我。“你有什么打算？”

“哦，我有大窗户和风扇。如果实在热得受不了，就像上周那种天气，我就洗冷水澡，把汗——”

“不，”她说（从她的眼神推断，我觉得她其实想说“你他妈的白痴”），“你打算怎么办？你来纽约**干什么**？你有目标吗？”

“有啊，”我说，“我在**努力**成为助理侍者。”

她笑了。我让艾丽尔笑了。

“是啊，等你成了助理侍者，以后就没有什么做不到的了。”

“你有什么打算？”

“我什么都尝试，唱歌、写歌，我还有个乐队。我们的威尔打算拍一部电影，《筋疲力尽》[①]的黏土动画版。”

“好吧，这只是我的一个想法，我还有更烂的想法。”

“不，一点儿都不烂，非常令人钦佩，花一个星期的时间摆弄黏土，把无聊演绎到极致——”

“艾丽尔，虽然你不懂艺术，还在这里指手画脚，但我根本不生气，因为我首先会归咎于你的性别，其次是社会制度——”

“威尔，你老实承认了吧，你其实打算躲起来自慰，对不对？藏在你的小黑屋里，对着黏土做的珍·茜宝打飞机？”

威尔叹了口气。“我承认，很难不承认。”他转向我，“我其实

① 《筋疲力尽》（À Bout de Souffle），1960年上映的法国电影，让-吕克·戈达尔执导，让-保罗·贝尔蒙多、珍·茜宝主演。

打算忙点儿别的，我准备写故事——”

“漫画故事吗？主题是英雄大冒险？还是男权叙事的探讨与重申？”

“艾丽尔，你他妈的就不能闭嘴？”

艾丽尔笑了，一手搭在他肩膀上，另一手拿起酒杯，正要品尝时，她突然说：“哎呀呀。”接着转向我们。

“干杯。”她严肃地说。

“干杯。”

“不，别忘了眼睛，新来的。”

“看着她的眼睛，”威尔说，“否则她会给你全家施咒。”

我看着她的熊猫眼，像念咒一样说“干杯”。三只杯子碰到一起，我灌了一大口酒，僵直的脊背软下来，如同室温状态下的黄油。

然后发生了三件事，它们仿佛是同时发生的。

首先，音乐变了，扬声器里传出卢·里德[1]喃喃自语般的吟唱。敬爱的诗人大叔。

“你们知道吗，我在格拉梅西公园酒店见过他一次——猜猜看，他们在那边干什么？总而言之，朋友们，他们做的事情简直恶心透顶，这就是堕落的开始。所以，我坐在那里想，卢-狗日的-里德，谢谢你教我怎么做人。你们明白吗？”

我努力集中精神听他们讲话，艾丽尔看向我的时候，我立刻点头，然而窃窃私语般的歌声就像半夜里滴水的水龙头，句句打在我心上，牵引着我的思绪。

---

① 卢·里德（Lou Reed，1942—2013），美国音乐家、歌手、制作人，原为“地下丝绒”乐队主唱兼吉他手，后单飞发展。

接着，吧台前所有高脚凳上都坐了人——换下制服的厨师、负责打烊的侍者和洗碗工，脱掉条纹衬衫之后，每个人看上去都懒洋洋的，貌似游手好闲、形迹可疑的罪犯。例如厨师，他们有的穿着皱巴巴的网球衫，有的穿重金属T恤，双手瘢痕累累，无论你在地铁上看到其中哪一位，假如不知道他的职业，八成不会以为他是好人。

我看到西蒙娜走出来，她的头发散开了。我想引起她的注意，可她和希瑟跑到吧台的另一头坐下了，希瑟的男朋友帕克（我现在才知道）就是教我用咖啡机的那个家伙。西蒙娜也不再像工作时那样扮演趾高气扬的雕像了，她穿着朴素的皮凉鞋，跷二郎腿的时候，放在上面的那只脚总是摇来晃去的。

最后，主厨匆忙走出厨房，戴棒球帽，背双肩包，脸上所有的火气早已荡然无存，看上去就像一位开小型货车下班回家的老爹。每个人都故作严肃，说："晚安，主厨。"他没有看我们，只是简单地挥挥手，迅速穿过餐厅，消失在门外。

尼基穿着一件白色汗衫，再次出现在吧台后面，他打开灯，放下一道帷幕，我工作过好几个小时的餐厅转眼变成社交俱乐部。酒保不再是酒保，开始按照别出心裁的配方调制奇怪的饮料。厨子暂时无须提心吊胆地观察主厨的眼色，或是面无表情地拿起热锅的手柄，他们卷着烟叶，嬉笑打闹。侍者们伸着懒腰，比较彼此脖子上的肌肉结节大小，拿一根手指头搅拌饮料，以爱恨交加的腔调抱怨霍华德和佐伊，用冷漠轻蔑的口吻剖析客人。我逐渐能够看出他们谈论的是不是常客，因为提到常客的时候，他们都想超过对方，证明自己才是客人最喜爱的侍者。

因为实在目不暇接，我顾不得插嘴，就在旁边看着他们。每个人都有另外一面，大家的多面性使我一时难以适应：西蒙娜其实挺温柔，也会露出疲惫的眼神。威尔和艾丽尔喜欢互相拌嘴。饮料撤掉之后，交谈声愈加响亮，我不住看向敞开的大门，生怕会有陌生人走进来点酒，或者店主参加完什么活动之后，在回家的路上临时决定过来看看，逮到我们开派对，打电话报警。到时候我会举起双手自我辩护：我是新来的，我是清白的。可其他人看上去似乎并不担心我正在担心的问题，这让我顿生怀疑：究竟谁才是这家店的主人？

“黑熊酒吧？”斯科特越过长长的吧台，朝艾丽尔喊话。

“不，公园酒吧。萨沙刚发的短信，订到了角落的位置。”

“别债（再）去公园酒吧了。”斯科特大着舌头说，他手下的两个三厨——杰瑞德和杰夫——放声大笑。

“不是吧，难道你把新来的给上了——薇薇安？”

“薇薇安！”他们喊道，举起酒杯。

“放屁。”艾丽尔大叫，她转过身对我说，“靠，我以为她是同性恋。”

“你太迟钝了，艾丽。”威尔说。

“呵呵，我们走着瞧。”她按着我的手，看着我的眼睛说，“他们一开始都是直的，后来才变弯，这是最好玩的地方。”

我笑起来，其实我吓呆了。

“几点啦？”我问。灌下肚的酒组成一堵疲惫的墙，撞到我身上，现在似乎是告退的好时机，反正我也不打算了解谁会留下来打扫整个餐馆，把它变得像每天早晨那样整洁而荒凉。我顺着吧台看过去，瞥见西蒙娜在发短信，我想，这么晚了发什么短信？与此同时，我第一次意识到她年龄比我大，接下来，他的模样从我喉咙后面冒出来——这是我新近养成的习惯。杰克的另外一面会是什么样？对我而言，换班酒是除去工作和居家之外的第三种生活状态，是我可以沉湎在内几个小时都不厌烦的消遣方式，是我了解和接触杰克的必经之路。

“还没到两点呢。”艾丽尔说，听起来两点钟大概会有事发生。

“你们每天晚上都这样吗？”

“都怎么样？”

我朝我杯子里的阿伯堡雷司令点点头——每次我挪开眼睛，酒杯就会神不知鬼不觉地被人添满，吧台上排起一溜半空的酒瓶，尼基啃着鸡尾酒里的橄榄，和斯科特互相骂娘，卢·里德沙哑低沉的小夜曲穿透烟雾形成的帷帐，海浪般拍打着我们，大家蓬头垢面，目光呆滞，无精打采地握着冰凉的酒杯。

“这有什么了不起的？”艾丽尔满不在乎地挥开我面前的烟雾，“不就是喝一杯换班酒嘛。”

第五章

刚开始工作时，他们告诉我，你没有经验。在纽约生活，最重要的是经验。

好吧，我现在积攒了一点点经验，正在摸清某个体系的结构，就像研究城市的电网。这个网络里有总经理，有管理人员，还有高级侍者、侍者和助理侍者。助理侍者是待宰羔羊，有抱负的侍者们则踌躇满志地等待飞升。对于这种情况，很少有人提出异议，大部分都相当满足于现状，比如我就要为我现在的职位感谢希瑟——她说服做过六年助理侍者、不愿晋升的帕克当了侍者，让我填补了他让出来的助理侍者的空缺。

助理侍者的工作职责分三类：跑堂（端盘子）、餐厅杂务（收拾和布置餐桌）、管理饮料（协助酒水部门的同事）——以制作咖啡为主。我注意到，尽管我们实行轮班制，但每个人都会有自己喜欢的领域，还会围绕这个领域做出适当的安排。

威尔是个出色的跑堂，口头禅是“是的—主厨—不—主厨”，颇有军人的服从心态，虽然他是助理侍者，对厨房却抱有一些恼人的忠诚，比如他会和厨师们边喝啤酒边抱怨“前厅的做派”，说得好像他不是前厅的服务员似的。

艾丽尔喜欢到餐厅服务，因为助理侍者在这里比较自由，她可以四处转悠，送一些新菜，给客人添水，擦几套刀叉，排布在刚收拾好的桌子上，摆弄到心满意足为止。艾丽尔赢得了管理者的信任，可以放心地与客人交谈而不受责备，但这并非所有助理侍者的常态，其余的人哪怕只对某一桌的客人说声“你好”都会挨骂。

萨沙无论做什么都相当有效率，以至于根本闲不住。他很容易厌倦，如果你让他待在厨房干活，他会顺便帮你跑堂，给酒吧送冰块，在回来的路上随手收拾出几张桌子——他完成这一切所花的时间，还不够我找到31号桌的3号位置。如此高效对他来说不一定是好事，我亲眼见过艾丽尔、威尔——甚至其他侍者——和他共事的时候偷懒。

至于我——出于若干原因，我的心向酒吧倾斜。首先，我注意到管理饮料的人手不够；第二，我拥有处理饮料事项方面的才能和制作拿铁咖啡多年的经验；第三，在吧台工作是逃离主厨魔爪的机会；第四（也是最主要，或是唯一的原因），杰克是酒保。

我协助侍者把饮料送给客人，协助调酒师保证酒吧物资充足，搬运成箱的红酒啤酒和成桶的冰块，移动玻璃杯架和杂物箱，擦洗酒具。如果动作慢了，酒水供应不及时，翻台率就会下降，影响到我们的收入。所以，客人落座一个半小时之后，吧台会自动打出咖啡小票，我的任务是争取让客人在半小时之内结账。

每晚服务结束时，酒保们会列出备货清单，我再根据清单取回所需的物品。有人之所以害怕处理饮料事项，是因为几乎每天晚上都会忙得焦头烂额，半刻不得闲：开始时拼命送酒，最后忙不迭地送咖啡。是的，我的脖子、双手和双腿都会酸疼，然而我热爱这个岗位。

我的新岗位只存在一个问题：咖啡的手工制作。但它属于另外百分之四十九，是熟能生巧的活计。饮料管理的百分之五十一与红酒知识有关。

“嗜吃不是一种症状，”听到我饥肠辘辘的抱怨，西蒙娜说，“治愈不了。它是种生存状态，与大多数生存状态一样，会产生一些难以避免的道德后果。”

吃第一只牡蛎的时候，你应该把它当成感冒润喉糖，含在口腔的后部品尝，可以前没人告诉我这个——我是牡蛎菜鸟，把又湿又小的牡蛎肉放进嘴里时，只会本能地依照恐惧的命令行事。

“韦尔弗利特[①]。”有人说。

“不对，那儿的牡蛎个头没这么小。”

“爱德华王子岛[②]。”

“是啊，挺肥的。”

“但海水味太重。”

海水味。爱德华王子岛。这些都是代码。我拿起第二只牡蛎，仔细观察，它的外壳尖利、棱角分明，是牡蛎肉的天然容器，像一层皮肤。牡蛎肉缩在壳里。

这一次，我让它在舌头上多停留了一会儿。海水味就是咸味，牡蛎是海洋的产物，海水就是它的空气。我尝出了金属、麝香和海藻的味道，嘴巴变成海腥味十足的钓鱼码头。杰克已经吃到第三只，他把牡蛎壳丢在冰块上。吞下去，就是现在。

“我觉得是西海岸的，很肥。”有人说。

---

① 韦尔弗利特（Wellfleet），马萨诸塞州的一个海滨城镇。

② 爱德华王子岛（Prince Edward Island，常简称为PEI），加拿大东部岛屿，属爱德华王子省。

“但是干净。”

“熊本牡蛎。华盛顿，对吗？”他问。

“他说得对。”佐伊说。在他面前，她的微笑显得傻乎乎的。

我做了笔记。我听到他说：“你喜欢它们吗？”

我敢肯定他是在跟我说话，但我假装没听见。我？我喜欢它们吗？我不知道。我大口灌水，嘴里还是有味道。在更衣室，我刷了两遍牙，伸出舌头照镜子，察看是否留有残渣。

那个星期天下午，我非常肯定地认为尼利太太死了，死在13号桌，我躲到远处观察情况，直到另一个侍者走过去——叫醒了她。醒过来之后，她又让我们往她的汤里加雪莉酒，于是我们端过去两杯雪莉酒，一杯给她的汤，一杯给她。

尼利太太快九十了，自出生起就住在哈莱姆区。每逢周日，她会穿上高筒袜、高跟鞋，戴上帽子，搭公交车来联合广场。她有一顶紫红色的药盒帽，装饰着绢花和矢车菊色的网眼花边。她曾经是纽约无线电城音乐厅“火箭女郎舞蹈团”的一员。

“所以现在我的腿还长这样。”她把裙子掀到大腿上。

“我常到勒帕维隆餐厅吃饭。亨利·索尔那个浑蛋，管起店来像独裁者一样，但我还是会去，大家都会去，连肯尼迪家的人也去。孩子，你也许不记得了，可我记得，他们的饭菜那才叫饭菜。等等，奶油去哪儿了？那儿的黄油、四季豆，亲爱的，你甚至根本不用嚼。”

“要是我生在那个时候就好了。”我说。

“高级烹饪术已经失传啦，完蛋啦，现在都在追求什么‘嚼劲’。”她停顿了一下，看了看周围的桌子，“我的汤来了没有？”

“啊，来过了。”我十分钟前已经把她的汤盘清理下去了。

“我还没喝汤呢，我的汤怎么还没来？”

“尼利太太，”我不知所措地小声说，“你已经喝过汤啦。”

西蒙娜突然出现在我身边，担下全部责任，把我解救出来。我向后退去，尼利太太把目标转向西蒙娜。

“告诉主厨，现在就把我的汤送来。”

“当然可以，尼利太太。你还需要什么吗？”

“噢，你看上去挺累的，喝点儿酒对你有好处，一点儿好酒，比如雪莉酒。”

西蒙娜笑了，她的脸有点红：“我想这正是我需要的。”

《工作指南》里半遮半掩地提到过一条原则，其实就算不提大家也心照不宣，这条原则就是：你可以和任何人睡觉，就是不能和上司搞到一起，不能睡付你薪水的人、有权雇用或开除你的人。至于那些与你处在同一等级的人——比如小时工——你尽可以在这个范围内选择炮友。

任何稍微比性更浪漫的关系都瞒不过霍华德的眼睛，只有纯粹的性关系才能成功掩藏在表面之下，不被别人发现。

我向希瑟打听她和帕克的恋爱故事，她戴着一枚小巧的古董订婚戒指，是帕克的祖母传给她的，但他们尚未定下婚礼的具体时间。

“帕克？哦，我第一天参加培训时，看到他在吧台那里，我说，噢，上帝，看看那个麻烦精。我们那时都已经和别人订婚了，他的未婚妻——我没开玩笑——叫黛比·休格贝克，是密西西比州杰克逊的，好像是个律师，单纯得像一片白面包，别告诉他这是我说的。我们一搭上话，我就想，好啦，我真正的人生开始了，我等的火车终于来了。”

“哇。”我说。我的人生，我的火车。

“这儿就是个爱的小天地，亲爱的，看好你的内裤，别随便脱下来。”

公园酒吧的光线昏暗，几乎没有装饰，但靠近天花板的墙壁上挂着一幅画的复制品。我告诉他们我见过这幅画，可我自己也不是十分确定。画里有两个拳击手，站在拳台中央，正在搏斗，场面激烈，你看得到他们身体上的伤口，却看不清他们的五官，两张面孔模糊交错，融为一体。

威尔终于邀请我加入他们喝完换班酒之后的酒会——又称“第二杯换班酒”。尼基给餐馆上锁，我跟在威尔身后。同事们互相道别，有的在讨论现在还能赶上哪一班地铁，有的在拦出租车。我想起艾丽尔那天说的“还没到两点呢”，就看了看手机：凌晨两点十五分。威尔一行人朝街对面的停车场走去。噢，你们有车？我问。威尔说，不，我们去公园酒吧。艾丽尔边走边哼歌。我们进入地下停车场，水泥地面到处是轮胎印和油污，空气中弥漫着汽油味。警卫向威尔招手致意，我们走上楼梯，来到第十五街，一处门面上方有块巨大的招牌，写着“PARK”四个字母，果然是家酒吧。

公园酒吧的噪声很快淹没了我的顾虑。这里人满为患，但没有威尔和艾丽尔不认识的人。斯科特和厨子们占据了角落的一张桌子，其中有几个是餐馆的帮厨。我们走过去。我像艾丽尔那样把自己的包放到他们旁边的座位上。我认出酒吧里还有早些时候被裁掉的餐馆前员工和早班服务生。艾丽尔指着另外几张桌子说：“蓝水、哥谭、格拉梅西，还有巴伯的一批白痴。”我点点头。

我们一行人朝吧台移动，威尔紧抓着我的胳膊，萨沙已经坐在吧台前面了，他旁边是个多米尼加男人，戴着硕大的钻石耳钉。

“哎呀，看看这是谁赏光过来啦！”萨沙说，他竟然凑过来亲了亲我的两边脸蛋，把我吓得不轻。坐他旁边的那个男人自我介绍说：“卡洛斯，为您效劳。”他是蓝水烧烤餐厅的勤杂工。

我们座位上方那幅画里的两个拳击手——我听到他俩说：**放出我去，放我出去**。他们播放起披头士的《艾比路》。我想告诉酒吧里的每一个人：我六岁生日那天，虽然知道不会有生日派对——因为父亲不相信过生日那一套——我还是从杂货店里偷了两张贺曼牌的蜡笔画请柬（趁人不备，把它们塞进我的牛仔裤后袋），拿出我所有的彩色铅笔，在上面画了很多装饰图案。我打算把其中一张交给约翰·列侬，另一张给母亲，请他们务必到我家来参加我的生日茶会。生日前一天晚上，我把两张请柬放进家门口的空花盆里，跑回房间，跪在床边祷告，乞求上帝把请柬送给约翰·列侬和我母亲。我向他保证，我再也不会哭，每次都把晚饭吃完，而且，除了这一次，在我的余生中，我再也不会要求过什么生日。怀着无法忍受的喜悦，我颤抖着上了床，感谢上帝不辞辛劳寻找他们两个，感谢他知道我是多么迫切地需要他们。早晨我醒来之后，看到请柬还在花盆里，只不过变得湿乎乎的。我把它们扔掉了，而且没在我父亲面前哭。但后来在学校里，我趴在课桌上哭得停不下来，他们送我去见护士，我告诉她，我知道上帝不存在，他们又给我父亲打电话，让他来接我，我听到护士和他吵起来，愤怒地质问他：“你知道今天是她的生日吗？”

想到这里，我用清晰到冷酷的声音对旁边的人说：“有些时候，我会忘记我来这里的原因。”他们同情地点头。“我需要一直**证明**自己吗？证明我自己活着、想得到更多吗？”

他们把我介绍给特里。特里人还不到四十岁，头顶已经秃成了地中海，脑袋下半部分还剩一圈挺长的头发，被他掖在耳朵后面。特里发起脾气来像头公牛，在酒吧里调情、唱歌、和其他酒保对骂，忙得不亦乐乎。人家把我介绍给他的时候，他指指自己的脸颊，我上去亲了一下，他给我一杯啤酒。

特里说："一八六四年的今天，看到罗伯特·李将军的部队之后，格兰特将军知道自己的士兵必死无疑，就对他们说：我们不会投降，先生们，我们要硬拼到底。"

我暗想，这是真的吗？嘴上却说："至少他们有奋斗的目标。"

他耸耸肩："我可能已经做了一些糟糕的人生选择，谁知道呢？"

早晨的阳光像匕首一样悄然插进敞开的窗户，空气重新变得清新，我快要散架的骨头重新聚到一起，似乎获得了新的活力。世俗，是的，然而对我来说，所有事物都那么引人入胜。

"好吧。什么是桑塞尔？"西蒙娜的棕色眼睛像蛇一样狡猾。

"白索维农葡萄。"我回答，双手交叉，放在面前的桌子上。

"什么是桑塞尔？"

"桑塞尔……"我闭上眼睛。

"想想法国地图，"她低声说，"红酒知识与地理分不开。"

"是卢瓦尔河谷的一处地名，以出产白索维农葡萄酒著称。"

"还有呢，把零碎的信息组合起来，它是什么？"

"它被误解了。"

"为什么？"

"因为人们认为白索维农葡萄酒口感圆润。"

“它的口感不圆润吗？”

“不，圆润，但有的不圆润。人们认为在任何地方都能种植白素维农葡萄，其实不是。这就是所谓的‘名气有利也有弊’？”

“接着说。”

“卢瓦尔河谷位置偏北，气候更冷。”见她点头，我继续说下去，“寒冷地区的白素维农葡萄品质更好。

“气候寒冷意味着生长期较长，葡萄成熟需要更长的时间。

“这样的葡萄味道更细腻，含有更多矿物质，所以，桑塞尔是白素维农葡萄真正的家？”

我等待西蒙娜的肯定或纠正。刚才说的那些话，我自己也是一知半解，我以为她会对我的无知表示同情，然而，我却得到一个阴冷的笑容，还有半杯桑塞尔白葡萄酒。

服务结束后，洗碗工掀起湿黏的吧台垫，腐烂的气味从瓷砖接缝黑色的灌浆中冒出来，厨房宛如不锈钢建造的圆形剧场，空旷寂静，但烟火气息萦绕不散，似乎依旧回荡着忙碌的噪声和主厨的嘶吼。

勤杂工擦洗着每一块台面，在清扫中度过夜晚。两个侍者坐在矮柜上吃金属罐里的腌渍红洋葱。吃剩的冰淇淋摆在面包台上，已经化成了汤。

“嘿，新来的，我在这儿。”

我？杰克站在一座步入式储藏柜门口，端着满满一杯柠檬片，酒液的痕迹在他围裙上纵横交错，衬衫袖子捋得很高，我看到了他的静脉血管。

“你有权利进去吗？”我的意思是，你有没有像我想着你一样想着我？

“你喜欢吗？牡蛎？”

当他说出**牡蛎**这个词，它们的味道就在我舌头上死灰复燃，仿佛此前一直处于休眠状态。

“是，我想我喜欢。”

“进来。”他把储藏柜的推拉门开得更大，手臂上的文身露了出来。我从他胳膊底下钻过去，同时回头看了一眼，确认西蒙娜并不在场。这是我第一次单独和他在密闭空间里相处。

“我们会不会被锁在里面？”我的意思是我很害怕。

储藏柜里有两瓶打开的施耐德-魏斯小麦啤酒，我在酒吧给客人倒过，但自己没喝过。酒瓶斜靠在一个纸箱上，箱子的标签上写着“绿色蔬菜”，里面装的却是小帘蛤，看来我们在海鲜储藏柜：深红的金枪鱼片、大理石纹的三文鱼肉、洁白的鳕鱼。空气凉飕飕的，带着最原始的海洋气息。

“那是什么文身？”我指着他的二头肌问。他把袖子拉了下来。

杰克翻出一只木板箱，箱子上用遮蔽胶带贴着“熊本”字样，他从箱子里拿出两小只牡蛎，清掉壳外的杂物，一条海草落到他的裤子上，粘住了。

“看上去好脏。”我低声说。

“它们的美味是个秘密，长成这种样子是为了考验你的勇气。”在制冷器的马达轰鸣中，他的声音显得很平静，我不由自主打着寒战靠近了他。他从口袋里掏出一把钝刀，刀尖楔入牡蛎壳上一条看不见的裂缝，手腕拧动两下，壳被撬开了。

“你从哪儿学的这一套？”

他往牡蛎肉上挤柠檬汁，说：“赶快吃掉。”

我掀开牡蛎壳，我已经准备好体验牡蛎肉的海水味和柔软，仪式感的僵硬和陌生，刺激和私密。我微微喘息，睁开眼睛，发现杰克在看着我，他说："它们很完美。"

他给我啤酒，酒液接近黑色，巧克力般醇厚，后味甘甜，与牡蛎汁液的甜味呼应，感官享受使我的大脑急速充血，身上蹿起鸡皮疙瘩。忽略他。把目光移开。我看着他。

"可以再给我一只吗？"

躺在床上，我能感觉到背部的疼痛扩散到床垫上。我摸着自己的脖子、肩膀和肱二头肌，身体的某些部位似乎发生了变化。我翻开手机：早晨四点四十七分。眼前的黑色空间静止不动，既不向前靠近，也不往窗外挪移。热是黏合剂，连风扇都无法溶解它。

我起身去厕所，看到我的室友赤裸上身醉倒在沙发上，胸前一片亮晶晶的汗渍，打着呼噜。他的房间里传出空调的噪声。有些人真是白痴。

厕所空间逼仄，铺着小块的褐色瓷砖，灌浆是褐色的，天花板角落里的霉点也是褐色的。我把淋浴调成冷水，在水流下钻进钻出，喘息，叹气，直到皮肤变得僵硬。我把毛巾铺在床单上面，浑身湿透地躺下，热再次降临，像落在身上的小虫。

我抚摸自己的肚子和大腿，我的身体变强壮了。我触碰着自己，感觉这具躯体石头般僵硬。我看见杰克在更衣室里脱掉长裤和破旧的四角内裤，看见他苍白的双腿。我想起他手臂上的汗珠，想起他狂暴地摇晃调酒器，想起我第一次见到他时，他的白T恤被汗水浸透，紧贴皮肤。我想要勾画他的脸，脑中却是一片空白，除了他的眼睛，我回忆不起任何其他细节。这并不重要。我满怀感激、突如其来地达到了高潮。

我的身体反射着街灯投进房间的昏黄光线。我早已习惯孤独，却从未意识到还有许多人也和我一样孤独。我知道威廉斯堡以南的所有人都盯着天花板，祈求上帝赐予他们一丝凉风，医治他们。如他们一样，我在期许中迷失，缓缓蒸发。

第六章

上班时烫伤是家常便饭。

高温消毒后冒着热气的高脚杯，裹着奶渍的咖啡机蒸汽棒，酒吧水槽漏水的热水龙头，传送带上被保温灯烤得炽热的瓷碟，都是可怕的热源。

常见受伤部位：手掌边缘、指尖、手腕、手肘内侧。举个例子，当你给打印机换色带，不得不移动到主厨身后时，皮肤会不慎碰到铜平底锅的把手，你惨叫一声，锅子旋转两圈，掉到地上，主厨送你走出厨房，接下来的午餐服务时间里，你只能在餐厅收拾桌子。

伤痕终将愈合，皮肤的烧灼感却很难遗忘。

撕开红酒瓶上的箔纸时，如果手法不专业，指关节上会出现小口子。

斯科特说："你的皮会变糙，刀都划不透。"他从烤炉里拖出一只盘子，当场证明自己的话。

当我们摇摇摆摆走到吧台边的时候，已经是后半夜了，每个人此刻的样子都和餐厅的地板一样邋遢。真是艰难的一天。活儿干到一半，洗碗机坏了，我们只好派了两个人在滚烫的热水中用手洗杯子。接着，本来就不太好用的空调彻底停转。我们坐下喝换班酒时，修空调的才来。修理工突然把门推开，大家期待地扭头往街上看，但外面的温度没有丝毫变化。

作为犒赏，尼基给助理侍者们喝金汤力。我的手指仿佛彻底被水煮过一遍，拇指和食指之间的筋肉抽痛不已——擦洗餐具的后遗症。我甚至没有力气去盘算如何坐到杰克和西蒙娜旁边，只好疲倦地在威尔身边的高脚凳上坐下。吧台上摆着一只亨利爵士金酒的空瓶，好像吉祥物。

沃尔特坐在我另一侧，我们之前不曾有过交集。他五十出头，身材高大，举止优雅，门牙之间有条别致的缝隙。他看上去和我一样疲惫，每次呼气，眼圈周围的纹路都会加深。他问我工作适应得怎么样，我们闲聊了几句。我告诉他我住在威廉斯堡，他哼了一声。

"我在那里住过。"他说。

"你？跟那些死鱼眼懒汉做邻居？"

"八十年代末的事儿了——你那时候应该才出生吧——我在那里住了六年。当时那里才叫惨不忍睹，现在好多了。地铁经常停运，我们晚上有时候会半路下车，沿着铁轨走回家。"

"哈！"尼基拍了一下吧台，"我都忘了。"

"铁轨是最快的路线。"沃尔特喝完酒，把杯子推到尼基面前，"不能白听我讲，续杯。"

"整座楼都是我们的。"沃尔特说。尼基把瓶中剩余的蒙特普齐亚诺葡萄酒全部倒进他的杯子里。"一共三层。我的房租是550美元，在那时候可不是个小数目。我室友是瓦尔登……威廉斯堡的瓦尔登和沃尔特，我们觉得这个称号挺可爱。瓦尔登需要地方放他的画，它们——好吧。”他看着我，“你大概见过他的作品，那时候他正在狂热地创作拼贴画，每一幅都跟一面墙差不多大，他就在室内搞创作，作品得拆开才能拿到室外。其中一层楼是我们的废品仓库，有汽车挡泥板、坏灯管、鸡舍铁丝网、成箱的照片。”沃尔特端着酒杯轻声笑着说，“这是很久以前的事了，再后来他进入了另一个阶段，叫什么来着？”

酒吧里的人都低头听他说话，除了西蒙娜，她耐心地注视着他。

“物质享乐阶段。”她说。

“啊，西蒙娜还记得！如果你忘记了故事的细节，问西蒙娜准没错。”他和她愉快地对视了一眼，“他们说，和拉里·高古轩①的风流韵事颠覆了他的人生观。他一夜成名。他在威廉斯堡的所有东西——我猜，现在连他看过的小人书都值几百万。他平时喜欢摆弄废品，我喜欢在浴缸里唱歌剧。”

“我想听你唱歌了。”西蒙娜说。

“三楼的天窗不见了，下雨时就像万神殿，房间中央有一道亮闪闪的水柱，地板被水泡出个大黑窟窿，到了春天长青苔。他们想把房子三万美元卖给我们，我没开玩笑。我们想，老天，谁会在格兰特街和维斯买房子？我都怕房子陷进河里。”

他住了嘴。我抿了一口金汤力，这酒对我来说劲儿太大，但我不愿承认。

“现在那边有些公寓楼，”我说。我不知道还能说什么，我的脑袋越来越沉。“都是半成品，没人住，也永远不会住满，没人感兴趣。”

① 拉里·高古轩（Larry Gagosian），美国艺术商，其所拥有的“高古轩画廊”遍布全球。

“你住的就是公寓楼，新来的。”萨沙说。

沃尔特盯着他的酒杯底。“天花板上有该死的洞，冬天水管会冻住，转角处漏水。我们每星期都得把溜进来吸毒的赶走——每个星期都有。其中一个还想用牛排刀捅瓦尔登——我们的牛排刀。但有时我也希望我们没有搬走。”

我乘坐L线地铁上下班。起初，我会主动和其他乘客打招呼。我在车厢里涂睫毛膏，拿出小费放在腿上数，做笔记，啃贝果面包，用手指把上面的奶油干酪摊匀，跟着音乐晃动肩膀，在座位上伸懒腰，朝自己在车窗上的倒影微笑。

“你缺乏自我意识，”一天，我正准备下班，西蒙娜告诉我，“没有认识自我的能力，就无法保护自己。你明白吗？想要生存下去，关键在于暂停播放你头脑中想象出来的音乐，不要孤立你的感官——要和环境互动。”

于是，我学会了安静地坐着，不关心任何东西和任何人，如果地铁上有人坐到我旁边，开始谈论自己，我会为他们感到尴尬。

我到餐厅干活的第一天，尼利太太的钱包找不到了，正在补充餐具的我听到了她的叫喊。只见她抬起细瘦的胳膊，把手提包丢到桌子上，桌上的餐刀震落在地，发出尖厉的声音，听上去像一声警报。其他桌的客人都扭头看她。尼利太太把她的包翻了个底朝天，掏出许多皱巴巴的纸巾，好几管口红，还有她的地铁卡。

西蒙娜捡起餐刀，手放在尼利太太肩膀上，尼利太太重新坐下，双手激动地不停摇晃。“哎呀……哎呀……哎呀。”

“你知道吗，我们找到它了，”西蒙娜抓住尼利太太的一只手，

"没事了，你今天还没吃羊肉呢，羊肉有什么问题吗？"

"哦，半生不熟的，你们请的什么厨师，怎么连羊肉都不会做，我和茱莉娅·查尔德[①]吃过一次饭，点了羊肉。詹姆斯·彼尔德就很会做羊肉，亲爱的。"

"谢谢你告诉我这些，我会转告厨师的。"西蒙娜拿起结账单。这时，佐伊悄悄来到我旁边，西蒙娜见状也走过来。

"没找到钱包，"她说着，叹了口气，"我会想办法赔偿的。"

"我应该先和霍华德商量。"佐伊小心翼翼地说。

"你说什么？"西蒙娜转向她。我退到后面。

"情况完全失控了，我们得商量对策。主厨受够了——她要了两份汤，把羊肉退回去三次。越来越过分了。"

西蒙娜绷紧了身体，我从几英尺外都能感觉到。佐伊两手放在西蒙娜背部，帮她保持镇定。她俩都没有说话，我知道佐伊会率先打破沉默。

"你不能每个星期都赔偿她的餐费，西蒙娜，这轮不到你决定，也超出了餐馆的责任范围。你记得她摔倒那次吗？是我们赔的。还有底线吗？她的家人呢？"

我全神贯注地听着，她似乎在发抖。

"每个星期都这样，佐伊，已经他妈的二十年了，你去找她的家人，我来处理这顿饭。"

她俩身边已经围了一圈侍者，见西蒙娜转身，众人匆忙散开，我逃进厨房，艾丽尔双目圆睁。

"妈的，"她说，"蜂王要被记过了。来啦！"

---

① 茱莉娅·查尔德（Julia Child，1912—2014），美国著名厨师、作家及电视节目主持人。

每次品酒培训课结束，终于得到一小杯酒作为奖励的时候，我会说些蠢话，比如：“噢，我现在明白啦。”西蒙娜会无奈地摇头。

“你只是刚刚开始学习你一无所知的东西。首先，你必须重新学会感知，你以前的感觉完全不准确——只是你的主观想法，不是真的。”

我不知道什么叫约会，请不要觉得奇怪——大多数我认识的女孩都没被人约过。我们会和熟人一起喝点酒，忘掉烦心事，此外就是出去坐坐，聊聊天。当威尔在我休假那天的傍晚问我是否愿意喝一杯，我以为就是朋友之间的聚会，像平时喝个咖啡什么的。

我们在一家名叫“大酒吧”的小酒吧见了面，这里只有四个隔间，红色灯光下散放着几只高脚凳。威尔为我打开门，把手放到我后腰上时，我想：哎呀我的妈，这他娘的该不是约会吧？

“堪萨斯。”他说。我笑了。在除了餐馆和我的房间之外的地方待着，感觉并没有那么可怕，而且不必一边忙着另外十五件事，一边和其他人类说话——这才是最可怕的。

“非常符合你的特点。”

“是吗？你看出我像中西部来的了？”

“没有，我的雷达已经关闭了——每个人好像都是在餐馆出生和长大的。但现在说得通了。”

“因为我的魅力吗？”

“不，因为你的举止。”

“风度翩翩？”

“那当然。”我喝着啤酒说。坐在想要你不想给的东西的男人面前，会感到一种奇怪的压力，就像站在一股强有力的电流之中，起初你认为电流没有那么强，但站的时间越久，你就越累，越难保持直立。

“你来这儿多久了？”

“我是来读电影学院的，天哪，已经是五年前的事儿了吧？学习很辛苦，我答应我妈毕业了就回家，每天都争分夺秒。后来我退学，她气坏了。”

“是吗？其实能做自己想做的事最重要。”

“她觉得家庭更重要。”

我吞吞口水。“也许她是对的。”

“你父母知道你在这里吗？”

“为什么这么问？”

“你看上去像离家出走的，藏着心事不愿说。”

“你真抬举我，我很肯定我爸知道。”

“很肯定？那你妈呢？她知道自己的宝贝女儿跑到大城市来了吗？”

“我妈不存在。”

“不存在？什么意思？”

“意思是我不想谈这件事。”

威尔露出关切的目光。我想，别这样，我可不是为了博取同情才告诉你的，有些问题无解。

“你为什么离开电影学院？”我问。

“我是带着目标来的，最后却被其他目标耗干了精力。我有许多想法，可是……好吧，很难坚持初衷，它通常属于那种最纯粹的梦想，你明白吗？”

“是啊。”其实我不明白。

“你到这里来，真的什么打算都没有？”

“也不是没有打算。”

“你在学校里都干了些什么？”

“读书啊。”

“我是说你学了哪些科目？你一直都是这么别扭吗？”

我叹了口气，眼下的对话至少不像霍华德的面试那么令人紧张。“我是英语文学专业的，来这里开启新生活。”

“怎么样了？你的新生活？”

我顿了顿。他好像真的很想知道，而且我也考虑过这个问题。“我他妈过得很不错啊。”

他笑了。“你让我想起我家乡的那些女孩。”

“哦，是吗？我怎么觉得你在变相损我。”

“没有啦。你看上去并不厌倦这样的生活。”

我心想，你不了解我，但还是礼貌地笑了笑：“我很快就会厌倦的，只要主厨再骂我几次，我就完全麻木了。”

“他的工作很不容易。”

“真的？我只见过他嚷嚷，连他做菜都没见过！”

“级别不同责任不同，他不再是三厨了，要负责整个餐厅的生意。我知道他每天都在怀念以前做菜的日子。”

“有一次，他警告我要装订小票，否则就把我装订起来。他怎么可以这样和别人说话？”

“他不是针对你说的。”

“他就是针对我！我在制冰机旁边哭了一场。”

“你有点儿敏感。”

“他是个怪物。”

威尔举起双手，做出投降的姿势，面带微笑。我喜欢他。其实，他也让我想起了我家乡的人——友好、直率。谈论主厨让我想起餐馆，但我现在不在那里，可以随便评论。

“你知道吗，西蒙娜在帮我学习红酒知识。”

“呸。”他揉了揉脸，“西蒙娜的帮助，如果是我，我会谨慎接受的。”

“为什么？她那么聪明，那么擅长她的工作。而且你老是问她问题。”

“是啊，但我那是没有办法。欠西蒙娜的人情，就像欠黑手党的人情，她的帮助是双刃剑。”

“你说真的？”

“我只希望你和她说话时多加小心。她经常向霍华德打小报告，暗中监视所有的侍者，他俩的关系非同一般，大家都认为他们有一腿。有一次艾丽尔告诉西蒙娜萨沙的一些事，然后萨沙就被记过了。她和霍华德的女孩关系也不一般，她们经常在半夜集体消失。我也不知道。她很有能力，但她在餐馆待得太久了，已经厌倦了，所以就开始制造麻烦。”

“我不信。我感觉她是真心帮我。”我并不指望威尔理解西蒙娜，她大概对他也有意见，但他的话里也有我不理解的东西。“霍华德的女孩是谁？她们集体消失是什么意思？”

“没什么，小姑娘。”他喝光杯里的啤酒。我知道我现在必须决定是否再喝一轮，在下午四点之前喝醉恐怕是个坏主意，然而如果能让他继续向我透露内幕，其实也值得。

“也许你感化了她，”他突然看向我的身后，“说到她，她就来了。我忘了她就住在附近。”

我扭过头，果然看到了西蒙娜。她穿着黑色直筒连衣裙，看上去那么娇小，丝毫不起眼。我转回身，缩进隔间里，有些紧张。这里不是公园酒吧，今天我休假。我宁愿西蒙娜认为我休假时会去给画家当裸体模特，或者和音乐家共饮苦艾酒，要么逛古根海姆博物馆，她曾建议我去那里转转，哪怕让她看到我独自在酒吧里捧着一本大部头埋首苦读，也好过撞见我和威尔在一起喝酒。

“你觉得她听见我们说话了吗？”我低声说，“我们该走了。”

“什么？你说什么——”

“我不舒服，”我说，“我是说，我有点难受，啤酒好像有点问题。我得回家了。”

“你没事吧？”

“威尔，我很抱歉，我们可以改天再出来，我——”我感觉她在看我们。这酒吧只有四百平方英尺，看不到我们才怪。我吸了口气，觉得有只手搭在我肩膀上。

“你们两个真是可爱的一对儿。”她拿着一本平装书，书名是法文的，书页散发着栀子花的味道。我真恨不得弄死威尔。

“我们不是一对儿，我们只是在谈工作，”我说，“对不起，你好，西蒙娜。我喜欢你的裙子，很高兴见到你。”

“你今天休假，是吗？”威尔问。我觉得他的态度有点冷淡。

“是的，我来见一个朋友。杰克等一下也来。”

我喝完我的啤酒。“我——”

“我终于在工作以外的时间逮到她了。”威尔炫耀般地说。

“哦，她这么难约？”西蒙娜带着嘲弄的微笑说。

“不是那样的。”我站了起来，“我有点难受，胃不舒服。”我抽出钱包，拿出5美元放在桌上。“威尔，抱歉，改天再约。”

我头也不回地走了。来到第二大道，我抬起胳膊打车，我知道出租车在纽约的城市生活中不可或缺，甚至连我们这些打不起车的人都离不开它。绝望。

上楼找吸管的时候，我与下楼的杰克狭路相逢。他的手背擦过我的手。我凝视着自己那只手，怎奈它并无丝毫变化。我激动异常，但还没到晕过去的程度。接下来的五个小时，我像梦游一样，反复思索他是不是故意来挑逗我。

对我而言，需要学习的东西实在太多。高级侍者——尤其是酒保——擅长与客人谈天说地，什么话题都能聊上两句，你根本难不倒他们。可见平时的积累十分重要。

我听说，干好这份工作需要了解这个城市，还要熟悉城市之外的去处，这对我来说有难度，因为我连上西区都不敢去。每个人都对东海岸的度假胜地略有了解：除了远离大城市的偏僻地带和康涅狄格州，还有位于哈德逊河谷的隐秘古董店、伯克希尔的小镇和东北部的湖泊。海滩自居一类，主要分布于汉普顿和科德角之间，以周边的城镇为标记。

你还要知道哪些画廊举行哪些展览，定期参观博物馆。如果客人（通常是参观完纽约现代艺术博物馆下午才来吃午餐的游客）问你是否看过马奈的《处决马克西米利安》组画，得要么回答准备去看，要么表示已经在巴黎看过了。你必须对歌剧有自己的看法，如果实在无甚高论，不妨礼貌地暗示歌剧这种艺术形式过于资产阶级化。你要知晓“电影论坛”剧院上映什么片子，如果有人把戈达尔和特吕弗[①]混为一谈，你有责任予以纠正。

你会了解到客人的生活琐事：在哪里结的婚、常去哪里出差、正在忙什么项目且最后期限是何时、在哪里读的本科、读书时有什么梦想，你会知道客人们的母亲都在佛罗里达的哪些城镇养老，还要关切地打听他们的同事、丈夫、妻子的情况。

你得认识扬基队和大都会队的球员，通晓气候常识，比气象学家更擅长预测天气，你还是人们买醉逃避生活时倾吐心事的对象。

而最奇特的地方是，这些事情对你来说一点都不重要。你会推开厨房后门，来到外面，回到属于自己的食物、性和酒精的世界，前往自己喜欢的酒吧或乐队表演现场，和朋友们喝个酩酊大醉。我曾亲眼目睹有人因为意大利培根蛋面引起的纠纷而把抹布甩到斯科特脸上，却对这个人的政治倾向一无所知。

他们在中上层阶级文化中——不，应该是在中上层阶级的品位中——周旋得游刃有余，甚至连大多数厨师都手握康奈尔大学这种常青藤盟校的文凭，抑或是在中情局上过班，熟悉富人圈。这就是所谓的百分之五十一。

下班后，斯科特和他手下的厨师们坐在矮柜上喝啤酒，说主厨的坏话：他自己的高超厨艺威胁到了主厨，主厨对西班牙的现状一无所知，主厨十年前就江郎才尽了。斯科特说，主厨形容他做的菜“有破坏性”，显然，斯科特希望我们认为这是个褒义词。杰夫和杰瑞德频频点头，露出崇拜的表情。在旁边偷听的我却突然对主厨——包括他

① 戈达尔（Jean-Luc Godard）和特吕弗（François Truffaut）都是法国电影导演，且都是法国新浪潮电影的代表人物。

的食物和他参与营建的餐馆——产生了意想不到的忠诚，即使这一切已经“无可救药地过时了”。

我们在后厨常备一些啤酒，整晚都放在塑料盆里冰镇，大家都忙着上菜时，由一位实习生负责倒掉冰水和添加冰块——这个任务实际上写在他的职位要求里（我问过他）。啤酒神圣不可侵犯，帮厨的小伙子就算被切到手指、被烫伤，甚至哭鼻子，也要让它们留在自己的视线之内。

“新来的，过来，桑托斯喜欢你哟。”桑托斯是新来的勤杂工，我还没见过他。他的皮肤紧实，骨瘦如柴，像个发育期的孩子，看上去顶多十五岁。

“你们就不能友好点儿，伙计们。”我说。我跳到矮柜上坐下。

杰瑞德搂住桑托斯，说：“我爱桑托斯，他是我们的新朋友，给新来的姑娘跳个舞吧，就是我们教给你的小鸡舞。”

桑托斯笑着看地板，没有动。

“啊，他现在倒不好意思了。要啤酒吗？”

桑托斯拿了一瓶啤酒，他们也给我一瓶。我脚跟蹬在门板上扭动，仿佛看到桑托斯从边境铁丝网的缝隙里钻进来，身体像硬币一样薄，穿过高墙之间的缺口。他们告诉我偷渡费用很高，只能选一个人过去，一旦过来了就不能回头，回头太危险。

“你多大？”我用西班牙语问。

“十八。”他警觉地回答。

“不像，你还没成年吧。你从哪里来的？”

“墨西哥。”斯科特说。他三口喝完啤酒，又打开一瓶。“你知道，我不会再雇肮脏的多米尼加人了，对吧，帕皮？”

帕皮就是那个长相凶恶、在我工作第一天朝我吐痰的家伙。他耷拉着眼皮，带着茫然的微笑点点头。

桑托斯怯生生地问：“你会说西班牙语？”

“只会说一点儿，听力比口语好。你讲英语吗？”

他看着厨房里的同事，等待他们的反应。

“他不太会说英语。”斯科特说，“而且我们这儿的人都说西班牙语，对吧？”

他们又打开一些啤酒。杰瑞德说：“帕皮，跳个小鸡舞吧。”

帕皮曲起肘部，像鸡拍打翅膀那样上下晃动胳膊，发出咯咯的叫声，原地转了一圈，男人们纷纷鼓掌。

“再跳一遍，帕皮，给桑托斯展示一下专业水平。”

看到我没有笑，斯科特似乎有些尴尬，他的眼神好像在说：这里的规矩就是这样。“他喝醉了，他们把偷来的威士忌藏在干货里。”

“哦。”我说。我们喝着啤酒。后来他们怂恿我跳小鸡舞，桑托斯目不转睛地看我，眼角湿润，仿佛要把看到的一切都不加过滤地记在心里。我知道他是多么需要朋友。我摇摇头，又要了一瓶啤酒，仔细打量桑托斯，问旁边的人：“他什么都不懂，对吗？”

秋

Autumn

第一章

你会被秘密绊倒。秘密遍布餐厅：墨西哥牛至，似乎经过了消毒处理，像大麻一样让人飘飘然。主厨藏在散装橄榄油后面的大桶凤尾鱼罐头，产自加泰罗尼亚。绿色的大包煎茶和研碎的小包抹茶。密封袋里的玉米面团。某些储藏柜里还有成瓶的拉差辣椒酱。干货里夹杂上等威士忌。经理办公室的书本之间时常掉落巧克力条。

秘密持有者会用陌生的语言流畅地谈论他们的秘密，分享秘密是种仪式，象征着关系的亲密。如果你还没有秘密，就无法知道你还不知道的东西。但你可以观察探究蛛丝马迹，细心聆听窃窃私语，凭直觉做出推断。

他们在叠餐巾，我去46号桌给胡椒磨添胡椒。他们像往常一样说着话，我像往常一样似懂非懂地听着。我的正前方——咖啡桌那边，霍华德和一个年轻女人坐在那里，好像在面试。我想起我面试时穿的开襟绒线衫，当时他们应该都在餐馆里上班，可我一个人也没见着，除了绣球花和霍华德放在桌子上的手，我已经不记得当时餐馆内的样子了。今天坐在霍华德面前的这个女人没穿开襟绒线衫。

“她不可能是来这里面试的。”

“也许她迷路了，她要去咖啡店面试。”

“或者去时代广场上那家服务员穿比基尼的餐厅。”

“夏威夷热带餐厅，还不错。”

少量胡椒从我指缝间漏出来——我想用手当漏斗，把它们倒进瓶子里来着。胡椒粒弹跳着掉到地板上，被走来走去的侍者践踏，碾成细末。

“那儿生意好极了，疯狂敛财。”

“穿比基尼的餐厅——离脱衣舞俱乐部只有一步之遥。”

“但这是重要的一步。”

“听着，我愿意亲自培训她。”

“我打赌你会的。”

“她出门前照过镜子吗，没发现自己的衣着不适合面试？”

“你觉得她的胸是真的吗？”

“你嫉妒啦？”

“我敢打赌，杰克会第一个上她。”

我又撒出一些胡椒，落得到处都是。我重新抓了一把，它们沾在我手掌上。

“不，她适合在厨房干。”

“亚洲基因不足。”

“你说，他们为什么不在厨房门口竖一块牌子，上面写着‘亚洲基因不足，禁止入内’？”

“她是新手。”

“哪方面的新手？”

“问问萨沙她是不是俄罗斯人。”

“佐伊不可能让霍华德雇用她。”

“拜托，佐伊面试时穿的衣服也好不到哪儿去。”

“我敢打赌，这个女孩经验丰富。”

“是呀，我想知道是哪方面的经验。”

“你们够了。”我说。我站起来，在围裙上擦了擦手掌。他们都惊讶地转过身看我，好像才发现我在那里。“别那么恶毒，我们可以实话实说。我敢肯定她是个很好的女孩，但她太漂亮，不适合在这里工作，她不会成功的。”

杰克在我身后——因为我觉得身后的温度陡然升高，有点烫人。他对着我的肩膀说：“我们也是这么说你的。”

“现在是光荣月吗？”西蒙娜打开一箱鸡油菌，鸡油菌上的尘土弄脏了她的手指。

是的，现在是晴朗明媚的九月天，下午的阳光泛起珍珠白，让人精神愉悦，同情心泛滥。纽约的绿色市场里，顾客们耐心地兜着圈子，买走成箱的紫红色李子、穗子光滑亮洁的玉米和淡紫色的薄皮茄子。空气微微震颤，好似有人拨动小提琴的琴弦。

“从上周的雨水就能判断现在的收成，我就知道，你瞧。”她给我一朵鸡油菌，我嗅了嗅。西蒙娜气定神闲，眉心的纹路似乎被熨平了，好像我们没有工作要做，她专注的目光如同温暖的水流。

“我给你准备了一摞书，包括那本你总在办公室偷看的《世界葡萄酒地图》，我有一本旧的借给你，你应该在家里留一本。我本来打算今天带过来的，但你可以到我的公寓来拿，这样似乎也挺方便——你休假那天不就去了东村嘛。”

我又一次因为上回和威尔碰面被她撞见而感到心虚。“我很愿意过去，什么时候都可以。”

“现在是时候让你来开红酒了。”

“不是为客人开！”我觉得西蒙娜在逼我，她仿佛拿着一把刀子站在我身后，我面前是黑色的大海，湍急的涡流，深不见底。

“当然不是为客人开，今晚打烊后，我们先练习一下。”

厨房有一台白色的小冰箱，人称“奶酪贮藏室”，冰箱外面摆着当天的奶酪，有橙色斑点外皮的、灰色锥形的、蓝绿色的，罩在纱网下面。西蒙娜拿起一把木柄小铲子翻动奶酪，我环顾四周，生怕被人抓到，但厨房里奇迹般地没有别人，她拐进一处角落，拿出一串葡萄，葡萄散发着浓郁的麝香味，盖过了房间里其他东西的气味。

“葡萄籽吐出来。”她把两颗黑色的籽吐在手里，我早已嚼碎嘴里的葡萄籽，苦涩的味道弥漫口腔。

“我没吃到籽。”

“世界上三分之一的葡萄原产于北美洲，比如麝香味的康科德葡萄，可最讽刺的是，美国虽然是世界上最大的鲜食葡萄产地，我们却不擅长酿造葡萄酒。阿图罗？”

一名洗碗工端着盆子走过，盆里泡着搅拌棒、调酒器和滤网。

“阿图罗，你能让杰克给我冲一杯阿萨姆红茶吗？他知道我喜欢喝，谢谢你。”

阿图罗笑着对她眨眨眼睛。有一次我问他把垃圾扔到哪里，他还朝我大喊大叫来着。我从没见过杰克进来——难道只有西蒙娜跟他要饮料的时候他才会进来吗？每次想到杰克，我的表情一定会变得异样，因为我听到西蒙娜问：“你想来一杯吗？”

我摇摇头，虽然我非常希望杰克能按照我喜欢的方式为我制作饮料。

“啊，好吧。你知道什么是丰度吗？”

我再次摇头，又拽下一颗葡萄。

“你已经被教导得像犯人那样生活：不拿、不碰、不信任。别人教导你说，世界上的事物都是有缺陷的，所以物质世界没有精神世界重要。这种论调很可怕，不是吗？其实，世界是有丰度的，你投入一分，它会给你十分的报偿。”

“投入什么？”

她往一块饼干上撒了些奶酪，边嚼边点头。

“当然是你的专注。”

“好吧。”我仔细看了看奶酪和葡萄：葡萄上有层灰，奶酪表面发霉了，尘土和霉菌说明了葡萄和奶酪的出身。厨房门开了，杰克端进两杯饮料——其中一杯是给他自己的。

“一杯阿萨姆。”他说。茶是用高身水杯冲的，加了牛奶，色泽浅淡。

“谢谢你，亲爱的。”

他低头看看西蒙娜摆出来的食物，笑了笑，拿起一颗葡萄扔进嘴里。

“在上课吗？”他问我们。

“只是聊聊。”她平静地说。

“聊卡门贝乳酪？”他把葡萄籽吐到我脚边的地板上，“新来的，别听她的。”

“亲爱的，你不是很忙吗？”

“我想我应该留在这里保护新来的，她已经爱上品尝牡蛎了，如果再和你待上十分钟，她就该背诵普鲁斯特，聚餐时要求吃鱼子酱了。”

我的心跳停止了。我以为那次吃牡蛎是我和杰克之间的秘密。但西蒙娜什么也没说，脸上挂着受到客人称赞后那种满足的表情。他不怕她。我无法想象餐馆里还有谁会当面取笑她。

“我不需要保护。”我突然说。愚蠢。他们两个一起看我，我退缩了。

同样的薄嘴唇，同样冷淡的微笑。西蒙娜看杰克的眼神里，除了亲近，还有一丝爱慕的成分——我能明白无误地感受到这一点。

“有时候我会觉得你们两个是亲戚或熟人什么的。”

“曾经是。”他说。

“我们的家庭走得很近。”她解释说。

“她曾经是我的邻居。”

“噢，上帝，杰克——”

“现在她负责监视我——”

“那是我发善心——”

“你还无所不知，无所不能——”

“是的，这样真麻烦——”

“现在我得了斯德哥尔摩综合征，已经习惯你的压迫了。”

他们互相打趣，很是亲密，好像在用电话专线交流，把我排除在外。过了一会儿，他突然走开了。西蒙娜看着我。

“我们刚刚说到哪儿了？”

“你是他邻居？”

刚才那种无忧无虑的气氛荡然无存，那是留给他的。

“我们来自科德角，算是一起长大的。”

“好吧，”我说，“你喜欢他的女朋友吗？”

“杰克的女朋友。”她笑了。

“是啊，瓦妮莎什么的。”

“我不知道什么瓦妮莎，杰克很注重隐私，也许你应该问他。”

我满脸通红，双手羞愧地缩在围裙里。“我只是觉得你应该认识他的女朋友，想问问你她什么样，酷不酷。因为你和杰克关系很好。”

“你有没有想过，你想从生活中得到什么？”

“嗯。我不知道。我是说，说真的……”

“你意识到你自己都是怎么说话的吗？”

“什么？”

“‘酷不酷’‘嗯，我不知道’‘我是说，说真的’。这样说话正常吗？”

老天。我有气无力地回答：“我知道。这是因为我很紧张。”

“这样说话是你这个年龄的女性的流行病。她们的说话方式与世界观之间存在重大偏差。她们接受的教导是用俚语、陈词滥调和讥讽的词汇表达自己——这些都是软弱的语言。语言的浅薄会扭曲你人生经历的色彩，让它们显得没有价值，被你抛弃而不是吸收。最浅薄的语言就是自称‘女孩’。”

“嗯……我现在不知道该说些什么。”

“我不是攻击你，只是引起你的关注。我们刚才不是一直在讨论关于‘专注’的问题吗？”

“是的。”

“我吓到你了吗？”

“是的。”

她笑了，吃掉一颗葡萄。

“你。”她说。她抓住我的手腕，两根手指搭在上面，好像在给我把脉。我屏住呼吸。“我了解你，我知道你从小到大都是什么样的，你身上有许多人的影子。你渴望追求心动的感觉，希望抓住每一次经验的脉搏。”

我什么也没说。这正是我想要的，她的表达方式很有力量。

“我赋予你把自己当回事的权利。认真对待自己，认真对待这个世界。从‘拥有’开始，这个词代表着丰度。”

我等待她继续说下去，从来没有人对我说过这种话。她切下一片奶酪，递给我——“多塞特奶酪。”她说——尝起来像黄油，但有点怪味，也许因为她刚才一直在摆弄鸡油菌。她给我一颗葡萄，咬下去时，我的舌头感觉到了葡萄籽，就把它们拨到一边，吐进手心。我看到紫色的葡萄藤在阳光下生长。

“我似乎尝到了季节的味道。”我说。西蒙娜没有反驳，她用一把银色的胡桃夹子夹着核桃。核桃皮像轻软的包装纸。她把碎核桃壳、葡萄籽和粉红色的奶酪外皮一股脑儿扫到地板上。

乐观估计，对于西蒙娜教给我的东西，我已经掌握了百分之七十。我没有误会的是，她的确把注意力给了我。或者说，通过接近她，我得以靠近他。在她羽翼的庇护下——通过学习红酒与奶酪品尝的独家课程——我身上逐渐出现一道光环，代表着意义与希望的光环。

当她摸到我的脉门时，我觉得自己很脆弱，似乎只要她愿意，就可以切断我的脉搏。我知道人迟早会死，我也会逃避这些消极的想法，可它们会在我深夜下了地铁步行回家的路上回到我脑子里。沉默的紫黑色仓房和泛着黑漆漆油光的河水似乎在注视我。街道好像在呼吸，然后它们就消失了。我仿佛能看到街道被擦除的过程，我觉得自己从未存在过，这也许就是死亡的感觉。它激怒了我。我怒火更炽。这就是结果：更多愤怒钻进我的血液，肆虐地流窜。

“嘿，毛片妞，来拿清单。”尼基说。有时候，尼基晚上出现时似乎刚理完发，他长着一对招风耳，看上去像个欠揍的八岁小男孩。有时候，他来上班时脸色灰败，样子很疲惫，我问他怎么了，他只是回答“千万别要孩了”。而今天晚上，他快活地跑来跑去，带着顽皮的傻笑，似乎刚和人睡过。

“你叫我什么？”

“毛片妞，这就是你的名字，你看起来就像拍毛片的。”

“我怎么成了毛片妞？”我疑惑地问。

“这名字很适合你。”

我接过备货清单。“你是说色情片场的女助理？职责是确保男演员拍摄时不软下来？”

“就是那种！”他拍了拍手，“瞧，你还没那么菜嘛。我们干活吧，毛毛，我可不想一晚上都杵在这里闲扯。”

我低下头，正要走开，心里突然涌起一种几个星期以来都没有出现过的感觉。我笑起来，是真的笑，连脚趾都在颤动。

“你是说我让你硬啦，尼基？”

他摘下挂在鼻梁上的眼镜，端详着我。

“才没有呢，你不是我喜欢的类型。但你是我晚上干活的动力，这是肯定的。”他冲我眨眨眼睛，“你今晚做得不错。”

我搬着牛奶箱钻进酒窖。看到门上方的标识上写着“当心泥沙”，我又笑起来，以至于过了很久才备完货。虽然我的效率仍然低得可怕，但我已经学会额外拿上几瓶没有出现在备货清单上的酒——我看到他把这些酒卖给客人，知道他需要它们。我还打扫了房间，依旧笑得合不拢嘴。

搞不懂西蒙娜的时候，我也会问别人，他们经常拿来搪塞我的回答是：“她在欧洲住过。”

我不相信这就是她千杯不醉、讲起话来头头是道，就像功成名就的退休教授（甚至在需要处理一大堆危机时也是这样）的原因。我认为它也解释不了为什么西蒙娜会像契诃夫剧本里的人物那样自如地步入和走出一段对话——似乎一直在听，但实际上并没有听，还有她是如何同时做到不拘小节和一丝不苟的。她的嘴唇就像红色信号灯。

她二十二岁来到餐馆，后来离开过，不止一次。我听到的传言是：她和某个香槟制造帝国的继承人订了婚……他们搬到了法国……她离开了他，她在朗格多克和鲁西荣地区的无名葡萄园、马赛附近的薰衣草田附近逗留，乘慢船去过科西嘉岛……后来她回到纽约，回到餐馆……她去过西班牙的柠檬果园和摩洛哥……她又和餐馆的一位常客订了婚，他父亲是出版大亨，但后来她又跑了，他再也没到餐馆来……

其中有些是我从她本人身上发掘到的，但主要来自道听途说。强大男性在她面前的挫败增添了她的存在感和魅力。我只知道她不属于我的世界，她甚至不属于这座城市，纽约没有能力给她打上烙印，在她身上看不到任何挣扎的痕迹，只有尘埃，而且她会不假思索地以高贵的姿态将它们甩掉。

天是那么蓝。

才过了五年。

我心中的天际线从来没有少过一块。

还记得那家红酒学校吗？就在世贸中心楼上？

我从双子塔楼下方经过，乘坐来自布鲁克林的F线地铁，一小时后灾难发生。

我当时上高中，那天没去上学，眼睛黏在电视上。

我在那里讲过一节课——里奥哈葡萄酒——九月十日的晚上。

主厨做了汤。

我听到了声音，就往窗外看——你知道我在东边。

它很慢，但很稳定，撞上去的时候就像在做慢动作。

店主在人行道上设置了赈灾的流动厨房。

不，我没去过那里。

烟。

灰尘。

可天是那么蓝。

我朋友是餐馆的侍酒师——我们当时在绿苑酒廊。

你们这些家伙从来不谈这件事。

我要报名学一门课，没开玩笑，它叫“死亡的意义”。

我一直在想：如果我那时就来到这里，会不会留到现在？

我觉得纽约远在天边。

我表哥是消防队员，第二出动人员。

电视上的东西都是假的。

可我安全吗？

除了做汤，还能干什么？

我真的无法想象。

我正在倒牛奶冲麦片，低头愣了一秒钟……

我在睡觉，我甚至没有感觉。

人群涌到大街上。

黑暗。

有时仍然觉得太快。

我们都在这个城市。

然后，警报响了好几天。

我们永远不会忘记，真的。

地图上出现了空白。

没有一个人离开这座城市。如果你在这里，你的恐惧会被暂时治愈。

凌晨两点多，我在公园酒吧，真的不能再喝了。我看不清桌子了，我对他们说，这么快它们就开始转圈了，别转了！威尔抓着我的胳膊肘，我们进了洗手间，他坐在马桶上，把我拉到他的腿上。

我拿我自己的开瓶器开了两瓶酒，利落地用小刀清理掉铝箔纸。献给西蒙娜。这套动作我对着镜子练过。瓶子不能动。划开和撕掉铝箔纸、插入酒钻、拧动、推压、旋转、拉扯的时候，酒瓶也不能摇晃。手不能挡住酒标。要酝酿沉稳自若的气场，温柔优雅地拔出软木塞。给红酒一些尊严和呼吸的空间，西蒙娜说。

“她可以不用活动手腕就让酒在高脚杯里打转。”我说。

“什么？”

“没什么。”

我的眼皮垂下来，眼前发黑。我感觉他在我背上画小圆圈。

“你让我想睡觉。”我说。

“那就好。”他说，我感觉到他的头抵在我肩膀上，把我朝他的方向掰过去。

液体流进我的喉咙，甜腻腻的，还有一股硫黄味，我的眼睛睁开一条缝。我坐起来，打开门，桌子已被清理干净。公园酒吧的窗户很大，晚上室温升高，他们就敞开窗户，让街上的凉风进来。

杰克在外面抽烟，大概正在等瓦妮莎，她通常和格拉梅西的其他侍者坐一桌。他的T恤曾经是白色的，现在被烟熏黄了，领口也破了。他永远只穿同一条黑色牛仔裤，膝盖上有故意扯开的破口，裤脚高高卷起，脚上套着粗犷的皮靴。街灯照在他的锁骨上，他转过身，坐在一扇窗前，瓦妮莎站在他旁边，双臂交叉，面朝停车场。他T恤衫下现出脊骨的形状，像古老的雕刻艺术品。

我把黏着我的威尔甩掉，他走出去和杰克抽烟。我在艾丽尔和萨沙旁边坐下。艾丽尔和薇薇安之间显然发生着什么。今晚的酒保只有特里，他正从刚才的忙碌中恢复过来。

“你还好吧，宝贝？”艾丽尔问。

“好多了。我大概只是累了。”我假装伸展脖子，趁机偷瞄杰克。

“别这样。”艾丽尔说。我转身背对她整理头发。

“我什么也没干。”

“你在找麻烦。”

“听着。”我压低声音，不让萨沙听到我说的话，“他的确非常有吸引力，可这并没有什么了不起的，对吧？大家为什么都这么怕他？”

“因为他是教科书，这就是原因。”

“小妖怪，”萨沙使劲打我的肩膀，“你没真的挨过饿吧？我来告诉你美国有他妈的什么问题——我刚来这儿的时候，连着吃了三天M豆，是的，只有M豆，我以为我要死在皇后区的那个鬼地方了——脸被老鼠啃光。现在我是一个他妈的百万富翁，但还是忘不了挨饿的滋味。”

我揉搓着一张餐巾纸，盯着酒吧黑魆魆的墙面漆。我觉得杰克似乎离开了，就又抻了抻脖子，顺势看向窗外，光秃秃的街道上只有风和尘埃。

“我想读读它，”我对艾丽尔说。她听到我说话了。“想读教科书。”

威尔走过来，点了饮料，看着我：“你还想再喝一杯，对吧？”

第二章

“去他妈的早午餐。”

斯科特面容臃肿，眼睛通红，但是站在那里，并没有瘫倒。他的手下低头忙碌。

“这不是真正的早午餐。”我说。主厨总说，早午餐不算正式餐，我喜欢把这句话告诉街对面咖啡店和蓝水烧烤餐厅的侍者——当他们站在露台上给顾客供应班尼迪克蛋[①]的时候。

“去他妈的午餐。”

“我知道你遇到了麻烦，斯科特。我告诉过你该回家了，是你自己想留在那儿的。”

我凌晨三点离开公园酒吧，那时厨师们正打算喝下一轮野格酒。喝过一杯之后，我很想把它吐到地板上，但我强忍着爬上一辆出租车，像个成年人那样，吐在了自己家的马桶里。我为自己骄傲。

我自告奋勇切起黄油，热刀子毫不费力地滑进冰冻的块状油脂。蜡纸粘在黄油铲上。切黄油和叠餐巾有着类似的节奏，在机械的重复

① 一种浇有荷兰沙司的火腿蛋吐司。

中得到满足。我的手指油光光的。

“去他妈的早午餐。”斯科特呻吟道，“艾丽尔呢？”

“她今天在餐厅。真抱歉，你得忍受我啦。”

“把艾丽尔叫来，我需要她的好东西。”

“好东西？”

“快点儿，我很急。”他喊道。

“好吧，好吧，我去找她。”

西蒙娜站在服务吧台那边喝咖啡，和杰克说话。

“嘿，艾丽尔。”我说，故意把头扭到一边，免得杰克觉得我在看他，“斯科特需要你，在厨房。”

“我们这儿正打仗呢。”她说。她眼圈发黑，看上去像被人打了，其实不过是缺觉——她每天只睡几个小时。

“我不管。”我说。我真希望我的头发能垂下来挡住脖子和脸颊，这样就不会显得那么脆弱，我就可以歪着头对出现在早晨、上菜前、上咖啡前、顶着眼袋的杰克说：我对你没兴趣。“他说他很急。”

她摆出一决胜负的姿态走进厨房，可斯科特却像缩头乌龟，趴在台子上，双手抱头。

“怎么啦，小主厨？”艾丽尔问。如果在平时，他们会打起来，因为斯科特特别讨厌这个外号，但今天他只是哀叫了两声。

“我需要帮助。”

“你敢撩拨她，快道歉。”

“艾丽尔，我没有。我发誓。那姑娘喜欢男的，我也没办法。”

“再见。”她伸出涂黑色指甲油的中指。

她转身离开，他喊道：“对不起，对不起，我不会再盯着她看了。我那玩意儿很小，我靠不住，我分文不值，我是蠢货，你早晨想吃什么我就给你做什么。”

她停住脚步。

“牛排沙拉。还有甜点。新来的要什么你也得给她做。”

“行。交出来吧。”

“你真恶心。但我说句公道话，你并非分文不值。”她拍拍手，“好了，先上饮料。”

星期天的气氛是坦诚的，规则和奖惩暂时消失。霍华德和主厨星期天放假，大部分高级职员都放假。这一天，斯科特是代理主厨，杰克是餐厅负责人——他只在星期天上白班，而且今天他一副没睡醒的样子。西蒙娜星期天也放假。今天来上班的人要么尚未从宿醉中缓过来，要么病恹恹的。

艾丽尔拿着几只干净的品脱桶去了酒窖。这些桶过去是盛蒜末、葱辣酱、蒜泥蛋黄酱、金枪鱼沙拉和格鲁耶尔芝士丝的，结果被她装满“饮料”运回来。

“这些是加了冰块、苏打和柠檬的桑塞尔白葡萄酒，插上吸管就可以冒充苏打水。”

“我需要好东西，艾丽。斯基帕就能帮我准备饮料。”

“斯基帕？”她问我。

“芭比娃娃的妹妹。”我摇摇头，“我放弃了，随便他给我起什么外号，好在这一个比上一个强。”

斯科特两口吸光他的假苏打水，把空桶还给艾丽尔。他大汗淋漓，喘息粗重，我觉得他可能会在上菜时晕过去，像狗熊那样轰然倒地。

“续杯，续杯。”

“还是你教小斯基帕处理这些事儿吧——我得去干活了。”艾丽尔嘴上说着，但还是拿着空桶返回酒窖。

“你想要什么？”斯科特偏头看我。

“什么？”

“你——想——吃——什么——”

“嗯。”趁我犹豫的工夫，他准备去忙别的，我仿佛看到宝贵的机会正在溜走，赶紧问他：“煎蛋饼里有什么？”

“我他娘的怎么知道，你希望里面有什么？”

“鸡油菌。”我说。

斯科特不以为然地咕噜了一声，但没有拒绝我。他从矮柜里掏出一些斑点花纹的棕色鸡蛋，打进碗里，调大一只黑色小煎锅下面的火苗，橘色的蛋黄鲜艳夺目。

“它们是核武器。”我靠过去细看。昨晚的酒精还控制着斯科特，但他文着图案的双手可以完全遵照肌肉的记忆行动：挥起叉子在蛋液里搅了两下，伸出一根手指试试平底锅的温度，把火调小，把鸡蛋倒进锅里，手指在盐里蘸了蘸，往锅里一抖，转动平底锅，蛋液在有限的空间里均匀摊开。

鸡油菌是事先处理好的，裹着一层焦糖，等待下锅。斯科特用勺子舀了一些，放在蛋液中央，用叉子的一个齿挑起已经成型的蛋饼边缘，配合煎锅的晃动，把蛋饼卷了起来。整套动作一气呵成，蛋饼表面完美无瑕。

艾丽尔带着给大家准备的新饮料走上来，看到我的煎蛋饼，她两眼放光，我们两人各据蛋饼一端，开始撕扯。我用吸管喝着酒，仿佛看到和平国家的公民都在吃完美的煎蛋饼，喝白葡萄酒勾兑的苏打水，而战争中那些国家的人也在中午前喝酒，喝完之后午睡。

“那也是斯科特的？”我指着第四桶饮料问。

“不，这是杰克的。你愿意给他送过去吗？”

我摇摇头。

“好啦，宝贝儿，拜托，我太忙了。”

“来啦。”我低声说。

“就送个饮料，别发骚。”她低声回应。

“恶心，”我说，“大清早骂人。”

我用抹布擦擦嘴，舌头在牙齿上舔了一圈，确定没有残留的菜渣，就在我端起饮料时，第一张小票进来了，打印的声音像除草机启动一样令人心烦。

艾丽尔说：“大清早找骂。”

斯科特说：“去他妈的早午餐。”

我说：“干杯。”

靠近杰克时，我吞下去的最后一口酒还在喉咙里荡漾。他靠在后吧台上，抱臂看着窗外。没人在这边服务。我放下酒桶，敲敲吧台，在准备一语不发地走开之前，我改变了主意，说：“杰克。”

他慢慢转过头，惊讶地看着我，身体没有动。

“这是给你的。艾丽尔让我送来。”我转身离开。

“嘿，我需要抹布。”他喝了一小口。和杰克打交道的关键是，告诉自己“这一切都是我的想象”。他很少和我互动，然而与之相矛盾的是牡蛎事件。我想也许情况已经变了，但一直不敢相信。不过，他问我要抹布时，显然是在调情。

“我已经按照酒吧的标准用量给你啦。”我小心翼翼地说。

“我还需要。”

“没有了。”

“等会儿午餐上菜的时候，酒吧会没有抹布可用哦。霍华德知道了会怎么说？”

“他会问你为什么把抹布都浪费了。”

杰克身体前倾，靠在吧台上，离我很近。他身上有轻微的汗酸味。“给我他妈的抹布。”

我翻翻白眼，转身离去，心里却忐忑不安，不停地胡思乱想，无论尼基跟我说什么，我都机械地点头。

我的抹布藏匿点是我的储物柜——据我所知，我是唯一想到在储物柜藏抹布的人。因为经理们都把抹布锁起来，我觉得我也应该。我喝完饮料，然后去给杰克送抹布。他正在同时应付六个客人，有点心烦意乱，我对自己说，放下抹布，然后走开。但我又忍不住开了口：“杰克，”我打定主意要他注意我，看着我，“给我冲一杯阿萨姆红茶好吗？”

我前面对杰克可能介绍得不够详细，下面是补充：他的牙齿有点歪，服务完最后一个客人，他会解开衬衫纽扣，喉头一跳一跳，好像有东西关在里面。当了八小时酒保，他的头发变得乱糟糟的。他喝起酒来就像世界上唯一了解啤酒的人。当他看着你，就又变成世界上唯一了解你的人，简直能把你小口吸进嘴里，慢慢咽下去。有人告诉我，他的眼睛是蓝色的，还有人说是绿色的，实际上他眼睛的中心是金色的，非常罕见。他很少笑，一旦笑起来则具有爆发性。如果听到让自己心有所感的歌，比如迈尔斯·戴维斯[①]的《蓝绿色》，他会闭上眼睛，眼皮颤动，像是在做梦，酒吧和客人仿佛从他眼前消失，他也会消失，他可以像关掉身上的开关那样对外界无知无觉，让我伫立在黑暗中等待。

---

① 迈尔斯·戴维斯（Miles Davis，1926—1991），美国爵士音乐人，是爵士乐史甚至20世纪音乐史上最有影响力的人物之一。

秋天是餐馆老员工所谓的“我们的人”——多年以来的常客——回归的季节。三十年来，尼基从未忘记每一位常客爱喝什么饮料，如果常客进门时被他看到，没等他们把小票装进口袋，想要的饮料就会出现在面前。

西蒙娜从来没有忘记任何一位常客的纪念日或生日。客人用餐时她会沉默不语，快结束时，她会送去免费的庆贺甜点，上面用巧克力酱写着“彼得与凯瑟琳结婚纪念日快乐”之类的祝福语。她的点子很多，花样时常翻新，其他侍者模仿都来不及。如果客人特别喜欢某种红酒，她就把酒标印在透明贴纸上，把贴纸放进信封送给他们。有时她和主厨会在信封上签名。我无法弄清确切原因，但她的红酒销量远超其他人。

我们拥有支持。每次换班前，迎宾招待会提醒我们哪些客人会来，他们喜欢坐在哪里、喜欢什么、讨厌什么、是否过敏，有时还会简单介绍一下他们上次来吃了什么——尤其是在这一餐出现异常的情况下。但无论什么样的电脑跟踪系统——哪怕是最高级的——都无法与高级侍者和他们的记忆力比拟。他们的招待能力似乎与生俱来，能预料到他人的需求，将服务升华为共情。人们之所以成为餐馆的回头客，是因为他们体验到了被呵护的感觉。

必须与客人保持一定的距离，这是关系得以维持的关键。亲近关系令人困惑，就是因为没有距离，无论常客多么想要相信你们是一家人，也不能和他们走得太近。沃尔特说：“常客不是朋友，他们是客人。你说鲍勃·基廷？他是种族主义者和歧视狂。我招待了他十年，他根本不知道自己一直在接受一个彻头彻尾的死基佬的服务。永远不要展示你的自我。”

艾丽尔说："千万别和常客一起出去。有时候他们会问起我的乐队演出的事儿，我觉得很尴尬，这些人甚至不喜欢音乐。还有，噢，上帝，有一次，一个女客人吃过晚餐，想找个酒吧喝一杯，萨沙推荐了公园酒吧——只是开玩笑，结果她真的去了。那里不是她去的地方。"

威尔说："我在第一年犯过的最大错误是接受了艾玛·弗兰肯送的歌剧门票。我想，这太棒了，就把票装进口袋。我知道她看上去比实际年龄年轻，但我们之间相差二十岁，我想得太简单。我们看了《茶花女》，在出租车上互相摸了一下，接下来的两个晚上，她来酒吧时显得非常不好意思。我们再也没有见过她。霍华德很不高兴。"

杰克说："如果你和客人之间隔着一个吧台，他们会显得更好看。"

"我忘了，你的手一般摆不出那样的姿势。"威尔把我逮个正着，抱臂看着我。

我在残疾人卫生间旁边的侍者隔间里练习一次端三个盘子。有些助理侍者可以一次端四个，三个盘子稳稳地交错排布在一条胳膊上，另一手拿第四个盘子。盘子是按照顺序摆到胳膊上的，所以你可以先放下第四个，腾出手把另外三个摆到每位客人左侧，盘子的布局取决于主厨设计的菜式，摆好后就像一幅幅挂在合适位置的油画。

我把第二个盘子放在手腕上，它立刻滑下来。

"你要利用三处支点，"威尔说，"食指和中指并拢，这里的软肉，"他碰了碰我拇指根部以下的手掌，"还有这里——这是你的方向盘。"他竖直拉起我的小指。

我感到别扭，小指往回缩。

“也许我的手不够大。”

“这可不是理由。主厨会催你，一直把你逼到练成为止。你现在也算半个跑堂的了，如果厨房的勤杂工能做到，你也能，这又不是什么墨西哥馆子的独家绝活。”

“她又开始逃避责任了。”尼基说。威尔庄重地点了点头，我们都盯着她看。

连我都注意到了丽贝卡的反常举止。她是迎宾招待，我和她的工作范围几乎没有任何重叠，但她彬彬有礼，特别是在看到我和西蒙娜走得很近之后，对我的态度简直是恭敬。

丽贝卡仿佛在一夜之间变了个人，情绪飘忽不定，就像涂了药房卖的鸡蛋花润肤露。聚餐时她每样食物都盛一点，却不去吃，只是滔滔不绝地说话，带着超然的神态看我们吃完。

西蒙娜说：“每个女人在职业生涯的某个时刻，都会遇到智商暂时降低的情况。”我觉得她说的就是丽贝卡。听到西蒙娜的评论，丽贝卡没有笑，反而说：“哈。”仿佛在遥远的地方给我们发信息。

正在午睡的我被她发来的两封电子邮件吵醒。邮件群发给了餐馆里每一个人——员工、店主和董事会。第一封是正式通知，她宣布，她已经完成了今天的工作，回到了家，现在写邮件给我们是为了告诉大家，今天是她最后一次值班。不用给她举办送别派对了。谢谢。

第二封邮件是这样的：“嗨，大家好！首先，语言无法形容与你们共事是多么幸运。我准备回加利福尼亚老家一段时间，我会非常想念你们每一个人！其次，霍华德和我睡了四个月，他是我辞职的原因。谢谢大家的理解，谢谢你们带给我的美好回忆！爱你们哟，贝基。”

我感受的震撼是从头到脚的——我环顾四周，想找个人打听一下情况，可这里只有我。我立刻给威尔发短信："霍华德的女孩？到底他妈的怎么回事？！"

威尔回复：我知道！真是个疯婆娘！

艾丽尔的回复：标准的神经性厌食症，我听说她已经在加州住院了。

看来以上就是大家的结论。我潜意识里觉得发生了一些非常恶劣的不公平事件，但我刚和西蒙娜提到丽贝卡的名字，她就开始大谈特谈夜丘皮诺。要是我问别人"你他妈的能相信吗"，多数人会摇头不语。我盯了霍华德一个晚上，他打着粉色领带在餐厅服务，举止一贯优雅自如。

"怎么样？"给他做玛奇朵的时候，我问他，"今晚感觉挺怪的吧？"

"你知道吗，奇怪这个词也和命运有关？古英语里'奇怪'和'命运'是同一个词，也指改变命运的超自然能力。莎士比亚第一次扩大了这个词的外延——"

"麦克白，"我说，"我想起来了。三女巫。对吧？"

"聪明。"他微微一笑，喝光咖啡，把空杯子还给我，"我没有看错你。"

萨沙是块难啃的骨头。他喜欢西瓜口味的斯米诺伏特加、杰克和流行音乐。这些东西与我的爱好有交集，所以我能偶尔引起他的注意。我听说他父亲几周前在莫斯科去世了，因为还没有拿到绿卡，他没能回去。他和一个漂亮的亚裔女孩假结婚，只知道女孩蓝色头发，名叫金吉，不知道她住哪里，所以绿卡暂时没有办下来。排队上厕所时，我向他表达了慰问，他眯起眼睛，像一只受到威胁的动物。我告诉他，我想去莫斯科看看，他说："噢，你还真是个白痴。"

从那以后，每次来上班，他都让我亲他的脸。他最喜欢问我的一句话是："你想什么呢？"然后就扯出一大串我觉得疯癫不可理喻的言论。

我在制冰机旁，拿冰块敷眼袋，萨沙恰好过来。

"你哭啦？噢，我的上帝，我的小天使，你想什么呢，你觉得你每天就应该快快乐乐的吗？你怎么会这么想呀？"

"我没有哭。我只是累了。"

"是啊，矫情没用的呀，这就是生活。"他语气更加夸张地说。他开始舀冰块。尽管无时无刻不在伤害我的感情，但他能坦率地指出我的愚蠢，所以我爱他。

"可我就没有不累的时候。"

"你想打个小盹儿吗，小南瓜？"

我摇摇头。他耸耸肩。

"别担心，小妖怪。你依旧是那么无辜。"

"这话什么意思？"

"我不知道，你觉得是什么意思？审判来临时，你是无罪的。"

"你觉得无辜就是这个意思？"

"无辜不等于纯洁，亲爱的，如果你是这么想的话。"他眨眨眼睛，好像对我了如指掌。

"我不知道我是不是真的无辜……但是……"

"但是什么？你也想成为受害者？等你长大了，那些乱七八糟的东西就全部归你了，大人都是这样的，小南瓜。酒、性、毒品。还有眼袋遮瑕膏。也许你会厌倦整天欺骗自己的日子，也许你还会像个小荡妇那样蹂躏杰克一整晚？”

他看着我，等待着，面带微笑，仿佛希望我来回答。我开始傻笑。他不怀好意地靠近我。

“噢，对啦，我忘了你是个好姑娘。”

我眼观六路，耳听八方，我的神经感觉得到哪怕最轻微的振动。酒瓶上掉落的尘土，地板上投射的阴影，柜台边堆起的杯子，都能及时得到我的处理。我清楚谁会在什么时候从哪个角落转出来。店主说这是“出色的反应能力”，似乎不用看就能做出反应，对身前身后的情况洞若观火，意识与行动之间的气息崩塌了。无须犹豫，无须计划，无须命令。我成了一个动词。

第三章

“几点了？”

我靠在触摸屏终端上，西蒙娜正在下单，她伸出手，挡住我的视线。

“不要看！知道时间就没有惊喜了。”

“现在才七点二十！”

“你这个叛逆的蠢家伙，接受现在时态就那么难吗？”

“七点二十。我做不到。”

“服务八点开始，你会忙得忘记自己是谁。这个行业的乐趣有很多，这是其中之一。”

“不，西蒙娜，真的。我已经灌了三杯咖啡，一直在打瞌睡，我做不到。”

“你觉得你是来赏脸帮我们的？”她检查了一遍订单，在屏幕上敲了几下，发了出去，我听到了小票打印的恐怖声音。我机械地循声走过去，她摇摇我的肩膀。

“你是受雇来干活的。这是你的工作。振作点儿。”

我推开门走进厨房，双臂沉重。

“送走。”斯科特说。他瞥了一眼小票。斯科特有个好玩的地方：他眼神不太好，却多年来一直拒绝戴眼镜。

“来了。”我走过去，用平稳一些的声音说，“哦，天哪，我做不到。”

“你别无选择。49号桌：1号座位鱿鱼，2号座位格鲁耶尔SOS，接下来还有。”

“我会回来拿，49号的菜很简单。”

“听着，我们准备切开一块新的帕尔马干酪，感觉好点了吗？”

“哦，好极了，我终于活得有指望了。”

“好了贱人，我不打算邀请你了。”

“对不起，我太累了。”

“为情所困？”他说。我端着盘子走了。

我走向49号桌。那张桌上的客人大概是饿极了，发现我之后，他们带着焦虑的神情远远地向我行注目礼。我冲他们微笑，意思是“都他妈的冷静，你们的吃的来啦，你们不会饿死啦，餐馆就是因为这个开的”。摆盘的时候，我们会把完整的菜名报出来。我一般会在送菜的路上在心里默念一遍。我来到客人左边，伸展胳膊，说：“1号座位鱿鱼，2号座位格鲁耶尔SOS，后面还有，49号桌，请慢用。”

我期待地看着他们，等待客人在听说可以开吃之后露出满意的表情，这种表情相当于为我的服务鼓掌。然而，两个客人疑惑地看着自己的盘子，似乎我说的是另一种语言，我像被羞愧的闪电击中一样意识到了不对劲。

“哦，我的天！对不起！”我笑了，他们的脸色缓和下来，“我不是故意要那样说的。”

1号座位的女士坐得离我最近，她点点头，拍拍我的手腕。

“我是新来的。”我说。

4号座位的男人看着我，说：“3号和4号座位的食物呢？”

“是的，先生，没问题，马上就来。”

我跑到咖啡服务台，去找艾丽尔。

“天哪，艾丽尔，帮帮我，上帝，我需要一点好东西和咖啡。”

“我没空，第一轮还没上完呢。”她在小票和杯子之间不停移动，一会儿排列杯子，一会儿看小票。我曾经试图给她演示我在高峰时段处理咖啡的方法，但没人听我的。

“拜托。对不起。等你有时间了再说。”

“毛毛，我需要两瓶于埃，加急。”

“好吧，当然，是的，马上。”

我低着头穿过厨房，下楼，往地下室跑去。斯科特在背后叫我：“菜还没上完呢，快他妈的回来。”

“我不行，让萨沙去！”我喊回去。我已经来到了酒窖，这里与世隔绝，昏暗，墙缝里有泥土气息。安静。我靠在一面墙上，觉得脸上有泪。我对自己说：不要停止移动。于埃葡萄酒收藏在所谓的“无标记”箱子里，很难找。我觉得它应该在第五垛箱子的底部，我拿出酒刀，戳破纸箱，把里面的酒瓶拖出来放到地上，发现它们不是我要找的。

灰尘扬起。

“我只是累了。”我对着房间说。我终于找到两瓶于埃葡萄酒，默默记住它们存放的位置，简单收拾了一下。我钻出酒窖时，威尔恰巧搬着一桶冰块经过。

“你吓死我了，”他说，减慢了速度，“需要我帮你拿吗？”

“不用，威尔，只有两瓶。”

“老天，对不起，我不应该问你。”

“不，是我很抱歉。今晚我掉链子了。”

“你每天晚上都掉链子，”他把冰桶扛到肩上，“那是你的风格。”

“你他妈的真会损人。”我说，但他没有转身。

“今晚需要我来跑堂吗？”看到我走过去，斯科特吼道，“助理侍者是干吗的？”

“对不起。”我说，为了自我防御，我举起两瓶酒挡着脸。

“我找到了！”我把葡萄酒献给尼基。

“你还想要奖牌吗？我得清理酒吧的4号和5号卡座，可是抽不开身，萨沙今晚也没空帮我，你看见他没有？4号卡座。”

“好吧，是的。嗯。可是，尼基？我不太擅长清理，我现在还不能一次端三只盘子。啊，是的，我可以试试，真的，我能做到。”

“是啊，别抱怨，毛毛，我可不是求你帮忙哦。”

“你的咖啡，斯基帕，”艾丽尔说，“加了好东西哟。”她顺便给我一只水杯，我可以倒一点咖啡进去放凉——这是我跟她学的快速喝咖啡的妙招。

“味道棒极了。我爱你，小天使。”

“你能帮我把杯架弄来吗？香槟杯快用完了，这些狗日的白痴——”

“艾丽尔，我忙不过来了，我得去整理——”

“你他妈的在喝咖啡，我他妈的才忙不过来。”

“好吧，好吧。”我举手投降。一个穿海军制服、拿着香槟的男人撞到了我。

“对不起。”我带着最温驯的微笑对他说。

“嘿，”他说，“我认识你！”

其实他不认识我，但我还是点点头，想从他身旁过去。

“伊莎贝尔！你和我女儿朱莉娅是波特女子高中的同学。朱莉娅·阿德勒，你还记得她吗？你们都长大了！我只在你小时候见过你。”

“嗯，对不起，你说的不是我。”

“不，是你，当然是你。你父母在格林尼治。”

我摇摇头：“我没听说过波特女子高中，我不认识朱莉娅，我不叫伊莎贝尔，我父母不在格林尼治。”

“你确定吗？”他眯起眼睛，香槟酒杯倾斜着指向我。我不知道如何辩解，因为我不认识伊莎贝尔，也不清楚自己有什么错。可我骨子里有个观念，那就是，顾客永远是对的。

“但是这很有趣，不是吗？”我说，试图安抚他，“我们很可能长得像另一个人，对吗？”

我挤出一个大大的微笑，露出不属于伊莎贝尔的牙齿，推开他走过去。

到处都是人。酒吧这里的布置和餐厅不一样，没有足够的过道，高脚凳上一秒空出来，下一秒立刻被十分钟前就过来排队点下一轮酒的客人占据。连喘口气的时间都没有。刚来的客人走到正在用餐的客人身后，搜寻晚餐进行到后半段的食客，看着他们吃完餐后甜点，然后埋单。常客一般不会周末来，他们用餐时泰然自若，周末来的人一般都很吵闹、焦虑、急躁。我挤到一男三女中间，他们身上散发着雪茄的臭气。只听那个男人说：“她明天到，所以从今晚开始我要好好表现，老板要回来了。”两个女人会心地笑笑，她们的杯子凑到了一起。

扬声器里的音乐震耳欲聋。我看着尼基，他看着艾丽尔，用唇语让她把音量调小。音乐声决定了客人嗓门的大小，因为他们的叫喊必须压过音乐，拼命打手势，每个人看上去都很怪异。

“你们好了吗？”我问4号卡座的那对情侣。刚说完我就打了个寒噤。店主说得清楚，“你们好了吗”是非常失礼的措辞。

“对不起，”我说，“我的意思是，我可以收拾了吗？”我向他们伸出手掌。他们很年轻——不到三十岁——不过打扮得很精致，所以有点显老。女的留着很短的波波头，穿粉红色的真丝连衣裙，傲慢地挑着眉。男的是传统的方下巴，让我想起橄榄球星。他们一定在吵架，因为女的像看入侵者一样看着我，见我过来，男的却松了一口气。我把一条胳膊横到他们中间，去够桌上的东西。

“对不起。”我又说了一遍，摸索第一个盘子，“我得……如果你们不介意的话……”我上身探到他们中间，女孩在座位上扭了扭身体，叹了声气。公关？我想。助理的助理？画廊前台接待？你他妈的是做什么的？我抓过最大的盘子，把餐具收到一起，盘子摞起来，清理了羊骨头和油渍。有人撞到我背上，我咬紧牙关，稳住身体。

我往男孩那边靠了靠，向他摆出无奈的表情，他摞起两只盘子，把它们放到自己的盘子上，推给我。

“小心，”女孩说，“否则你就得在这儿打工赔餐具费。”

小心你个头，我想。男孩把手放在自己腿上。

我们这里没有“先收拾一半，过一会儿再来”的规矩，得一次收拾完。我抱起他那堆盘子，但盘子没放平，看来他和我一样，是清理方面的外行。我知道盘子太多了——对威尔和萨沙来说肯定不算多，但对我来说实在很多。我的胳膊火辣辣地疼，身体撞到女孩的面包牛油碟上，沾着黄油的餐刀滑到她腿上，她尖叫起来。

“噢，上帝，我很抱歉。只是些黄油。我的意思是，我很抱歉。”她看着我，张着嘴，吓坏了，好像我打了她。

“这是真丝的！”她哀叫道。

我点着头，心里却想，谁会穿真丝衣服吃饭？她把餐刀丢回桌上，我看到油渍已经渗入她的衣料。我腾不出手来拿餐刀。正在播放的歌曲结束了。我回头寻求帮助。

我手中最上面的两只盘子滑下来，砸在地板上，发出清晰无误的碎裂声，整个房间都静下来，鸦雀无声，没有人动一下。

萨沙出现在我旁边，他微笑着看我，仿佛在拥挤的派对上发现了我。

“小馅饼搞砸啦，”他低声说，“谁教你收拾桌子的？”

“没人教我，”我说，把盘子塞给他，“你去哪儿了？”

他越过我，走向那对情侣，给女孩苏打水、餐巾和一张名片，向她保证他会给她干洗衣服。我捡着地上的碎片，突然又看到那个叫我“伊莎贝尔”的穿海军制服的男人，就耸起肩膀挡住脸。

“笨手笨脚的，是吧？”我走到碎玻璃回收箱旁边，斯科特说，“送走。”

“对不起。我不擅长清理。我告诉他了。”

“送走！”

艾丽尔飞进厨房，对洗碗工喊道：“帕皮，vasos，vasos，来吧。”

威尔搬着几只扁平盒子、一把扫帚和簸箕从酒窖上来，簸箕是满的。

“别担心酒吧间，”他对我说，把扫帚塞到我手里，“有女仆打扫呢。”

“我就是回来拿扫帚的，”我说，“对不起。”

我气喘吁吁，浑身颤抖，眼球胀痛，心中百味杂陈：愤怒、羞耻、疲惫、焦躁、饥饿——仿佛有团线缆纠缠在我胸口。我不停眨眼，觉得眼睛要干了，眼球要爆出来。我背上有只手，这一定是我的幻觉，我要用超人的力量把这个人扔到糕点车上，我要拿刀子切开他们的喉咙，尖声叫喊：别他妈的碰我。每个人都得听我说话，没人敢再碰我一下。

“深呼吸，”她低声说，“肩膀放松。”

西蒙娜的手抚过我的脖子，滑到我的肩膀，好像在抚平桌布。她捏了捏我的肩，疼痛传到我的手肘。

“送走！”

“吸气好吗？现在呼气。”

呼气的时候，我觉得眼前发黑，可能会晕倒。

她对着我的耳朵说：“你需要停止道歉，别再说对不起。你得练习。明白吗？”

“送走，你他妈的聋啦？”

我用抹布擦擦脸，朝西蒙娜点点头。她又捏了我一下，轻轻推我向前。我把抹布裹在手上。

“来了。”

我终于学会了一次端三只盘子，但我并没有什么特别的感觉，这不是什么胜利，没人向我表示祝贺。我们每天的任务还是从上菜开始，以收拾桌子结束，只不过你的动作会慢慢流畅起来，越来越优雅。我开始有了站上舞台的感觉，放下每只盘子的时候，我的手指会刻意摆姿势，仿佛表演魔术。

我开始摸索其中的艺术性，像芭蕾舞演员琢磨舞步，然而我的舞步不是通过排练学会的，而是在失误中总结出来的。还是新手时，你之所以觉得每个人都盯着你，是因为他们确实在盯着你。你的大脑和动作不同步。

杰克会下意识地伸脚顶住滑动的白葡萄酒柜玻璃门；尼基能轻松地分开挤在洗碗机里的品脱杯，拿出来盛酒；西蒙娜可以同时拿着两瓶葡萄酒分别往两只杯子里倒酒，知道杯子什么时候会满；希瑟操作微机终端的速度飞快，好像一位程序员；主厨心不在焉地拍一下安静的打印机，它就会吐出一张小票；霍华德可以站在楼梯上用眼神指挥我们；大家都会熟练地蹲下来钻过低矮的管道，进入地下室。

“当你能自动把活干完的时候，你就出师了。”尼基早就对我说过。

我们对同事说“借过”，他们会点头。他们知道你说的是什么。“借过”对于客人来说意义更丰富，还有礼节的成分。我们运用感觉追踪彼此的动作，互相碰撞、关注和支持，如果我暂时脱离这套魔咒的控制，出现什么失误的话，就会用我偷听来的萨沙的人生信条安慰自己。他的人生信条有很多，这一条是他有次对52号桌一位六十来岁的女士说的——

“这里太乱了，对不起。”她把食物残渣从桌上扫下来，说。

萨沙无比和蔼地对她说：“你和我，亲爱的，我们都是大美人，我们从来不道歉。”

第四章

我的储物柜里出现了无花果，一共四个，装在棕色的小篮子里，无花果上还有装饰，简直像祭品。来自另一片阳光普照的土地的耳光。尽管知道没人会看到它们，我还是将无花果推进橱柜深处，在上面压了本《纽约客》过刊。

交班后，我把它们轻轻放进挎包，有种做贼的感觉。我在服务吧台前停留了一下，看着他。他正和送花的女孩说话，她在更换门口的鲜花，原来的花看样子在周末到来前就会枯萎。平时她都会来找我——她年纪不大，自行车上有个篮子，总穿连衣裙，扎缎带头饰。我敢肯定她会成为我的朋友，不过现在我包里有无花果，有整晚的空闲，还有一个秘密。

“你想喝点什么吗？”他问，把一块抹布塞进腰带扣。我观察他的表情，想找到与饶有兴致、厌烦或者亲切有关的成分。

“什么和……”我欲言又止。我想问他“什么和无花果配着吃最好”，却突然意识到，大声说出某些事相当于扼杀它们，神秘感才是产生吸引力的前提，保持沉默是一种考验。

“起泡酒，”我说，“我要打包。”

他勉强抬起眼皮，点点头，取下一瓶起泡酒。那一刻我确定——无花果是他送的。

“我个人觉得，不应该这样处理葡萄酒。”他把桃红起泡酒倒进外卖咖啡杯，“不该做成起泡酒。”

“我认为西蒙娜会说，不按照这种方式处理的葡萄酒，就不是真正的葡萄酒。”

“谁在乎西蒙娜会说什么？”

“嗯……”我再次观察他的脸，“我？”

“你自己怎么想？”

“我不知道。”我透过塑料盖吸着葡萄酒，觉得它的口感像带气泡的果倍爽，“味道很棒，很适合在阳光下喝。谢谢你。”

看着我，我想。帕克走过来，想问他啤酒的事，但他已经走了。可我们有个秘密。我出了门，送花女孩正在打量自己插的花。

“很高兴看到你弄好了这些花，”我对她说，然后戴上太阳镜，“它们看起来太可怕了。”

我步行回家，带着那杯起泡酒。甘醇的暮色从建筑物边缘跌落，倾洒在人行道上。我遇到的每一张脸都神情恍惚地朝向西方。我来到公园，找了一条长凳坐下，拿出无花果，每一颗都坚实绵密，让我想起肉体，想起自己的乳房。果实的一端像泪滴，我把它放到舌面上，好像在舔一块肉。

我撕开无花果，粉红色的果肉很柔软，懒洋洋地舒展开来，显露自己，我贪婪地把它们吞吃干净。我站起身，把空咖啡杯和果篮扔进垃圾桶。这时，一个胖胖的小女孩和她母亲走出地铁口，来到联合广场，女孩把一只手伸进嘴里。

“噢，妈妈，噢，妈妈！”她指着天空大喊。

“你看到了什么？”

“我看到一个城市！”

我决定走回家。

扎小辫的下棋男人若有所思地点头；脸上文着眼泪图案、目光呆滞的小孩牵着狗走过；上班族涌出地铁口，散入大街小巷；塑料水瓶和报纸溢出垃圾桶；一个女人边对着手机叫嚷，边调整她的胸罩；三个金发男人在街角拿着地图，用德语交谈；每当脚下的N、Q、R线地铁进站和出站时，人行道跟着抖动；流动餐车冒出辛辣的烟雾；路边摊的桌子上摆着平装书、廉价皮革制品、成堆的T恤衫；吃剩的快餐和枯干的康乃馨被丢到人行道中间，在闪闪发光的塑料包装纸里风化，与其他路人一样，我也绕着它们走了过去。

我边走边重复街道的名称，仿佛那是一串固定的数字：邦德街、布利克街、休斯敦街、王子街、斯普林街。欲望染红了我的血液，让我像无知的罪犯那样茫然地游荡，我觉得我可以永远走下去。

“也许我会留在这儿。”杰克说。我看到他站在隔间角落里，他的语气中带着刺，我停下来偷听。

“你肯定不会留下来的。”西蒙娜说。

“你没听我说话——”

“那是因为必须得过感恩节。”

我想靠近了细听，但他们都沉默了，我觉得他们要么在讲唇语，要么停止了谈话，因为知道我在旁边。

我走进隔间，放下水罐，看着他们。希瑟跟着我进来，去拿餐具。

“一切都还好吗？”

“我很好，”我愉快地说，我一直背对着杰克。“西蒙娜，我有个问题，你能告诉我来这里的客人都有谁吗？”

“噢噢噢，她要狩猎啦。”希瑟说，递给我她的唇彩，我涂了一些，不明白她的意思。

“她不狩猎。”西蒙娜盯着我。

“猎什么？”

“你还年轻，别问了。”杰克说。

“小三上位就得靠年轻，杰基，她要成功轻而易举，”希瑟擦着嘴唇说，“看来你不会是我们之中最早结婚的哟。”

“你愿意和老男人上床吗？”杰克问。

“你们这群家伙真可怕。”我说，觉得越来越热，有点后悔走进来，“我他妈的不问你们了。”

“别。”西蒙娜说。她从杰克身边走开，他露出一丝恼怒的神色，我猜是因为我。“我有时间，如果你准备好了的话。”

我点点头。

“但你别说话。你去拿一块餐巾。”

“为什么？”

“埃里克森家的人坐在36号桌，你会看到的，我们去扫一眼。”

我们站在楼梯的顶端，俯瞰下面坐着的一大片顶着精致发型的客人。

“最初，餐馆周围都是一些出版社和文学机构，他们搬过来是因为这里的租金便宜。店主和他们成了朋友，餐馆成为他们实际上的总部，比如用来开午餐会议。后来房租上涨，许多机构搬走了，但他们继续对餐馆保持忠诚，还是我们这里的常客，我们也一如既往地招待他们。”

她用点下巴和挑眉毛之类的轻微动作指引我去看每桌的客人。“那些编辑属于你需要注意的中层员工，选择座位时，他们喜欢和自己的老板保持一致，但我们不会总为他们通融。”

“37号桌的理查德·勒布朗是原始投资人，有自己的风投公司。他比较重要，因为他是店主的大学室友。38号桌坐的是建筑师拜伦·波特菲尔德和《纽约客》的建筑评论家保罗·杰克逊。39号桌基本上是康泰纳仕集团的专座，今天来的那些先生是《GQ》杂志的。31号桌那个戴墨镜的男人是摄影师罗兰·查普莱特，那个白眼翻上天的男的是他的艺术经纪人沃利·弗兰克。33号桌是罗伯特和迈克尔，你会在桌上看到一瓶老电报酒庄干红，那是迈克尔的，千万别给罗伯特倒酒，他滴酒不沾。他们刚从印度收养了一个小女孩，星期天的时候会带她来，她是个天使。34号桌是帕特里克·贝洱，《美味》杂志前主编，了不起的美食作家，嗯，我希望帕克告诉主厨他们要喝……”西蒙娜停住了，因为帕特里克在看她，她离开我向他走去。我觉得头昏脑涨。

“现在，拿出你的餐巾。”回来之后，西蒙娜对我说。她带我来到36号桌。“下午好，狄波拉、克莱顿。真是荣幸。很高兴你们没留在加州。”

“离开洛杉矶总比到达好。”克莱顿说。他是个胖子，皮肤晒成了橘红色。他妻子脖子很长，像刀片一样瘦，戴着大大的墨镜。

“西蒙娜，告诉我，有没有不含汉堡坯的汉堡？或者能否用无麸质的东西来代替汉堡坯？”

“狄波拉，让我看看我能做些什么。上次你吃的是生菜裹的汉堡。”

“在洛杉矶，他们叫它‘蛋白质风格汉堡’。”她说。

“在你们做决定之前，我来介绍一下特色菜好吗？”

西蒙娜指点着菜单上的特色菜，狄波拉拿起餐巾铺在腿上，西蒙娜一边朗读菜单，一边把另一条餐巾递给她。

“我没看明白。”我们回到隔间时，我说。

“她什么都不吃。服务结束后，两条餐巾会被扔进洗手间的垃圾桶，里面包着食物。”

“什么？”我回头看着那个女人，“可是……我是说……那为什么要来这里？为什么花这个钱？”

“你没听我说吗？”西蒙娜往电脑里输入订单，“人们来这里是因为其他人都来。这就是做生意的代价。”

西蒙娜带我参观这一切，进一步证明我已经爬上了支撑宇宙中心的某个基座，也许狄波拉·埃里克森的两条餐巾象征着我开始为陌生人背负秘密。这个女人的生活方式是如此奇怪和反常，需要很多人迎合她的习惯，我现在成为其中之一。服务结束后，我来到前面的小洗手间翻查垃圾桶，果然看到了完好无损的炸薯条、四只意大利团子、枯萎的莴苣、一整个三分熟牛肉堡，还有血迹斑斑的餐巾。

我开始给不存在的收信人写信。我心目中的理想收信人是宇宙中心，一个只收信不干事的地方。我在脑子里起稿，把包含字句的思绪丢到桥上，让风携带它们飘向目的地。信的内容不够有趣，不值得用笔记录下来，仅用于满足我和宇宙中心交谈的愿望。

我卸下从意大利运来的成箱的玻璃瓶装水，低声咒骂着尼基。绿色的瓶子外形匀称，充满异国情调，相当沉。几间办公室安静极了，主厨办公室的门虚掩着。

其实他正在睡觉，嘴巴大张，脑袋歪靠着椅背。他腿上放着一杯棕色液体，杯口顶在肚子上，液体随着呼吸颤动不已。他是个红脸膛，坐着不动也会流汗。他的办公桌已被黄色和蓝色的发票淹没，半瓶乔治·T.斯塔格波本酒立在桌角，酒瓶上的礼品丝带还没摘掉。

主厨身边摆着一摞过期的晚间菜单。他每天都更换特色菜，早晨的重头戏之一就是反复打印、修改和编写当天的菜单。他身后有台碎纸机，脱离原位的碎纸箱已经满得溢了出来。桌旁还有一只四英尺高的垃圾桶，里面全是废纸。半夜时他会在这里计算开销。我被他的睡容打动了。从房间的状态来看，他需要操心的事情实在太多。我向里探探身子，看到了更多撕成碎片的菜单，废纸球像风滚草和头发卷一样覆盖着地板。

“真是了不起。”我说，关上了门。

摔下楼梯时，我根本没有反应过来。有些跟头的性子比较直来直去，它们会出其不意地冒出来通知你：你，小姐，即将摔个狗啃屎。有时，接到它们的警告之后，你还有机会纠正姿势，可今天这个跟头却没有给我调整的时间，简直是命中注定。

我从狗日的楼梯上摔下来了。落脚时，我没有踏在梯级上，而是直接踩到了空气，于是，我裹挟着巨大的势能冲下来，两手捧着成堆的盘子，腋窝下夹着一大团餐布。迈步时，我对楼梯很放心，好像我是它的主人，可它却他妈的消失了。厚底鞋飞到天上，离我远去。双手被占据的后果就是，我腾不出手来扶住自己。

我结结实实地倒下来，翻滚到最后一级台阶，动作完整规范。我眼前发黑，餐厅里四面八方都是倒吸冷气和椅子腿摩擦地板的声音。睁开眼睛时，我发现40号桌的那对夫妇正在怜悯地看着我，但他们的眼神里也透出明白无误的不满。我打断了他们享用美食。

“啊，他妈的，”我说，“那些王八蛋楼梯。”

后来有人告诉我，上面的话我是尖叫着说出来的。

我想站起来，但我的左半边身体完全麻木了。我的呼吸让位给了哭泣，我像孩子一样，想挖个洞躲起来，自怜和愤怒交织在一起。

我周围环绕着希瑟、帕克、佐伊、西蒙娜。连杰克的缺席都让我觉得不满。人们把手放在我背上。桑托斯拿着扫帚和簸箕赶来了。各种问题向我飞来，有人告诉我安静下来。西蒙娜从我头发里扯出意大利扁面条的时候，我站起来，跛着脚走进客用洗手间，砰的一声关上门，躺到地板上，边哭边说，我受够了。

“风土条件？”西蒙娜重复道。她睡意蒙眬地从酒杯上移开视线，看向排列在吧台后面的红酒瓶。“它的字面意义就是土地。”

“可不仅是土地，我查找这个词的时候，总会发现别的奇妙含义。”

“它在英语里没有确切的对应词，类似的法语词还有tristesse、flâneur、la douleur exquise，它们的意思很含糊，可见法国人比美国人更擅长玩暧昧。我们的语言建立在稳固明确的基础上，因为这是市场的需求。一件商品必须是可以识别的。”

“我们卖的是红酒，西蒙娜。”尼基说。他似乎把时常压制西蒙娜的傲气视为己任。“红酒需要暧昧的形容词。”

“红酒是一门艺术，尼基。我知道大词儿会吓着你，可‘艺术’这个词只有三个字母。”西蒙娜说。不出所料，每次他找西蒙娜的碴儿，都会被她反唇相讥。

“又来了。”尼基说，他把开水倒进冰块杯，摆出不耐烦的姿态。

“好吧，那是什么？”

“尼基，沙龙帝皇香槟在哪里？我们看一下。”她开始挑香槟杯，把它们拿到灯下检查，再放到一边，看到第四只，她才露出满意的神情。“威尔，另外那些需要重擦。”

我看着坐在我旁边的威尔。他没有动。我起身拿起一块干净的薄棉纱，擦起了杯子。

“香槟是风土条件之争的核心论点，围绕它存在两种完全不同的立场。第一种观点认为，香槟是风土条件存在的证明：土壤中含有白垩、北方的寒冷气候、缓慢的二次发酵是制造香槟的前提条件。而世界上只有一个地方同时符合这三个条件，你尝过那里出产的酒，”她喝了一小口，“那就是法国的香槟地区。”

我停止擦杯子，抿了一口她倒给我的酒。酒里似有电流击打我的舌头，我的嘴唇仿佛在亲吻火花。杰克身穿便装从厨房走出来，坐在我刚才坐过的威尔身边的位置，拍了拍威尔的背。我口中的酒好像带着倒钩，令人畅快。

“还有，”她继续说，“这意味着什么？这代表价值数十亿美元的生意，你品尝的是一个独特的品牌，不存在产区和年份之争。这种酒是如何表现这个地区的独特性和复杂性的？如何证明那里的表土层和兰斯与奥布的表土层存在区别？如何证明香槟地区的葡萄果农掌握着独特的种植方式？”

“果农为什么不自己制造香槟？”

“问得好！”她看上去为我感到骄傲，“一些农民和葡萄园主曾经自己生产过酒庄香槟酒，但产量很少，他们没有足够的资金与酩悦、凯歌竞争。他们生产的酒仍然很难在这里找到，不过，”她又给我们倒了一些，“这些酒的质量不言自明，大规模引进只是一个时间问题。风土条件的作用也是不言自明的。”

杰克、威尔、萨沙和尼基都看着我们。西蒙娜笑着对杰克说：“香槟是个圈套，你以为你在品尝一个地区出产的精华，其实你是在消费一个精致的谎言。”

“你们两个说什么呢？不过没人在乎。”萨沙吐着完美的O形烟圈评论道。他又捏着假嗓说：“你们好，请看着我，我是女王，我和小公主正躲在角落里讨论‘松鼠条件’呢。”

“你觉得风土条件也会影响人吗？”我问西蒙娜。我想起她和杰克都来自科德角，还有我尝过的牡蛎。我听到有人打了个嗝，就扭头去看。

“哦，天哪。”她说。

“别说了。”杰克举起一只手。是杰克打的嗝？不可能，我想。打嗝这种行为太凡夫俗子了，而且出人意料。他皱着眉头盯着眼前的啤酒，气氛变得紧张，我们都等待着，看他会不会再打一个。

“嘿，我有个治打嗝的方法。”威尔说，他把手放在杰克肩膀上。杰克把他的手抖下来，继续盯着啤酒。

“在俄罗斯，唯一的办法是——”

“不。”杰克说。我看着西蒙娜，想知道杰克是不是在开玩笑。这是他妈的打嗝。她也在看着他。他又打了个嗝，随即闭上了眼睛。

“听着，伙计，这很容易，首先，你得屏住呼吸。”

“我可以处理这个问题。”杰克严肃地说。

“这是在搞笑吗？”我问。

“不过是打嗝，杰克，我的孩子们整天打嗝。”尼基说。

“我不喜欢打嗝。”

我转过身来，低声问西蒙娜：“他不喜欢打嗝？”她摇了摇头，低声回答：“他从小就痛恨打嗝，他认为这是无法控制自己呼吸的表现。”

很明显，杰克想屏住呼吸却做不到。我们等待着。萨沙跑到吧台后面，说：“嘿，老伙计，给我拿点泡菜汁，我奶奶教我的。”

“连吞三口就可以了。”

“不，”尼基说，倒了一茶匙糖，“把这个吃了。”

“倒立着喝一杯水。”我低声说。

“杰克。”西蒙娜说，他又朝她举起手，再次打了个嗝，整个胸腔都在震动。她咬着嘴唇。

“别再像个娘们似的了。”威尔说。

杰克的手重重落在吧台上，我们吓呆了。他双手抓住吧台，闭上眼睛，开始深呼吸。尼基走开了。杰克又打了个嗝。

我端着我的香槟站起来——假装去厨房。但从杰克身边走过去之后，我立刻回转身。我放下了理性和礼貌，刚准备悄悄走到他身边，却看到西蒙娜冲我无奈地摇头。我在心里对她说，你的办法不一定是最好的办法，如果他还是不停打嗝，也许你们两个会吵起来。

我不怀好意地偷偷靠近杰克，以半蹲的姿势向他坐的高脚凳后方挪动。当我离得足够近，看到他的头发和手臂的时候，我一跃而出。

“啊！”我叫道，双手拍在他肩膀上，接着便笑起来。看到他微微转过脸，我立刻不笑了，因为他没笑，而且面露杀机。

“对不起。”我说。我回到厨房，收拾着香槟杯，羞愧得无地自容。换衣服时，我觉得唯一能自我安慰的想法，就是某一天我会离开餐厅，到很远很远的地方去，这样我就会忘记自己的幼稚表现。他一定很尴尬，我自言自语道。那些该死的嗝，多么自恋的小男孩。**他**才应该是那个逃跑的人。可跑掉的却是我，我躲在更衣室里，直到自已平静下来。

我回到楼下，发现他和西蒙娜都不见了，如释重负。

“真是个喜怒无常的贱人，对吧？”萨沙摇着头说。

“一个就够我们受的了。”威尔说，他把凳子搬到萨沙旁边。

“那样很蠢。”我说。

“不能这样继续下去了。”萨沙说，他拿出几个盘子给大家接烟灰。

“去公园酒吧吗？”

我犹豫了。

“来吧，毛毛，这一轮你赢了。”尼基关着灯说，“他再也没打嗝，你治好了他。”

从楼梯上摔下来的后遗症开始显现——我的左边屁股、后腰和脸颊（被一摞盘子砸到的地方）隐隐作痛，瘀青透到皮肤表面，显现出熟透了的油桃的颜色，红肿的地方包裹着液体，你咬一下试试，整个会爆裂开来。

第五章

后来有一天，我听说纽约城有一条隐形的峡谷，和亚利桑那大峡谷一样深，越靠近顶部越窄，最后窄得看不见，你可以在人行道上和某个陌生人并肩前进，却意识不到他或她和你并不处在峡谷同一侧。

所以，有人会在峡谷这一边安家，与此同时，也会有人在遥远的峡谷另一边安家。

我第一次参观当地住家是在深秋的一个艳阳天，西蒙娜邀我去她家拿她借给我的《世界葡萄酒地图》，还有几本别的书，她认为这些书能帮我更好地了解新大陆红酒和旧大陆红酒的区别；知道在什么情况下加入酒香酵母是锦上添花，什么时候是画蛇添足。她住在东村，第一大道和A大道之间的第九街。

在纽约待过一段时间后，我了解到，侍者，乃至高级侍者，收入也不够在东村独自租房居住。西蒙娜却在同一套公寓住了十二年多。我不明白她是如何控制租金的，但据说如果你在贫民区住过足够长的时间，最终你会摸索到各种省钱的窍门。

西蒙娜的公寓楼是焦炭色的，应该是起过火，外墙设有逃生梯，一共四层，我像准租客那样用评估的眼光打量这座建筑，想象住在这里的自己扔垃圾、洗衣服的情景。我感觉西蒙娜和我的上班时间渐趋一致，例如今天白天我们就都休息，于是，我又开始想象她会向我发出什么样的邀请：去俄罗斯澡堂聊八卦；一起修脚，读垃圾杂志；或者（这是最棒的邀请）她问我有没有吃饭——我故意没吃——她会说，我们去吃个午饭，然后带我去字母城的某处无名小店。那里的人都说法语，她会点蒸粗麦粉，与我共饮廉价的白葡萄酒，给我讲解博若莱[①]各处红酒产区的不同。与此同时，她还会给我讲她的生活，没有隐瞒，我会回应，构建关于她的风土条件的故事，我的全部体验都取决于她的语言。

“噢，你好。”她轻声说。看到我，她似乎很惊讶，好像我是不速之客。她穿着男式内裤和背心，外面罩着一件有图案的短睡袍，光着腿，乳房松垮下垂，不在工作时，她的瘦小总让我感到惊讶。她身上混杂着咖啡味、夜间开花植物的花粉味、没洗头的味，还有最明显的烟味。我缓缓挪进门，不敢呼吸。

站在门口，室内景象一览无余：这是一个很小的单间公寓，窗户对着第九街，中午过后室内就不进阳光了，窗子前面是她的起居空间，但可能把“起居”换成“研究”二字更准确。没有沙发，没有电视，没有咖啡桌。有半墙高的书架，书架顶上的书堆到了天花板。两扇窗子之间摆着一张巨大的圆形木桌，气势足以主宰整个房间，桌上堆着更多的书、空酒杯，几只花瓶里的花演示着从盛开到衰败之间的各种状态。白色柱状蜡烛之间是研钵和研杵。桌旁围着一圈杂色的椅子，角落里有一把皮质扶手椅，上面搭着两条毯子，其中一条是美洲印第安图案的，另一条宽松的棉织毯大概是从阿米什商店买的。扶手

① 博若莱（Beaujolais），位于勃艮第南部的一个葡萄酒产区。

椅旁边是堆积如山的文件，金属文件盒里塞满杂志单页和剪报。墙壁漆成浅灰色，挂了许多镶框画，最显眼的那幅画的是一个斜躺着的裸体女人。我本能地朝画中的女人走去，想知道这画的是不是西蒙娜，但我清楚她不是那种会把自己挂到墙上的人。她放下电唱机的唱针，爵士乐蓦然响起，一下子把整个房间拉回现在时态。

“你是跑来的吗？”她指指我的衬衫。我的衣服已经被汗浸透了。

“差不多。我是走过来的。”

“真可爱。”其实我希望她能想起来，我就住在河对岸，过了桥就能到她家。我希望她问问我住的地方怎么样，毕竟现在这两个地方算是有了点联系。“你喝水还是咖啡？”

“两种都来点儿。没有沙发？”

“沙发使人懒惰。要是我有沙发，肯定什么事情都完不成。”

人们在休假时会完成什么事？西蒙娜好像在写作——她的公寓有种作家或画家（要是我能在这儿找到画布的话）工作室的氛围，但她从未提起自己有什么计划，也不谈写作，工作时更是心无旁骛，闲暇时她会聊聊艺术，经常谈论食物和书。

“你写作吗？”

“嗯。我写东西。我想在纸上留下点实质性的内容。但是，如果你把艺术看得太严肃，最后你会自杀，你懂我的意思吗？”

其实我想对她说“我爱你”。我咕哝了一声。她进了厨房。厨房就像微型复制品，天花板很矮，因为上方的隔间里藏着一张床，所有陈设都得给它让地方。冰箱也很小，旁边挂着几只色泽暗淡的铜质平底锅。

“哇。你家真的有这个。”我从她身边走过去，来到厨房另一端的大铸铁浴缸旁边，墙上有扇窗，外面就是通风井。空气有点潮，晾衣绳上挂着内衣，浴缸边上摆着清洁剂瓶子、洗发水和“布朗纳博士”香皂。浴缸上方的两道浴帘收在后面，手持式花洒挂在墙上。我想起了他。我打量着这套看似聪明实际外行的淋浴设计。我知道他曾经住在这里。我希望他的手印能自动现形，从房间的每个角落里冒出来。

“啊。我必须承认，我还是很喜欢它。看房的时候，房东说他可以把浴室单独隔出来，装修得像样一些，拆掉浴缸，而我坚持保留它。当年我还是很浪漫的。我希望在浴缸里喝红酒，在浴缸里喝咖啡，在浴缸里接受崇拜。我知道自己必须拥有这样一个地方。房东每次看到我都要道歉。”她笑着说，给我一杯水，“它现在仍然能给我这么多快乐，是不是有点悲哀？”

“你真的在洗澡的时候喝酒？”

“我在浴缸里干过许多疯狂的事儿，**暴风雨夜，暴风雨夜，我豪奢的喜悦。**[①]”

“在浴缸里喝酒岂不是很危险？醉了怎么办？”

“我喝得没你多，亲爱的。”

“哈哈。”我说，想起我们工作时的互相打趣。我知道她有魔力，她第一次和我说话时我就知道。我是对的，虽然没化妆，她的嘴唇还是那么红。

“你看上去太兴奋了，小家伙——想进去玩玩吗？”

虽不知道她是什么意思，我还是穿着花边内衣跳进空浴缸，躺下来到处看。西蒙娜在给水壶装水，按照她喜欢的程序准备咖啡。

“这里棒极了，我都不想走了。”我说。公寓里的一切似乎都是天然生成的，灰色的墙壁像帘子一样把城市隔绝在遥远的地方，我仿

---

① 诗句来自艾米莉·狄金森《暴风雨夜》，江枫译。艾米莉·狄金森（Emily Dickinson，1830—1886），美国女诗人。

佛置身欧洲的城市，远离了日常的琐事和战斗。我的心静止了。突然间，我觉得很疲惫，身上的每个开关都关闭了，眼皮抖动几下，落了下来。

我睁开眼睛，感觉好像只过了几秒钟，可台子上已经出现了一壶煮好的咖啡，我听到她坐在窗台上轻声打电话。我坐起来，觉得头疼，刚才一定是睡着了。她放下电话。我看到她早已给我倒了一杯咖啡，旁边还有一小罐牛奶，一只碗里装着黄糖，糖上摆着小勺。咖啡杯是扎眼的绿松石色，印着“迈阿密”字样。

“对不起。你别见怪。”

“一点儿也不。这个浴缸非常不错。我留下了它，你是不是也觉得很高兴？”

她开始翻动书堆，目光跟着移动，好像在追踪空气中的什么东西。她穿了牛仔裤，不过上身还是那件男式背心，还戴上了眼镜。咖啡很烫，光线有所变化，我不知道刚才睡了多久，但室内的光线告诉我，我待的时间有点长。温柔的魔咒打破了。她从书架里抽出几本书，堆在桌子上。

“迈阿密？”我做出感兴趣的样子，举起杯子。

“你能带多少？”

“我坐L线回去，带多少没关系。”我茫然地说，“只有一站路。”

“嗯……”

“你想去吃午饭吗？”我突兀地提高了嗓音，“我是说，你想和我去吃午饭吗？我的意思是，我请你吃饭，谢谢你借我书、邀请我过来。”

“你真好，但恐怕我今天有别的计划，下次再说吧。”

我想哭。“好吧，我去吃饭了。有没有适合我的好去处？我自己一个人。吃饭的地方。”

“嗯……”她似乎心不在焉。午餐，西蒙娜！我想尖叫。食物！请拿我当回事！“公园里有家‘生活咖啡馆’，你可能会喜欢。可以坐在外面。坐外面很不错——不是吗？天啊，已经很晚了。”

她冲着书堆点了点头，一共六本，其中两本比我大学时期的任何一本教科书都大。她走进厨房，拿出几只塑料食品袋，拍了拍嘴唇，扫视屋子，不知在想什么。

“在这里。”她跳到一个架子前，抽出一本小书。

“艾米莉·狄金森？”

“现在是时候重新拜访‘暴风雨夜’的守护神了。”

“艾米莉·狄金森？”

“拿去读着玩玩，享受就好。重点是了解法国地图，要懂得红酒，土地是最好的老师，留心各种故事——红酒就是历史，历史需要线索。”

“好吧。”我动弹不得。她把我推到门口，可我不想走。我贪婪地环视房间。

“好吧，谢谢你的咖啡，那是什么咖啡？”

“很好喝，对吧？”她打开门，站到一边。我跨进走廊。

“我能再来吗？”

“当然，当然。”她说，有点热情得不正常，“过几天你来，我们吃顿像样的。”她说“过几天”的时候，我觉得实际意思是“再也别来了”。

“明天见。”

她已经关上了门。我坚持着下到一楼才开始哭。

有时候，我会感到强烈的悲伤，这种感觉一定是遗传的，否则我无法解释它的来历。与悲哀相伴的还有一段短促的副歌，虽然走到第一大道的时候，我的呼吸已经平复下来，副歌却还不愿放过我，逼迫我像念经一样吟唱它：请不要离开我，请不要离开我，请不要离开我。回家的路上，贝德福德大道上那些好像得了神经性厌食症的无聊小孩、杂货店的恐怖音乐、J线地铁沉闷的轰鸣都没能转移我的注意力，我听见自己一直在大声重复这句话。我走进卧室，踢了一脚地上的床垫，这时候，我才意识到自己在多么远的地方，我看到了那条峡谷。我走了很远的路过来，现在只差一站路。请不要离开我。我想这是有道理的——我从未感到如此孤单。

星期一早晨，送花女孩带来了肉桂棒、香叶和蜡做的苹果。厨子们假装有事，跑出来看她。和我打招呼时，她的声音像迪士尼卡通片里的公主，像鸟儿叽叽喳喳。可她今天做出来的装饰却很一般，我没法用“漂亮”来形容。

休息时，我去逛绿色市场。色彩缤纷的花木和蔬菜不入我的眼，我只看到苹果，堆得高高的，好像下一秒就会翻滚倒塌，“帝国”“布瑞本”“粉红女士”“马曹恩”①。穿紧身衣的女人，戴围巾的男人。大桶里的苹果酒冒着泡泡。我买了一个苹果吃掉了。

芳香、沉甸甸的质感和过于甜蜜多汁的果肉让我沉入放空状态，我望着穿梭的人流，从骨子里感受到秋天肃杀的气息，无声的绝望压住了我。我躺在它下面，忘记了城市之外的苹果是什么样子，想不起

---

① 这些都是苹果的品种。

果园和苹果花，只知道它是种不起眼的水果，为平淡无奇的时刻而生。它只是食物，我这样想着，把苹果吃得一干二净。然而它却有力量承载我们进入冬天，让我们内心安稳。

杰克检查了两遍电灯，摇晃着走过来，套上皮夹克，衣服甩到肩上时砰然有声，他在一侧的翻领上别了只巨大的饰针——纯金的锚。然后大家都穿上了皮夹克。我仿佛看到他们互相打招呼，齐声说："今天是皮夹克日。"他们为什么要这么穿?

"出去喝一杯?"有人问他。

"听起来很不错。"他说。

我们走到外面。空气尝起来像钢刀，仿佛被水洗过，发出寒冷的预警。

酒吧人满为患，可今天的顾客和平时不一样，全是些吵闹殷勤的大学预科生和本科生。我们钻进汗液蒸发形成的迷雾。我离开威尔和艾丽尔，挤到后面的角落。人们在我面前挥舞四肢，我的双手楔进人群的缝隙。有人抓住了我的手指。我抽回胳膊，挎包掉到地上，我掉转身体，喊道："我喘不动气了。"

我忘了他有多高。我一转身就看到杰克站在我面前，我们仿佛在高峰期的地铁上，我的鼻子几乎顶到他的锁骨。他的皮夹克遮住了我的视线，有人从后面推了他一下，我的鼻子戳到他的胸口。柠檬精油和烟草味。我抬头看他。妈的。

"嘿。"我说。

"你好啊。"他说。

我抿起嘴巴。他没有走开，没去吧台，没去厕所，也没脱外套。

"对不起。"有人尖叫，他又被推了一下。他伸出胳膊圈着我的头，我嗅到他的汗味和体味。

“别说我从来不管你。”艾丽尔说，她一路推搡过来，递给我一瓶啤酒。

“谢谢你。”我说，把酒瓶按在额头上，“我今晚可能不在这儿待。”

“随你便，斯基帕。走的时候告诉我。”她在我们之间来回看了几眼，“让我知道你是不是安全。薇薇安在那边等着我呢。”

我喝了一大口啤酒。我的计划是等待沉默结束。他会说些什么的。

“我们可以分着喝。”我说。他接过酒瓶，仰头喝了一口，我看着他的喉结，他把瓶子还给我。他用眼睛向我提问。我点点头。

“你从来不跟我说话。”我说。

“是吗？”

“是。你好像并不喜欢我。”

“我不喜欢吗？”

他的眼珠颜色浅淡，眼神浑浊，但很冷静。他的牙齿被葡萄酒染红了。他靠过来对我说：“你很容易受到影响，一阵风就能把你刮走，你对待什么都很认真。”

他的气息像麦芽和紫罗兰，摄人心魄。

“是这样的。”我说。

“我喜欢。”

“但你似乎对待什么都很不认真。”

他扫视着整个房间，每隔几秒，当有人撞到我们，他的目光就会回到我身上。

“有时候，”我说，“我觉得我们在说话，但我们没在说。”

他伸手抓起我的一撮头发，缠在手指上。我的呼吸没有了。

“你的伤还好吗？”

“好了。”我说。我扭过脸，虽然脸上的瘀痕几乎已经消失了。他放下我的头发。“我打算起诉那些白痴楼梯。”

他点点头，耐心听我讲。他长着一张棱角分明、清心寡欲的脸，颧骨像狼，修长的手指上戴着三只戒指，样式分别是玫瑰、半个骷髅头和黄金共济会纹章。

“那是约里克[①]吗？”我指着他的骷髅戒指问。

“这是个问题，”他从我手中拿走啤酒，“我不和爱读书的女孩调情。”

看到我似乎信了他的话，他笑了。他身上有种专业人士和虐待狂的混合气质，诱使我不能自拔。我向两旁看看，又回头看看，欲言又止。我打算去洗手间，却没有动。他把啤酒递还给我，我喝了一口。

“你有疑惑，”他说，“我能从你脸上看出来。”

我该说什么？**用得着你废话**？“我只想努力做好而已。”

“把生活过好？”

“是的，生活。”

他拿走啤酒，一口气喝光，上下打量我。他在看什么？我的破牛仔裤和灰T恤？我的匡威鞋？其他人呢？

“我想要……我是说，我不光想要努力做好，还希望抓住每一次经验的脉搏。”

“哈！”他拍了一下我脑袋上方的墙壁，“她跟你引用济慈？你要被她控制了。”

“我不是小孩。”我说，然而心里有上当受骗的感觉。

---

① 约里克，莎士比亚戏剧《哈姆雷特》中的角色。第五幕第一场，掘墓人挖出了宫廷小丑约里克的头骨。

“你不是小孩，”他重复道，“你知道‘想要’某些经验和‘获得’它们的区别吗？”

“你不了解我。”我说。但我希望他了解我。我想喝啤酒，但瓶子已经空了。我的发际线被汗水刺痛。我扯下围巾，感觉窒息了一秒，重新呼吸到空气后，我觉得无所畏惧。我扬起下巴，抬起头，朝他眨眨眼。

“你的眼睛，很明显，”他说，拇指按住我的颧骨，“**隐藏的忧郁有它至尊的神龛。**[1]”

他的手移上我的脸颊，伸进我的头发，我面红耳赤。他拉住我的头发，他的手指很干燥，有种满不在乎的劲儿。他另一只手压在我大腿的那块瘀伤上面，似乎正在凭直觉感受皮肤下面的血液。

他吻我的时候，我心想，噢，上帝，我的口水流进他嘴里了，但他面不改色地吞掉了我的口水，连同我整个人也一起吞了下去。

那一刻，没有杰克，没有餐馆，没有城市，只有我的欲望在街道上无情地奔流。这说明我是个怪物，还是说这就是生而为人的感觉？他不会只动用柔软荒谬的嘴唇，还用牙齿、舌头、下巴和双手同时逼近我，抓住我的手腕，将我压倒。我奋起回击，发出低沉的咆哮和持续的嘶叫。

我不认为这是个漂亮的吻。一切结束之后，我觉得自己被打了一顿。茫然、愤怒，还有一点贪求的渴望。他走进人群拿啤酒，然后再也没有回来。我站在那里凝视画中的拳击手，不知道过了多久，斯科特问我是不是饿了，我说：“饿得要死。”

---

① 诗句来自约翰·济慈《忧郁颂》，屠岸译。约翰·济慈（John Keats，1795—1821），英国浪漫主义诗人。

我们涌进中城南部的川菜馆，我在墙上寻找时钟，幸运的是没能找到，塑料桌布上也没有什么来提醒我这个夜晚终将结束。

就现在的时间来说，菜馆里的食客是相当多的，有的看上去和我们一样筋疲力尽，紧张不安。食客之间不会互相对视，大家都遵守“深夜里在灯火通明的地方要保持低调”的原则。

是的，我们饿得要死。斯科特挥舞菜单，终于引起了服务员的注意——他请我们照着没有打印出来的“真正的菜单”点菜。

两美元的啤酒喝起来像发酵过的水。我们流着口水等待。这里不分前菜和主菜——十分钟不到，所有的菜陆续送来，摆在桌子中央的转盘上，供我们争抢。魔性的四川红油里浸着螺肉，鸟巢一样的芝麻冷面，斯科特称之为“麻婆豆腐”的红色炖菜，冷牛肚（“别问，吃就行了。”斯科特说。我照做了），脆皮鸭，干煸芸豆，酱爆茄条，葱油黄瓜……

大家吃得汗流浃背，气喘吁吁，泪眼婆娑。餐巾纸满天飞，酱汁横流。再来一碗米饭。我摸摸嘴唇，又麻又辣。我的肚子鼓胀起来，像个奇怪的球。我想吐个干净，这样就可以吃下一轮了。

“你们希望生命中的最后一餐吃什么？”我突然问。今天晚上，我突然觉得哪怕生命结束了也无所谓。

“无菜单料理①，至少得有三十四道菜，我希望安田②亲自掌勺，用画笔涂酱油。”

---

① Omakase，日本料理中的一种就餐形式，没有菜单，由主厨根据当令食材决定当日的菜品及价格。

② 安田直道，纽约最为知名的寿司店Sushi Yasuda的创始人之一。

“‘拉斯和他的女儿们’[①]的熏鲑鱼。很多贝果面包，比如说三个。”

“In-N-Out[②]的双层芝士牛肉堡。”

“我想喝巴罗洛葡萄酒，吃真正够味的好东西，八十年代那种风格。”

“奶昔小屋[③]的汉堡和奶昔。”

“我妈的心愿是油煎小牛肉和健怡可乐。”

“我奶奶做的肉酱面——需要八个小时才能做好。宽面条是她手工做的。”

“一只烤鸡——我用手撕了吃。配罗曼尼-康帝的红酒，还有什么时候可以名正言顺地品尝这种级别的勃艮第呢？”

“俄式薄煎饼、鱼子酱和法式鲜奶油。吃的就这样。喝高级香槟，比如库克，或者小众点儿的瑟洛斯，整瓶喝光。”

“烤面包。”轮到我的时候，我说。我试过想象一些迷人的美食，可实际上我想在临死前吃的只有烤面包。我知道人们会笑我。笑我的落伍、愚蠢和空虚。

“上面放点什么？”

“嗯。花生酱。就是健康食品店里卖的那种粗加工的，盐我自己加。”

我以为他们会笑我笨拙迟钝，可恰恰相反，他们一齐点头，向我的烤面包致敬。我每天早晨都给自己做这样的烤面包，在狭窄的厨房里站着吃完，我的小厨房里有一口锅、一次性的纸碟和一台烤面包

---

① Russ & Daughters，纽约一家历史悠久的犹太菜餐馆，1914年即开业。

② In-N-Out，美国西海岸一家汉堡连锁店。

③ Shake Shack，一家汉堡店，其主打产品ShackBurger曾被评为纽约最好吃的汉堡。

机，墙上有扇小窗户，我常在那里眺望外面的楼群，观察落在电话线上的鸽子。有时候我会吃两片烤面包。有时候我光着身子吃，斜倚在窗台上。

“我撑得快吐了。”

大家都有同感。

“睡前饮料？”

大家都表示同意。

账单无关紧要，桌面一片狼藉，我们在转盘上留下一堆现金，挺着圆滚滚的肚子踏入无边的夜色。

第六章

杰克表现得好像什么也没发生似的，所以我表现得更像什么也没发生似的。有天晚上，酒窖里只有我们两个人，周围是玻璃和纸板组成的迷宫。我听到他在一叠比我还高的箱子后面移动，发出无意识的咕哝，用刀划开胶带，纸箱在水泥地上拖动，玻璃碰撞的声音。

说“嗨”有多难？嗨，你还记得我吗？你能帮我找找布里科-曼佐尼吗？噢，天哪，这地方真乱。再像上次那样吻我好吗，就现在。

头顶传来脚步声，天花板上的灰尘应声而落。我停下手上的活儿，听他的动静。他拿着六瓶酒，蹲着身子从低矮的门口钻了出去。当心泥沙，如果他看我的话，我会对他这么说。

早晨我醒来，内心全是想要见到他的歇斯底里，在征服这种歇斯底里的过程中，我享受到极大的乐趣。他让我学会了镇静，养成了前所未有的耐心，这与他有关，也和他无关，我既渴望又害怕欲望的饱足。我想在这种忐忑不安的幻想状态中生活尽可能长的时间。我的身体像着了魔；但我发现了布里科，我突破了框架，在日常琐事和疯狂忙碌中找到了平衡。

“业余爱好者之夜。”艾丽尔喊道。

公园酒吧里到处是衣着性感的丰满女人和脸上涂着褪色油彩的男人。一个吸血鬼把他的两颗尖牙伸进挂着酸橙皮的空玻璃杯，角落里坐着个戴金链子、穿小丑鞋的皮条客，周围是几个淫荡的妓女。威尔装扮成蜘蛛侠彼得·帕克，他请我在万圣节代班，说这是他最喜欢的节日，我还以为他在说反话。

我不但从小就不喜欢过万圣节，还觉得喜欢过万圣节的大人特别奇怪。但世界上也有威尔这种置办了蜘蛛侠全套行头的万圣节爱好者，他和朋友们——蝙蝠侠、罗宾和金刚狼——从中午之后喝到现在。他爬到一张高脚凳上，向我发射蜘蛛网，对蜘蛛侠红色外衣下面自己的啤酒肚却视而不见。

薇薇安性格粗鄙浅薄。我和艾丽尔花了很多个晚上讨论薇薇安这个人，艾丽尔虽然也对她持批评态度，但她已经被迷恋冲昏了头脑。其实，薇薇安可能和我差不多，是个有血有肉的普通人，感情丰富，有野心。今天她装扮的是“奶子汤”——她的原话就是这么说的。她满场乱窜，渔网袜上的吊带深陷进黑色小短裤里面。

“你扮的是什么，甜豌豆？”她隔着吧台问。

“不会伤人的东西。”我喊回去。她没听见我说什么，但假装听见了，说：“酷。”

“有点悲哀，不是吗？”艾丽尔说，可她也没怎么注意我。她把鸡尾酒里的樱桃投给薇薇安，正在和“骑士”和“公主”说话的薇薇安接住樱桃，往嘴里一塞，向艾丽尔眨眨眼睛。

“讨厌！”艾丽尔大叫，笑了起来。

薇薇安在吧台上摆开几杯龙舌兰，还有一碗玉米糖。我喝掉我的酒，肚子开始咕咕叫，好几个小时没吃东西了，非常饿。

“真是业余爱好者之夜，”我抓了一把黏糊糊的玉米糖嚼起来，“有人带塑料袋了吗？”

“我觉得蜘蛛侠应该有很多。”

角落里，威尔绞着双手，在和斯科特还有帮厨们说话。我们嗨起来的时候都有自己的习惯举动：威尔绞着手，艾丽尔飞速眨眼，我会一遍又一遍地说：“不，等等。”他们总是学我的样子，把我模仿得像个迟钝儿童——“不，等等，伙计们。”

“行头不错，”斯科特说，“你几岁啦？”

“你在做梦吗，斯科特？”我拍拍威尔的肩膀，“威尔宝贝，你有好吃的给我吗？”

“不给糖就捣蛋！”威尔喊道，胳膊搭上我的肩膀。他嘟囔着胡话，跟着我走进洗手间。

“你说什么？”我开灯锁门。一股屎味。“老天，看看这里糟蹋的。”

威尔正在冒汗，脸色在红套装的映衬下显得发绿，眼睛追着洗手间里的灯光看，样子挺恐怖。

“坐下，宝贝。”我说，我让他坐到马桶上。

“你没看过那部电影。”

“我准备看。”我伸出手，他又开始绞手。

“你现在太忙了。”

“我不忙，威尔，我准备看。你要给我讲讲吗？”

“我喜欢分享，”他说，“我有五个兄弟姐妹。”他把手伸进袜筒，脑袋耷拉在水槽上。

“哎哟。”我扳起他的额头，扶他坐直，“我知道。你有五个兄弟姐妹，你是老三。你让大家团结在一起。”我亲亲他的脑门。

“大多数人都过着寂寞绝望的生活。”

“好吧，好吧，梭罗。你出局了。”

“你应该看看那部电影。”

“你自己去看的吗？”

“不，我是一个慷慨的家伙。”

“没错，亲爱的，大家都承认。”我对着镜子掀起睫毛，发现威尔盯着我，眼珠都快要瞪出来了。

“你还好吗？要不要透口气？”

“我爱上你了。”他含混地说，但这种短语即使说得再快别人也能听明白，而且一旦说出就无法收回。

“你说什么？”

“我爱上——”

“老天，不，没关系，别再说了。”

他用手捂住嘴，向后倒去，撞到马桶的冲水手柄，马桶深处响起震撼的冲水声。

“别傻了，威尔。”我的声音听起来很生气。我看着镜子，我的眼睛在发抖。“你他妈的别再说这种鬼话了。”

“对不起。”他垂头丧气地说。

“不用道歉。”我说。明天我当然会装作若无其事，这是我跟杰克学的。我会原谅威尔。然而，当我拍打他的背，我意识到自己其实还在生气。

“不用道歉，就是别再傻了，好吗？”

我领他出来，让他坐到门口附近的长凳上。他安静地坐在那儿，脑袋转来转去，好像刚睡醒。我坐在艾丽尔身边的高脚凳上，专注地拿指甲抠吧台的木头表面。

“我忘了你读没读过朱娜·巴恩斯[①]了。”她嚼着樱桃干，意识非常清醒地说。

“读过。”

“我把《夜林》给薇薇安看，我想让她多读点书。”

“那很好。”面前有一杯龙舌兰酒，我把它喝掉，“至少可以搞疯她一分钟。”

吧台上有副听诊器，高脚凳上搭着件斗篷，今天晚上大家就会丢掉穿破的万圣节行头，明早开始新一天的忙碌。我从吧台上撕下成条的黑色油漆，听人们交谈。如果我想的话就能做到。这就是我的想法。我可以讨论比利·怀尔德[②]和朱娜·巴恩斯，还有西村美食酒吧新推出的骨髓大餐。还有，不管你从大学里学到了什么玩意儿，它不过是个叫作哈佛的小学校，城市的变化真是令人伤心，一天不如一天，当然，激进主义是改变的唯一载体，噢，是的，革命的本质是暴力，可什么是暴力，都是信息素惹的祸，我们只是化学混合物，当你遇到了那个人，你会知道的，你知道吗？

“假的。”我喊道。没有人看我，也许我的声音太小。“我们只是在等待，等待成为真实的人——好了，你猜怎么着，薇薇安——我们不是。还记得那些骗子吗？”她点点头，她的脸像衣服上的亮片。“你不记得了，你得多读点书。”

“去你妈的，”我对一个我没认出是谁的男人说，“你想记住事物的名称？你想理解它们？”

---

① 朱娜·巴恩斯（Djuna Barnes，1892—1982），美国现代主义女作家、艺术家，最有名的作品是《夜林》。

② 比利·怀尔德（Billy Wilder，1906—2002），美国导演、编剧、制作人，是美国电影史上最重要的导演之一。

那个人消失了。

“我给别人服务！”我大吼一声，音量超过了音乐。

“萨沙，你觉得我的生活很容易，因为我长得漂亮吗？不是这样的。时常会有一扇他妈的门为我敞开。漂亮……好吧……”

“我想现在就把这些狗屎录下来。”

“它太烂了。”

“小妖怪，你最好把脸藏起来，否则我就打它了。”

“我恨你。”我对威尔说，但他躺在一堆外套上面睡得正香。

也许在洗手间时他该对我这样说。可刚才的我是我吗？公园酒吧的洗手间，昏暗的灯泡，刮花的镜子，肮脏的水龙头，染了性病的墙。我拧开那里的水龙头，对着无数的机会呕吐。爱？

但那是杰克，真的。威尔和杰克是朋友，或者说彼此友好，杰克可以和任何人做朋友。他们一起喝酒，表现得像好哥们，有共同话题可以聊（鲍勃·迪伦[①]的唱片和越战轶事）。可威尔八卦起来像个中学生，餐馆里的每个人都这样。这是完全可能的——多半就是这样的——杰克和威尔讨论过“爱”，这个词已经和公园酒吧的洗手间建立了无法抹除的联系。也许杰克告诉威尔，要表达自己的感情。也许杰克告诉他，我不值得他爱。杰克肯定没说过的是，住口，我喜欢她。

“艾丽。”我喊道。她暂停聊天，转头看我。我又喝了几杯龙舌兰，伸手去吧台后面拿酒瓶，把它抽出来的时候，我听到玻璃粉碎的声音。“看，骷髅。”我指着瓶子说，“很怪异，明白吗？死亡。”

艾丽尔使劲捏了一下我手臂下面的肉，但没吼我：“你怎么回事？”

---

① 鲍勃·迪伦（Bob Dylan），生于1941年，美国歌手、创作人、艺术家、作家，对流行音乐、流行文化均产生了巨大影响。2016年，获得诺贝尔文学奖。

“我们能拼出租车回家吗？我真的要醉了。”

我闭上眼睛，她拍拍我的头。

“当然，斯基帕。听你的。”

我扶起我的头，朝门口看去。走吧，我想。今天夜里外面很冷，风拍打着密封的窗户。窗玻璃上浮现出一张闪光的恶毒面孔——并不是我的脸，它绷紧了下巴看我，计算着我的价值。

绿色市场摆摊的人越来越少，公园变得荒凉破败，农民们都在赌第一场霜冻什么时候来。我关严房间的窗户，窗缝里塞了旧T恤防止漏风。我敲打着老旧冰凉的暖气片，像研究神谕一样观察它。但真正宣示季节更替的信号是：虫子都躲进了室内。首先是果蝇。它们喜欢徘徊在酒吧里液体容器的盖子上方，还有水槽的落水口周围。当你拾起垃圾袋，袋子底下的果蝇会一哄而散，奶油色的墙壁上落下一片黑点。佐伊会在换班前给每个人安排驱逐果蝇的临时任务。

“果蝇是需要处理的紧急情况。”她边说边挥动握紧的拳头，表示强调。

我戴上袖筒长至胳膊肘的黄色手套，捏着一叠纸巾和一瓶没有标签的蓝色喷雾，拖着脚朝尼基和酒吧水槽走去。

“你看起来棒极了，毛毛，趴着的时候也是。”

“真搞不懂。”我说。其实我想问：为什么找我？

“你是女人，我觉得清洁什么的得靠天赋。”

他把剩余的一点鸡尾酒倒进一只玻璃杯，递给我。

“液体的勇气。”

“那下面有什么？”我接过酒。

“你以为我知道？我上一次清洗水槽是在八十年代末。”

我叹了口气，跪到地上，空气立刻变得潮湿、阴冷、憋闷，还有一股柑橘的怪味。

我朝水槽下方窥探，里面很黑。

“我什么都看不见。”

尼基递给我一个手电筒。排水管由两节管子组成，佐伊告诉我，一节连接水槽，另一节伸进地板，它们之间有条缝隙，为什么要留出这条缝？后来我发现，这是防止水管堵塞时污水返流到水槽里的权宜之计。

我用手电筒一照，看到了钢笔、瓶塞、铝箔、纸、叉子、硬币。我挥舞手电，寻找伸入地板的管子，发现它的时候，我倒抽一口冷气，关掉了手电。

尼基靠在吧台上，看着我。

“你有什么发现？”

“尼基，很糟糕。”

“借过”这句话在他嘴里成了魔咒。他傍晚开始接班时，如果仍然昏昏沉沉，脾气暴躁，避免与人眼神接触，我还可以假装不理他。然而如果他摄入了咖啡因，喝着起泡酒，或者胃口开始苏醒，情况就糟糕了。

“借过。”杰克说。正在给开胃酒瓶子除尘的我愣住了，鸡毛掸子落在苏士酒上，眼睛盯着利莱酒。漏网的灰尘在吊灯下闪闪发光。

首先挤过来的是他的肩膀，然后是他的前胸，他的拇指擦过我的胳膊肘，我屏住呼吸，等他整个人从我身边过去。

“借过。”杰克说。这一次我在过道里，正在堆放清理干净的夸脱桶，过道很窄，我面前是燃烧的煤气，身后传来塑料砧板上的切菜声，我举着胳膊，等待他走过去。

他会把手放在我的屁股上、大腿上部，或者内衣下缘。他一只手推着我，另一手抓着我的臀部，如果换了别人，一定会等我让出空间之后再过去，他却硬要擦着我的身体通过。

“对不起。”他说。我没有武器还击。

“别把瓶子掐死，亲爱的。”西蒙娜说。她坐在阁楼的一张空桌前，头发散开，面前的酒杯里是勃艮第葡萄酒的残液，酒是她服务过的一桌客人送的。刚才我给她打下手，现在我开红酒给她看。听到她的话，我放松了手腕。

“你把酒标转到一边去了，让它一直朝向我。”

“我没转。”

“在西西里，如果你开酒时不把酒标正对着客人，就是骂他们。别盯着它，看着我。”

“没转太多，比以前好。”

“我不关心是否比以前好，我关心是否正确。”

我又抓起一瓶新的，拿起酒刀，在瓶口划了一圈。

“我现在看什么都觉得它有个螺丝盖。”

“别瞎说。你又转了。”

“怎样才能不转动瓶子就让刀沿着瓶口走一圈？”

她拿过我手中的瓶子，给我演示：顺时针转动刀柄，手腕向外翻，刀子从里划向外，完成切割，一片圆形铝箔纸掉下来。她又拿起一瓶布尔习格伊品丽珠。餐馆里的每一种酒我都要拿来练习。

“你为什么懂得这么多？”

“我干这行很久了。”

“不，这里的每个人都干了很久。你知道我的意思。”

“我发现，如果不投入，什么事都做不成。连做侍者也是这样。”

“这份工作应该比较容易。”

“对于不愿意动脑子的人，什么工作看起来都很容易。我属于相信‘餐饮就像生活，是一门艺术’的少数人。”

我顺利完成了切割，形状完美的圆形铝箔纸从瓶口掉落，我期待地看着她。

“再做一遍。”她只说了这一句。

“这份工作当然很辛苦，而且，我早晨醒来时经常想，我需要一个成年监护人。”

“这个人就是你，你已经成年了。”

“不，你是我的监护人。”我说，她笑了。“我不知道。自从搬到这里，我就没自己洗过衣服，不骗你。”

“一开始可能会这样。放下一样，捡起另一样。”

“我以前也健身，至少跑个步。”

“这也不错。找家健身房。”

“我没去银行存过钱，因为我把收到的现金小费都花了。”

“不就是花在公园酒吧了嘛，小家伙。保持平衡。”她朝几乎被我水平横握的酒瓶比画了一下，按照她的说法，不能让酒这样“浮在”半空中。

“你可以跟霍华德谈谈。”

“什么？”

“你可以约他面谈。所有经理都要定期和他会面，但霍华德把会谈的范围扩大到侍者，你可以找他谈谈自己的进步，或者只是发牢骚，问他人生方面的问题。”

“嗯……”我看着她，想窥探出她的真实意思。我觉得自己好像站在某样东西的边缘，或者背靠着它，我想起威尔提到过西蒙娜和霍华德，想起得了神经性厌食症的迎宾招待丽贝卡，我甚至忘记了她的相貌，只记得她的名字。“这样有点怪，不是吗？而且我可以找你啊。”

“我是认真的，他可以用我做不到的方式指点你。”

“为什么不能找你？”我放下酒瓶，“我不想跟他说话。”

“我明白，向别人敞开心扉对你来说很难，但霍华德可以帮助你。”

“帮我什么？让我所有的朋友都惹上麻烦吗？让我神经崩溃，滚回老家吗？还是跳槽到另一家餐厅？”

其实霍华德并没有那么可怕，但他对丽贝卡的冷漠让我感到不安。而且，我觉得西蒙娜好像在赶我走。

“哦，”她的语气镇定了许多，“我不愿八卦别人，但他确实指点过很多像你这样的女孩。”

“像我这样的女孩？”我看了看我的手，食指上的切口又裂开了。

“年轻女性，我很抱歉。像你这样搬到纽约的年轻女性和……”她举起手，在空中挥了一下。

“和什么？”我大声问。威尔从楼下的餐厅往上瞧，我朝他挥挥手。**和什么？**

“听着，我来为你安排，我不在的时候你可以找他谈。”

“我不愿意，西蒙娜。”我说。我的语气有所变化，我看到她有所动摇。我在拒绝她。她摸摸头发。

“当然，”她说，“那么，你得继续从事红酒方面的服务，我能至少督促你多加练习吗？”

“你要到哪里去吗？”她刚才是不是提到过这件事？他们敢放走西蒙娜，让她离开餐馆吗？

“是的，就在这段时间。”

“什么时间？”

“小家伙，感恩节快到了，杰克和我要回家了。”

杰克和我，杰克和我，杰克和我一起消失。

“杰克吻了我。”我听见自己说，就像有陌生人告发我，我被迫为自己辩护一样。我一直都很克制，当然，我也想立刻告诉她，想看看她是否已经知道，但这件事像无花果和牡蛎事件一样。最重要的是，我想记住我们之间的珍贵时刻——只是杰克和我。

“是的，他是这么做过。”她以被动接受的态度纵容了我的挑衅。我找不到气氛变得紧张的原因，但情况的确是这样，房间染上了异样的色彩。

“我不知道。”我说。他妈的闭嘴，我告诉自己。“我不知道这意味着什么。”

西蒙娜叹了口气。她沉默良久，其间一直在看我，然后终于开口：“你觉得这意味着什么？”

我耸耸肩。任何我想对她大声说出的话，在她面前都会变成幼稚无知的胡言乱语。

“被亲吻的时候，女人的脑子必须处于清醒状态。我总是这样告诫他。否则，所有灾殃都会挣脱出来害人。”

人们只会听到他们想听的东西。我听到了，我总是这样告诫他。总是，总是，杰克和我。我的手指在流血，我把它放进嘴里。

“那么，旅途愉快。”我说。我握着栏杆，开始下楼。

“享受假期。”她说，我已经下到楼梯的一半。

让我试着再说一遍：有时，当他跟你说话时，他好像在喃喃自语。你必须凑过去才能听清他在说什么。他经常重复自己说的话。我们在喝已经开瓶、仅剩四分之一的品丽珠，杰克把酒倒在冰块上，尝起来就像百里香和蔓越莓。我说，你什么时候回家过感恩节？他说，很快。我凑近了问：什么时候？他转过身，正对着我，说：很快。几乎要从凳子上掉下来的我说：什么时候？你走之前，我们应该出来玩玩。他用冰冷的眼神看着我，说：宝贝，我已经走了。

在前面的隔间里擦餐刀时，我听到有人叫我的名字。我觉得身体被切成了几片。我已经好几个月没听到别人喊我名字了。突然，我看见一个从未来到这个城市的自己，从未从楼梯上摔下去过，也没说过任何蠢话。她像个死人，既安全，又完美。

叫我的人是我曾经的大学校友，我忘记了他的名字。他穿着一套西装。和父母一起来餐馆时，这种小孩总是穿西装，或者至少穿运动夹克，打领带。我的第一反应是跑进厨房，假装没听到他叫我，但恐怕西蒙娜会看到这一幕，所以我向他挤出亲切的微笑。

“你在这里工作？”他怀疑地问。

“是的，是的，我在这里工作。”我想看看我的新自我，却只能看见衬衫上红白相间的条纹。今天为什么要穿总是让我想起“瓦尔多和小丑”的红条纹衬衫？我从楼梯顶端看着我们，我从天花板上看着我们，我从离纽约半个美国远的地方看着我们。

“这太有趣了！”他说。

“是的，很滑稽。”

“你住在这里吗？”

“不住在餐馆。”

“哈，当然。你搬到这里，太酷了。你住在城里吗？”

“在威廉斯堡，就是附近的街区，在布鲁克林。”

“哦，我听说过，嬉皮聚居区，对吗？”

不在我住的那一片，我想说。但我知道自己应该说什么。“是的。很多……”要制造断断续续的效果，“艺术家，非常……积极进取。”

“除了上班，你还干什么？”

必然问题。可我为什么没有事先想好怎么回答？我连坐地铁时都在背诵菜单，怎么还有心思过属于自己的生活？我是不是把餐馆以外的世界完全删除了？

除了上班，我还干什么？我在学习有关美食和葡萄酒的知识，还有如何通过品尝饮食判断风土条件、如何关注事物。

“嗯。”我说。我顿了顿。他期待地看着我。“我在学一些东西。”

“学什么？”

老天，他的好奇心真是难伺候，其他人都知道什么时候该住嘴，他们明白潜台词。

“混合画法什么的。你知道，就是运用不同的媒介作画。嗯。还研究多元化、人的境况、语言的失败、爱。我目前正在积累知识。”

“真有趣，”他的真诚让我憋闷，“这里一定是搜集素材的理想场所。”

我想说，我的生活已经满了。我选择了这样的生活，因为它永恒的色彩、味道和光线，它的原始、丑陋和快节奏，它是我的。你永远不会明白。除非过上这样的生活，你才会知道。

相反，我点点头，说：“是啊，这里很完美。”

“是啊……太棒了。”他说“太棒了”的时候，听着像“真悲哀”。我咬了咬牙。应付这种情况的唯一方法就是表现得热情好客。

“你在我们这里吃饭？”

“是啊，我和我爸爸还有叔叔在后面的餐厅。我刚才出来找洗手间。我们下午从费城过来的。这个地方是他的最爱，非常有名，你知道吗？”

我笑了：“嗯，我会过去找你们的。我给主厨打个招呼，和他说你们来了。我来告诉你洗手间在哪儿。”

我带他走到洗手间，他看上去似乎意识到，现在该是我以艺术家的身份返回光鲜生活的时候了，刚才我只是碰巧穿着红色的条纹衬衫擦拭餐刀而已。

他刚要走，又转过身来说：“嘿，你能来给我们当女招待吗？会很好玩的！”

很好玩！真希望我知道怎么告诉他，我不是他妈的女招待。

我永远都不会先认出他，我和他不再是一个世界的人。我们叫他们“朝九晚五族”，他们依照自然规律生活，日出而作，日落而息。用餐时间、营业时间，全世界都在顺应他们的日程安排。最好的购物活动、顶级音乐会、最热闹的街头集市、最精彩的庆祝活动往往在周六和周日举行。他们占领了电影院、艺术展和陶艺课，可以第一时间看到电视直播，晚上不用工作，看超级碗，看奥斯卡颁奖典礼，预约晚餐座位——因为他们在正常的时间吃饭。他们漠然地享用早午餐，在周日读周日版的《纽约时报》，认为这些都是天经地义。他们跑到人堆里享受公民的身份感：拥挤的博物馆、拥挤的地铁、拥挤的酒吧，好像电影中的临时演员。

他们用餐、购物、消费、放松、伸懒腰的时候，我们在工作，在垂涎他们的状态。所以我们——服务业人士——在朝九晚五族上床睡觉时，会表现得格外贪婪。

“你现在是边缘人啦。”萨沙说。刚才，他带着毫不掩饰的喜悦注视着我们的整个互动。“什么，你喜欢你的朋友吗？你永远不会和他们一样了，亲爱的。看看你——你觉得你是站在泳池边上，只有脚趾是湿的？不对，贱人，你在泳池中间，快要沉下去了。”

“我是边缘人。”

“是啊，你和胖子、基佬、怪胎，还有睡在长椅上的家伙一样，都是边缘人。”

“你的意思是我被社会排挤啦？”

“是啊，不然你以为我他妈的什么意思？好吧，无论如何，你现在都是奇怪的老妖婆了，和我一样。”

那天晚上，我在公园酒吧看见了他。查看排班表时，我发现接下来的两个星期他们两个都不在。送花女孩也在公园酒吧，穿着高领连衣裙、紧身裤和马靴，好像刚参加完马球比赛。其他人则浑身都是油污和灰尘。我没有搭理靠在墙上、低头和威尔说话的他，径直走到吧台那边去找艾丽尔和薇薇安，刚坐下我就感觉到他已经走了。成为狩猎目标时，美丽的动物都有预感。

我坐在特里旁边——吧台的活儿不多，不需要两个酒保同时开动。艾丽尔和薇薇安在拌嘴，所以我把头扭向特里那边，他喝醉了，身体朝我这边靠，眨着眼睛，讲话的声音像他身上那件松垮的棉毛衣一样含糊。

“嘿，新来的。你知道压垮骆驼的最后一根稻草吗？那不就是最后一根稻草吗？”

他抬起手指碰碰我的手指。我不知道他是什么意思。我把手收回，搁在大腿上。我的啤酒已经跑光了气，但我知道我会把它喝掉。

“绝对的。绝对就是那根稻草。”我说。

看到我表示同意，他赞许地点点头。

人群在你身后推搡，没法刷卡进地铁。在酒吧等他。把打开的钱包留在凳子上，露出一沓乱糟糟的钞票。上法国红酒时读错名字。厚底鞋在打过蜡的地板上打滑。快要摔倒时，你伸出胳膊，面皮紧绷。认真对待工作。休假时，反复观看《辣身舞》中的性爱场面，吃一盒姜饼当晚餐。忘记你的条纹衬衫、工作裤和袜子。你经常可以在酒吧的各处角落逮到他。比其他人都醉得快。不知道什么是鹅肝酱。不知道你对流产怎么看。不知道什么是女权主义者。不知道市长是谁。在地铁站的楼梯上吐到两脚之间。星期二。聚餐时连吃三碗。在员工洗手间拉肚子。被低矮的管道撞伤脑袋。拒绝离开酒吧，然而聚会已经结束，完全结束。以各种形式流血。衬衫上的啤酒渍，牛仔裤上的油渍，各种形式的污渍。在你根本不知道某样东西在哪儿时说你知道。

在某种程度上，我实现了平衡，不管面对什么，我都不会觉得尴尬了。

冬

Winter

第一章

你会吻错人。这是一条简单的预言。他们都不是你该吻的人。搬来纽约之后我才知道，感恩节前一天晚上是酗酒节。格林尼治村交通堵塞，人潮汹涌。服务业的人。商店关门，装饰着橙黄两色彩纸的橱窗里黑洞洞的。大家都没有地方可去，所以上街庆祝，带着轻微的破坏欲和无聊——这是一个四处游荡的夜晚。

吐干净了再喝，边吐边喝，扣扳机，松扳机，呕吐易如反掌，无关紧要，接吻也无关紧要。你的脑子先是满的，后来空了，准备被亲吻。

你坐在威尔的大腿上，盯着他沾了黄油的睫毛发呆。你知道你不应该那样，但他拿胳膊圈着你，给你讲他最近写的电影剧本，里面的超级英雄是以你为原型的。你穿着红色的漆皮靴子。你能跳到楼顶上，眼睛能发射闪电。日出如秘密判决般到来。风锲而不舍地吹，你瑟瑟发抖。你坐在屋顶上，他尝起来像麦芽坊。每当你向后退，他的眼泪就往外冒，两只眼睛像两个水坑。你打开一罐比空气还暖的啤酒，洒洒在衬衫上。天空迎面飞来，令人焦虑，你知道自己做错了什么。你用力一点吻他，天空减速。做爱时，你根本没湿，大概会擦伤。有那么一秒，你见过的所有人都被你忘记。

鸽群逐渐消失在低矮的建筑之间。太阳升起来。它说，现在你做到了这件事，就永远不会拥有那样东西。现在的我再也回不去了。

我第一次体会到上班时严重宿醉的感觉，像生病一样。我的鞋不见了。我接受了某种混乱的逻辑。醒来时，我的头快要爆炸，我知道今天会比往常还要艰难。现在是感恩节之后的第二天，下午三点，我要去上班，但地铁好像出了岔子，跑下楼梯时，我听到一声叹息，我的卡里没钱了。我要迟到了。

连续两个早上，我都看到了日出。夜幕退散，天空变蓝，扁平的太阳像一片纸一样挂在东方。看日出的诸般理由中，有许多带着浪漫色彩。一旦开始看，你就很难离开。我想拥有它。我希望它成为我还活着的证明。然而，大部分时间里，我只从其中看到谴责。

更衣室的门开了，但我没有抬头。我趴在地上找我的厚底鞋。侍者的厚底鞋在实用性和丑陋方面都无与伦比。它们就是为了劳力而生，供你穿上去在瓷砖地面上连续站十四个小时，因此造价不低。

“你迟到了。”他说。我扭头看了威尔一眼，不知是更衣室里光线昏暗还是怎么回事，他看上去像我一样无精打采。

“威尔，我没时间多说，我找不到我的鞋了。”

“我没时间，我找不到，我不能。”

“拜托。”

“你好像挺擅长消失的？”

“威尔，当时太阳都出来了，我说过好几遍，我需要离开几个小时。”

“你说你要上厕所。”

“我的意思是回我的公寓上厕所。”

“你似乎玩得挺开心。”

“求你了，别和我谈这些。”

“反正我是玩得很开心。”

“是的。”

“有意思，你有时笑起来还真像个小女孩——”

“威尔，别说了。”

“你的手机坏了吗？”

我打开每一扇没有上锁的柜门找我的鞋。

“我昨天发短信给你了。我们吃了一顿大餐，有火鸡什么的。”

“我忙着呢。”

其实，感恩节那天，我基本是在打盹和自慰中度过的，远方的亲戚们给我打电话我也没接，他们大概还不知道我搬到了纽约，此时正在看《教父》三部曲。我的晚餐是泰式炒粉。作为节日慰问，他们打开了我公寓楼的暖气。每隔十分钟，暖气片就发出噼里啪啦的声音，一小时后，我就被迫敞开了所有窗户。我室友邀请我去他妈妈在阿蒙克的家过节，我想他是可怜我没地方去，但我也可怜他必须尽家庭义务，如果去了，我大概会成为他和家人之间的缓冲带，有机会和他真正聊个天。然而，我实在受不了那些肤浅而古老的家庭传统，不愿意一连几个小时都假装谦恭有礼，所以我开心地挥着手送走了他。

厨子们游荡到威廉斯堡的时候，斯科特发短信叫我出去，当时已经是晚上十点，但他承诺说可以为我付回家的车费，所以我梳好头去了。到那里一看，他们正在撒酒疯，猛灌威士忌，像对着喉咙扫射一样。我一开始没跟上他们的节奏，后来跟上了。最后，早晨七点，斯科特把我塞进一辆车。

“我的鞋丢了。”我难以置信地说。

“今晚我们出去喝杯啤酒吧。别紧张。”

“我再也不喝酒了。决不。”

“你需要解醉酒，问杰克要。噢等等，他走了。”

“太好了。”我低声说。

我望进储物柜底下的空间，威尔蹲到我旁边。我想打他。你自找的，我想，我的眼皮开始抽搐。

“可是你那天晚上确实很开心。”

我没有回应。我会不会因为迟到被记过？我是穿着匡威鞋来上班的，但不能在餐厅里穿匡威。艾丽尔和希瑟上晚班，我可以偷穿她们的鞋，西蒙娜的鞋对我来说太大了。

“我两天前还穿过那双鞋来着，”我说，“脱下来以后，我把它们放在角落里，外套底下。”

“但是，不应该放在角落，小姑娘，应该放进你的储物柜。”

“可它们会弄脏我的储物柜。”我牙疼，背上的骨头好像断了，“我平常都是把它们放在外套旁边的呀。”

“你昨晚和厨子们出去了？”

“你怎么知道？”

“斯科特告诉我你喝醉了。他说你在人行横道中间摔倒了。”

“他才喝醉了。”我说。我不知道他说的是不是真的，也许是吧。威尔提到他的名字时，我隐约想起自己好像和斯科特亲热过，觉得感情受到了伤害。

“你宿醉的时候真可爱。”

我深吸了一口气。

“威尔，我很抱歉，对于那些误传，不对，是误导。我是说，如果你有什么想法，我很抱歉。这个礼拜……大家都喝了很多酒。”

“这是什么意思？”

“意思是我可能会做出失控的事，但我尽了最大努力，你明白吗？”

“好吧。”他说。他想了想。“你可以依靠我。”

“不，我不是这个意思。对不起，如果我做了什么的话。”

“为了什么对不起？为了你做的哪一部分？”威尔觉得我们在调情。不知什么时候，我对他放下了戒备，从公园酒吧的洗手间事件开始，我一直都对他很警惕，但我的戒心被时间和啤酒削弱了。自他们走后，生活失去了光彩。

“我不知道，威尔。我什么都不记得了。”

“啊，”他说，站了起来，“主厨把它们扔出去了。”

“什么？”

“昨天。每年主厨都会清理节日垃圾，公告牌上面有条通知。去小巷里检查一下垃圾桶，也许垃圾现在还没清走。”

我看着他离开。“对不起，”他说，“你应该告诉清洁工的。”

它们就在那儿。我还翻出三只袋子，里面有变质的牛奶、结成块的食物和稀碎的纸巾。

水槽下的地漏是果蝇滋生的源头，腐烂的水果、面包、酒渣堆积在落水口周围，化为黏稠的灰色淤泥。因为污水不从那里经过，不会导致水管堵塞，所以我们发现不了它们的存在，可这些淤积的烂泥成了偷偷钻进餐馆的果蝇的大本营。

果蝇本身并没有多大威胁，坏处是让人心神不宁，它们像黑云一样集体飘移，你只能把它们暂时赶走，过一会儿它们又会返回原地。果蝇在我头发上降落，盖住我的脸——这是我最大的噩梦。

我把情况报告给佐伊。她点点头，可过后什么都没发生，她没有采取任何措施，然后就又轮到我去消灭水槽附近的果蝇，于是我再次来到佐伊的办公室，她正在吃金枪鱼排。

“佐伊，我没法清理地漏。”

“什么地漏？”她问。

“水槽那里的地漏，我跟你说过，那里有很多恶心的果蝇。”

“你从来没告诉过我。”

“不，我告诉你了，就在几个星期前。”

“没有人告诉我。”她恼火地站起来，整理了一下套装，“如果不团结，我们就没法解决问题。我需要你的协助，如果你办不到，可以通知管理层。”

我从来不认为她是真正的权威人物，她是霍华德和西蒙娜的傀儡，可怜的办公室奴隶，职责是确保上对了菜和安排每个星期的值班表。这意味着每个人都讨厌她。

“我很抱歉，但我确实通知了管理层，这项任务超出了我的职能范围。”我放下黄色手套，“你应该自己去看看。”

也许因为西蒙娜不在，抑或是我的话显得不太有说服力，我觉得她可能会记我的过。然而，她只是耸了耸肩，又抖了两下，好像在热身，接着拿起了黄手套。

“酒吧的水槽？”

我们来到楼下，尼基正在擦洗简便酒架，这是下班前的最后几个步骤之一。他看到佐伊戴着手套，就说：“我不会打扰它们的，等五分钟行不行？”

“不行，我接到了紧急情况的通知。”

“是啊，一个月前就接到了，佐伊——”

“够了。”她举起一只手，走到吧台后面，拿起一只手电和一把叉子，我不知道她要叉子干什么——保护自己吗？她趴到地上，过了两秒钟，她大叫一声，捂住了脸。黑压压的果蝇乌云般涌出，我以百米冲刺的速度窜进厨房。

有些晚上，特里不忙的时候，会让艾丽尔播放她喜欢的音乐。我们帮他把高脚凳反扣在吧台上。

“我跟你讲过北极熊的故事没有？”他问。

“是的，罐装豌豆的故事。”

“妈的，你去另找一家酒吧好了。”

“你需要另找一个笑话，老头儿。”

他把笔递给萨沙。艾丽尔站在那里看着窗外，看上去有些心神不宁。薇薇安应该在两个小时前和我们碰面的。我揉揉鼻子，我身上每块肌肉先是绷紧，然后放松，我的腿一下子软了，我滑下去，坐在地板上。

“哇，”我说，“劲儿真大。”

“今晚谁来照顾小妖怪？反正不是我，我二十分钟后有个约会。”

“你凌晨四点约会？”特里问。

“我和他约的四点一刻，”萨沙看表，“你觉得太早了吗？”

“特里，我们可以再来点吗？”艾丽尔问。她的眼线在脸上留下了黑印。

“艾丽，得了吧，我刚清理干净。”

“我来，我来清理，来吧，斯基帕都站不住了，我们都需要放松一下。”

特里看看街上，和艾丽尔交换了一个意味深长的眼神。

“我不会再摔倒了，我很好，”我坐在地上说。我的手心出汗了，汗水流到冰冷坚硬的地砖上。“内格罗尼！”艾丽尔叫道，她跑到吧台后面。

“等一下，你们这些家伙，别急，让我看看！”我喊道。我一把拽倒一只高脚凳，感觉它很轻。

“你得到的教训是，应该分成三份，”她把金巴利倒进量杯，眼睛盯着我，用低沉的声音说，“当然，这也是生命的功课。”

他们开始笑。

“好了伙计们，别取笑她。三份是关键！比如卡布奇诺，”我说，“我是说理想的、完美的卡布奇诺，它的组成是三分之一的浓缩咖啡，三分之一的牛奶，三分之一的泡沫，理想情况下，泡沫和牛奶应该完全混合，嗯，暴露在空气中——”

“她在这儿。”威尔说。他拉过一只凳子坐在我旁边，我大方地拥抱了他，我觉得心里流出无尽的爱。

“她的嘴像拉肚子一样停不下来。”萨沙说。

“不，等一下，伙计们，这是一个教训——”

“三份的教训，”特里说，“我给你们讲过我带两个德国女孩回家的事吗？过程并不像你们想象的那么有趣，后来我还得了淋病。”

“有一次，我吸多了K粉，和两个又肥又丑的王八蛋搞到一起，一点都不好玩，”萨沙说，他指着我，“别碰那玩意儿。”

“三个，三个，三个朋友，”我说，“不，对不起，是五个朋友。”

“老天，斯基帕，你能不能闭嘴。”艾丽尔在iPod里找歌，“这样就大功告成了。”

艾丽尔给我一杯内格罗尼酒，尝起来就像止咳糖浆。“药。嘿，伙计们，我想我讨厌我的工作。”他们都笑了。“不，我是认真的，难道你们没觉得最近有点郁闷吗？”

“大家快来看，我们的爱丽丝睡醒啦，她说，他妈的，哪有什么仙境。”

“你也许得学会经常按下暂停键。”威尔说，我扭过头去不看他。

“我要放你最喜欢的歌，斯基帕。”

艾丽尔对音乐的看法很超前，她给我刻过一张CD，里面选的十六首歌都是我听不懂的，她觉得听不懂的才是好听的，一旦大家都理解了某首歌，她就再也不去听它。她还总是想要教育我，每次我告诉她我喜欢她推荐的哪首歌，她会失望地笑笑，说：“你当然会喜欢。”我想这就是重点。

“你怎么知道我最喜欢什么歌。”我说。我看着她的眼睛，它们像正被雨水冲刷的窗户，看不到里面，这让我有点担心。我端起一杯酒。

“别放LCD的歌。”特里拍打着吧台，表示强烈抗议。

“我会开枪把自己打死的，艾丽。”威尔说。

“去你们的，去你们妈的，你们要是敢对詹姆斯·墨菲[①]不敬，我就他妈的杀了你们。”

音乐继续播放。“《心跳》[②]。”我拍拍手。

---

① 詹姆斯·墨菲（James Murphy），美国音乐家、作曲人、制作人、DJ。他最著名的音乐项目是“LCD声音系统”。

② *Heartbeats*，瑞典独立民谣歌手何塞·冈萨雷斯（José González）演唱的歌曲。

“噢，我还真喜欢这首歌！”

“为什么你像小猪一样吱吱叫？”

“萨沙，来吧，这是属于我的歌。”我摇晃肩膀，闭上眼睛，头晕目眩，我看到了白色的大暴雨。我把萨沙推下凳子，把头发拨到脸前面甩来甩去——这是艾丽尔教我的，我的身体在低沉的混音中膨胀。这是一首冷漠的舞曲。我听到艾丽尔在唱，威尔拉起我的手，带着我转了个圈，我笑了，开始不出声地跟着唱。

向天空之手寻求依靠……对我来说难道不够？噢。

大家的动作突然停了，我向门口看去，薇薇安晃晃悠悠地站在那里，神情谨慎小心，我朝她挥挥手，又看看艾丽尔，艾丽尔手里端着一杯酒，接着那杯酒就擦着我的脸飞了过去，砸到薇薇安旁边的墙上。

过了几秒我才听到声音，我首先看到杯子爆裂，碎片撒了一地，深入每个角落，彻底解体。在延迟到来的异响中，我捂住双眼。

“你他妈的去哪儿了？”

“你完了，艾丽，”特里喊道，“真他妈的该死。”

薇薇安露出厌烦的表情。艾丽尔抓了一把吸管准备丢到她身上，威尔及时扳住她的肩膀。

“对不起，对不起。”我听到有人用盖过音乐的嗓门喊道。薇薇安走向吧台，没看艾丽尔，叹了口气，拿起扫帚。

“对不起，特里。”她说。

“哦，她还知道对不起，**特里**？”艾丽尔在威尔的钳制下扭来扭去。

“走吧，四季豆，聚会结束了。”萨沙抓起她的包，威尔把她抱起来，走到门口。萨沙朝窗外的什么人挥挥手。“哦，看看，维克多宝宝来了。”

“我了解你，”艾丽尔大声呵斥薇薇安，声音粗嘎刺耳，“我看透你了。”

将近凌晨五点的时候，在公园里，又一个本应在睡眠中度过的寒冷夜晚即将结束，水沟里的空瓶子叮当作响，黑暗像蜡一样笼罩树林，我们拿艾丽尔没办法，只得听任她在那里踱步、发火、抽烟。萨沙和维克多已经走了。我想，我为什么不走呢？我为什么不能也拦一辆出租车一走了之？难道单身的就必须留下来抱团吗？

薇薇安有性瘾——虽然尚未确诊，但艾丽尔已经看出端倪；薇薇安是文盲，只剩下屁股和胸，勉强算个同性恋；艾丽尔不好意思让人看到自己和她在一起；薇薇安利用了她……艾丽尔控诉着。

“吃点抗焦虑的药吧，宝贝。”我说。我也点了一支烟陪她抽起来，但我觉得恶心，浑身冒汗，发抖，冷静不下来。

“她说得对，艾丽，赞安诺呢？”

艾丽尔吃了两片药，可这也没能阻止她的长篇大论。没等前一支抽完，她又点燃一支烟。就在我觉得自己就要冻死在联合广场的长椅上时，她吃下的药起效了。

她开始犯迷糊，差点跌倒，威尔一把扶住她，她的头垂到胸前。

“药吃多了。”他说。艾丽尔扇了他一巴掌，笑出声来。

“多到什么程度？要去医院吗？”

“不，刚到控制不了的程度。”

他让艾丽尔靠坐在长椅上，我们分别坐在她两边。她的眼睛闭着，头歪向一边。我把她的兜帽掀起来给她盖着。威尔和我面面相觑。我想起我们接吻时他暧昧地摸着我的脸，觉得很难过。

“谢谢你对我这么好。”我说。

他点燃一支烟，看着公园对面，没接我的话。

“她以前也这样？”我问。

“曾经这样过，但不总是这样，该吃的药她都吃了，可现在情况有点复杂。”

“我知道。你觉得薇薇安劈腿了吗？”

“不。”他对着艾丽尔的耳朵大声说，看着我的眼睛，耸耸肩。“真他妈的糟糕。”

我们看着她，又互相对视了一下，然后望向公园外面。我听到老鼠活动的声音，就抬起脚。我们两个都不想处理这种事。但我还欠威尔人情，有好几次都是他把我安全送回家的。我们都欠他的，真的。他一直都在照顾我们。

“我带她走，我住的地方离这里比较近，天亮后她应该就能走了。”

“爬五楼？”

“她必须走上去。”我拍了拍艾丽尔，她没有动。“你得起来走路，艾丽。”

风穿过公园，树木被压弯了，发出咯吱咯吱的声响。

“我好久没听到这种声音了，”我低声说，抬头向上看，“真正的树都会这样说话。”

艾丽尔向前挪动双腿，但眼睛是闭着的，我挽着她的胳膊给她指路。一辆出租车突然出现在联合广场西面，向南开去，在我眼中简直是希望的灯塔。司机看到我们，摇下车窗。

“别吐在车上。”他说。他眼角下垂，脸色铁青，好像一直在打瞌睡。我想打开车门，但它们是锁着的。

“开门吧，她没事。”

司机上下打量艾丽尔，她说：“去你妈的。”

“看，她没事！”我说，“拜托，我有充足的现金，额外的小费，拜托了。”

艾丽尔一个人占了后排的两个座位。我们刚坐下，她的头就跑到我肩膀上。我拉起她的手亲了亲。苏荷区的商店灯火通明，但一连几公里看不到人影，荒凉得像月球。我看着迎面而来的一处处街区，心想，谁住在这里?

汽车拐上德兰西街，艾丽尔的头砸到了我的胸。我扶起她的脑袋，她顺势吻了我。她非常软。亲吻她的感觉就像试图在河底长满青苔的石头上站稳，我们的嘴唇滑腻腻地贴在一起，没有摩擦力，她的头发飘起来，我们好像在水下。过了一分钟我才反应过来，然后开始试着回吻她，想知道自己是否喜欢这样。最初的几秒钟里，我只记住了她的嘴给我的感觉。

我不能再像上次那样沉迷。车子开到桥上的时候，我放弃了。我们的亲吻没有探索，只有牙齿的碰撞，舌头羽毛般拂过口腔，柔软极了。我俯身告诉司机在第一个路口拐弯，发现他的眼睛一直盯着后视镜中的我们。

“你的嘴唇很美。”我说，从自己嘴里扯出她的几绺头发。她没有睁眼。

“没错，你的嘴唇也很不害臊。”

司机转弯过急，艾丽尔的头被甩到另一边的窗口，剩下的路上她一直在叫唤。我耐心地和她慢慢爬上楼梯，但没能成功逼她刷牙。我刷牙时，她已经睡着了，占据了整张床，黑色的头发像蜘蛛腿一样扒着我的枕头。**谁住在这里**?

第二章

睡眠中的我听到雨声和汽车的移动声，像剪刀切纸那样。今天我休息。我从憋闷中醒来，暖气让我感到燥热。有人在放艾迪特·皮雅芙[1]的歌，歌声飘出他们的窗子，穿过雨幕和幽闭的天空，钻进我敞开的窗户，击中我的胸口，那儿是老艾迪特打算降落的地方。我无法想象另一种生活。

他们两个今天都上班，节日后的第一班。他从下午三点开始，但我估计接近三点半他才会到。虽然找不到有说服力的理由到餐馆去，但几个星期以来我第一次感到平静，那些没有他们两人的疯狂酗酒的夜晚终于不再折磨我了。

自慰的时候，我想象他压在我身上，让我窒息，每当我快要高潮时，他就捏住我的脸说：注意。然后我的身体就变得像装满沙子的袋子一样沉，迫使我继续沉睡。

我终于下了床，这时大部分商店已经打烊了。我在贝德福德大道湿滑的人行道上跑起来，冲进二手服饰店，买下第一件试穿的衣

---

① 艾迪特·皮雅芙（Édith Piaf，1915—1963），法国女歌手，被誉为“香颂天后”，最著名的歌曲包括《玫瑰人生》《爱的礼赞》《我的老爷》等。

服——女店员很会估量我的身材尺寸。衣服几乎是全新的，是一件黑色皮革摩托夹克。看到自己穿着这件衣服的样子，我想，我要和她做朋友。风把河边树枝上的雨水摇晃下来，我把拉链拉到喉咙口。向前走的时候——我发誓——路人看我的眼光和以前不同了。

谁会在冬季弄来像样的蔬菜？主厨。冬天没有秘鲁运来的芦笋，没有墨西哥的鳄梨，没有来自亚洲的茄子，我以为这是根茎类蔬菜和洋葱当道的季节，可实际上真正的霸主是菊苣。主厨有他自己的秘密进货渠道。早晨，斯科特会用没有标记的牛皮纸袋把菊苣运进餐馆，有时也用包装箱。

他告诉我，入冬之后，经过最初几场霜冻的洗礼，菊苣会沁出甜味，调和其本身的苦味。我对菊苣属植物的了解十分有限，实在无法把卷须生菜、芥菜球一般的紫叶菊苣和淡绿色的苦苣视作同类。它们的家族特征就是苦——我把它们看成有苦味的圆生菜。斯科特同意我的观点。他说，我们也应该让它们尝尝重口味，比如把菊苣与鸡蛋、凤尾鱼、奶油和柠檬一起烹饪。

“不要在处理蔬菜方面相信法国人，”斯科特说，“意大利人知道怎样保留蔬菜的原汁原味。”我帮他洗卷须生菜，手冻得僵硬。餐馆的巨型蔬菜脱水器和我的体形差不多大，斯科特让我在它旋转时坐在上面。我几乎敢肯定我们亲热过，可他看上去似乎不愿再提。我觉得自尊受到了打击，然而想到我与一个男人建立了友谊，又感到欣慰。我知道他在和威廉斯堡的一个酒保约会，刚刚和某个迎宾招待分手，还对做糕点的亚裔女孩感兴趣。

“这是什么？”

“最好的菊苣类蔬菜。”他剥掉包在菜头外面揉烂了的深绿色叶子，撕下里面一片完整的菜叶给我。我把它卷起来，舀了点橄榄酱。

“这是茅菜。”他说。

“外面还包着叶子。”

“汤。等等。”

她正在吧台后面检查侍者的上菜用具，看上去有些心烦，嘴唇依旧那么红。聚餐时，她看到了我，似乎挺惊讶。我拥抱了她。

我想说，我想念你。其实我说的是：“嗨。”

“你好，小家伙。”听上去有些矜持，但也透着某种满足。我感觉到了。她也想念我。“我不在的时候，你守住阵地了吗？”

“哦，西蒙娜，太可怕了。我们这儿有果蝇，佐伊不听我的。大家都喝醉了。”

“褐色食品，冬季食物，农家菜。”她说，眼睛看着汤。她只拿了一个碗——我由此判断他今天不会来聚餐了。我看着她，仿佛在看一本活教科书。“用各种零星食材煮出来的汤，整体大于部分的总和。”

“是的，你说得对。”我说。白芸豆、茅菜、撇去浮油的鸡汤，点缀着香肠。我回去盛了第二碗，然后又盛了第三碗。

我变得害怕下水管道。在洗碗台那里，我尽量不去看它们，在公寓的厕所，我也不敢低头，我甚至不想看到水管。我怕看到管道上有气隙，地底下的东西从那儿钻出来，繁衍生息。

工作之外遇到艾丽尔很不容易，她的活动范围相当大，仿佛坐拥一个覆盖全纽约的广阔网络，可能因为她是纽约大学毕业的，很少离开这座城市，我时常问她大学的事儿，可是，等等，放假时你去哪儿呢？

当她表示我哪天可以和她去看演出，我觉得她也许是随便说说。

后来她又问我，星期四你想去看演出吗？我兴奋地答应了。

演出地点在西区第十四街南端一栋废弃的办公楼，看到它破败的灰色外墙，我有点失望。迎着红色和绿色的灯光，艾丽尔和我钻进一处地下室。鼓点如鞭梢挥舞，回音碰撞墙壁。舞台上有个衣着破烂、发色灰白的中年汉子，正在吸平铺在一张唱片上的好几条可卡因粉末，唱片由一个悬吊在半空中的小仙子人偶捧着，好像食物托盘。每次听到电子音乐，我都觉得那些音效是一个男人躲在上了锁的房间里，用好几台电脑鼓捣出来的。今天我却看到一群音乐家用乐器在彼此之间、乐队与观众之间制造化学反应，演奏出潮水般的乐曲。

现在并非七十年代的纽约，没有颓废迪斯科、变装皇后、裸体或者雌雄同体，然而，这个缺乏魅力的地下室却让我觉得自己真正属于并且处于那个年代。戴着尺寸夸张的大眼镜的相貌平凡的年轻人、穿皮草背心和靴子的女孩，他们冷漠和漫不经心的样子让你觉得，比起未来的十年，他们更关心接下来的十分钟。他们——我猜现在应该说“我们”——要的是辛辣讽刺、锐利如刀刃的舞曲，偶尔把自己的真诚剖开，展示给别人看，正如每隔一段时间他们都会偶尔把真诚展示给别人看一般。橄榄石色的绿光照射之处，每个人都随心所欲地摇摆身体。

艾丽尔的毛衣里面是一件紧身露脐上衣，苍白的肋骨更加扎眼，衣服上写着“浑蛋专享迪斯科”，看得我也有点想穿。她像五彩纸屑一样满场乱飞，不时有人过来吻她，朝她尖叫。一个瘦弱的金发女孩在她嘴上亲了一下，艾丽尔咬了她一口，发出嘶嘶的声音。她微笑着看着我，我喊道：“你可不是这样亲我的！”

“因为你是个宝贝儿，宝贝儿！”她说，“很棒吧？”

“棒极了！”我大声回答。自嘲的、感伤的、讥讽的音乐让我有打破束缚的冲动，我要整夜跳舞。

人群的狂热削弱了我对杰克的感应，可他就在那里，在我旁边，艾丽尔跳到他身上和她说话时，他把她脖子上的头发拨开。他们的亲密令人惊讶，但他本人的到场更出人意料。现实世界中的杰克。他本应一直被拴在餐馆里，供我在不上班时尽情想象。艾丽尔拿手挡着嘴巴，趴在他耳边说话。杰克的眼睛看着我，边听边点头。我停止跳舞。她拉着他的手，把他带走了，但在临走之前，他居高临下地向我略微挥挥手指。他回来了。

我知道他不会离开，不会像在餐馆和公园酒吧的那些夜晚——当我转身背对他，他就会被黑夜吸走。不会。

没有事先计划，没有提前约定，这只是一个普通的周四晚上，今晚我不用去餐馆值班，杰克和我待在同一个地方，一个很酷的地方，和一群很酷的人在一起——我的紧张消失了，继续跳起了舞——我为乐队尖叫，因为我熟悉这首歌，这是**我的**歌，我感受到这个城市的能量来源。它就是我。

“你真能出汗。”我来到吧台，他说，“跳起舞来像个疯子。”

“我就是这样。”我干脆地承认。其实我想用卖弄风骚的语气问他：**我是这样的吗**？

“你喜欢他们吗？”他看看台上的乐队，我点了点头，又耸耸肩，这套动作的意思要么是“他们没有那么神”，要么是“他们像神一样”。杰克可以按照他的看法做出选择。

“你在这里干什么？”我问。他也向我耸肩点头，好像在说，除了餐馆，我也会去其他地方。我想问，哪些地方？

“你今天上班了吗？”老套的问题。我想不出什么别的话。一首新歌开始，我转身朝舞台走去。

“我们走吧。”

“什么？”

“我们走吧。来吧，如果你继续跳舞，会伤到别人，或者伤到你自己。”

“我们走吧？”我举起手来，拢着耳朵问。我从他的话里听出的是——他一直在看我跳舞。

“不用管艾丽，她和她的人在一起。”

“她的人？”我大喊。

他冲我摇摇头，好像我是一个他妈的白痴，没错我就是，我还是个聋子，拼命想听清他说的话，想看清他锁骨上的文身。他把墨镜推到头顶上，头发凌乱，像个刚被拖出实验室的科学家。他拎着我的脖子后面，拽着我走向出口。

外面淅淅沥沥下着小雨，半透明的雨幕发射出的细针刺痛我的脸颊，聚在我手腕上的雨水像石英一样反光，两个人呼出的气息化作冷凝的云雾。

“你有伞吗？”

“我信不过雨伞。”他说，向自己的自行车走去，车子锁在一棵树上，座位上套着个塑料袋。

“可你相信你的自行车座需要保护？”

差一点。差一点他就笑了。

“我不知道除了相信雨伞还能相信什么。”

“所有的信念都是选择。”他说。他推着自行车向前走，我走在旁边。

“太深奥了，杰克。”我挖苦道，但我内心的感觉是，你真浪漫。

雨滴栖息在他的眉毛、眼镜片和耳朵上。我突然变得非常警觉和恐惧。

“我们要去公园酒吧？”

“难道你就去过这一个酒吧？”

“嗯，不是的。”是的，或多或少算是这样。

“我带你去吃饭。”

他带我去吃饭。我看着我的脚，听到自己发出不敢置信的笑声，我捂住了嘴。

“是真的，”他说，“你为什么笑？”

“你带我去吃饭？”

“你是他妈的鹦鹉吗？别学我说话。”他没说完就忍不住笑了。

“杰克，我非常非常非常愿意和你一起吃饭。”我们低着头朝前走，雨帘随同笑声摇摆。虽然也没什么好笑的，但过了一段时间我们才止住笑，把视线从彼此身上移开，我偏着头假装研究路旁的公寓楼，结果撞上了他的自行车。

我想知道我们是不是要去餐馆。所有侍者每个月都会领到一些代金券，可以用掉或者攒着。一旦在餐馆待满半年，我也会得到代金券。看到同事坐在吧台前享受餐馆的服务，你会觉得怪异。他们仿佛皇室成员，像花的是假币一样挥金如土，每样菜都点，和常客们促膝而坐，共饮同一瓶勃艮第。更让我连想想都害怕的是——坐在吧台前的人是我。我看着吧台后面打印出的小票，知道主厨会朝其他同事吼叫，派遣他们给我端上主菜，看着霍华德，或者西蒙娜（上帝原谅我）亲自为我服务，我却无动于衷地坐在那里大快朵颐。

但是，如果带我去餐馆吃饭、为我开门的是杰克，感觉就会大不相同。看到他，迎宾招待的眼睛会亮一下，然后才注意到我。我将从她失望的眼神中得到满足。我会让杰克点单，看着牡蛎摆到我们面前，尼基端来两杯内格罗尼。然后是大家津津乐道的凤尾鱼茅菜沙拉，主厨大概会奉上鹅肝卷和蜜渍金钱橘，西蒙娜推荐我们苏特恩白葡萄酒佐餐，像平时那样把半月形眼镜忘在小推车上。每当我从座位上直起身，一名助理侍者就会过来，重新叠好我的餐巾，打开摆成扇形。没穿条纹衬衫的杰克看上去不修边幅，像个纨绔子弟，而我像——

“我对苍蝇馆子情有独钟。”想到这里，我突然听到杰克说。他在一排厚玻璃窗前停下脚步，这家装潢得花里胡哨的小饭馆在第六街，他拉开门，说：“我爱它们。”

一盏黄色的半月形灯在我们头顶旋转，写有店名的牌子饰有闪闪发光的羽毛，挡住了上面的字母。店堂里食客稀少，吧台那儿有个穿着不起眼风衣的家伙，隔间里坐着一对老年夫妇。杰克带我越过前台，来到一个角落，在我抿头发上的雨水时跳到高脚凳上坐下，脱掉湿透的军绿色外套。他的衬衫袖子是卷上去的，露出胳膊上的文身：二头肌内侧文了一把钥匙，还有一头水牛的屁股，他的整个肩膀上大概都覆盖着水牛图案。右臂二头肌的背面应该文着一条美人鱼，我看到了向上伸展的鱼鳍。

“这个挺特别的。”我指着钥匙说。

“是的，它的争议最大。”他放下袖子。

“打开你的心的钥匙？”我开玩笑地问，这个问题有点蠢。

“当然，公主。”他说。他浏览菜单，我沉默不语。

我们的右边坐着一对情侣，年纪比我大不了多少，女的一头烫过的银色长发，发根乌黑，戴着一顶假花冠。男的毛发浓密，我看不清他的脸，只看到他的络腮胡和从羊毛帽子下面钻出来的长头发，他身穿红黑相间的法兰绒外套。这一对看着面熟，大概来自我家附近。

“他们好像也去看演出了。”我说。

杰克不耐烦地说：“他们无处不在。”

“这是那个抽‘美国精神’烟、骑自行车的家伙说的。”

他浅浅一笑：“明白什么是时髦了吗？非常好，新来的。”

我知道他们住在威廉斯堡，就算穿着皮夹克，我也无法融入这个群体，我太害怕犯错。前台后面的女招待丢给我们两本巨型菜单，走开了。

“没有特色菜？”

杰克研究菜单。女招待回来时，他给我们各点了一杯黑咖啡，还有银子弹啤酒。

“牛排和鸡蛋。”他说，等着我点菜，我连菜单都还没看。

“有什么好吃的？”我问女招待。

“没什么。”她笑着说。她大概五十多岁，身材像个枕头，画着埃及人那样的眼线，黑色线条延伸到鱼尾纹上。

“火鸡培根三明治，”我说，“这个怎么样？”

她拿走我们的菜单。杰克没有看我，可能后悔带我过来了。我告诉自己要表现得正常、悠闲，像和朋友出来吃饭那样镇定自如。

“她还真热情。家里还好吧？”我问，没敢看他的眼睛。

“家里？”

“你不是回家过感恩节了吗？”

“和过去一样荒凉，怪不得那么多人冬天去那里自杀。”

“可你没见到家里人吗？”

“我没有家人。我去了西蒙娜家。”

我还有十几个问题要问：这是什么意思？你家发生了什么事？西蒙娜家有什么人？你为什么不留在这儿？最后，我说：“我也没有家人。”

“我应该相信吗？你是孤苦无依的小简·爱？”

“我以为你不和爱读书的女孩调情。”

他一边咳嗽一边说：“当然不。”

一个月前，我曾见到杰克吃鹅肝牛排。因为他很瘦，厨子们常在背后取笑他，弄一些恶心的食物给他，看他敢不敢吃。工作时他吃个不停，但因为西蒙娜的缘故，我觉得他对食物一定很讲究。可现在我却亲眼看到他在午夜时分狼吞虎咽地吃掉一份黑乎乎的牛排和一堆鸡蛋，我意识到他是个总也吃不饱的野蛮人，他是对什么都漠不关心的大师，而西蒙娜则是众人注目的王者。

“那个，”我把纸板一样的三明治放回盘子里，“你什么时候搬到纽约来的？”

“七八年前？不知道，我不记得了。”

“你一直在餐馆工作吗？”

“大约五年了吧。”

“你不喜欢那里。”

“那种地方都有保质期。”

“但是，没有一个人离开。”

他摇摇头，伤心地说：“没有人离开。”

他把我的咖啡推过来，我尝了一点，像水一样。

“肉桂——我说得对吗，南希？”他对服务员说。她没理他。“他们在里面加肉桂。”

“我不认为她的名字叫南希。”我推开咖啡。

“现在就变得这么势利了？速度真快。”

“没有。”

我揭下三明治上的白面包，浸到蛋黄酱里，撕碎三明治里夹的培根。也许我不该碰这玩意。本来我还有许多想象的空间，而眼下我无法融入这样的现实。我瞥了旁边的“花冠”和“伐木工”一眼，他们准备走了。她是怎么看我们的呢？在别人眼里，我们大概是一对总来这里吃饭的情侣，或许就像爱德华·霍珀[1]的画里的人物。

“那个，”我说。他盯着自己眼前迅速消失的食物。“你住在哪里？你喜欢那儿吗？”

“你在采访我吗？”

“嗯，我没打算——”

“不，没关系，我明白。如果你想玩，请让我穿上西装。”他把头发塞到耳后，清清嗓子，“最能体现我的极权主义——我是说从权主义——态度的事件是，我扛着喝醉了的老尼利——”

“好吧，我明白了。你不想告诉我你住在哪里。”他的注意力又回到食物上。“你扛着尼利太太？”

“经常，经常。她像羽毛一样轻。”他把盘子里的东西扫荡一空，最后把盘子推到一边，打着饱嗝看向我，终于回答了我刚才的问题：“唐人街。”

“这很酷。我听说那里真的很酷。”

“酷？”

“用这个词不对吗？时髦的人会怎么说？”

“没关系，可以用这个词。”他说，“是的，那里很酷，而且七年前**酷得多**，现在像十年前一样酷，那时候我还没来纽约呢。你瞧，那边的小孩——”他指指刚才那对情侣待过的包厢，“没有意识到，

---

① 爱德华·霍普（Edward Hopper，1882—1967），美国现实主义画家、版画家，以描绘寂寥的美国当代生活风景闻名。

酷始终是过去时。对于那些过得酷、设下什么是酷的标准的人来说，这可一点都不酷。他们的现在时包括：账单、友谊、乱搞、无聊、打发时间的一百万种老掉牙的方式。自我意识总会把它摧毁。如果你觉得什么东西酷，给它贴上标签的话，接下来，噗的一声，它会消失不见。然后只剩下你对过去的怀念。”

“我明白了。”我说，可我并不知道自己真的明白。

“那两个人——是很好的例子——他们想辍学，想过‘波西米亚生活’，在属于蓝领阶层的饭馆吃饭，像他娘的猿猴一样骑自行车，撕破衣服，大谈特谈无政府主义，买J. Crew的东西。他们希望在晚餐会上吃到无公害走地鸡，去该死的东南亚旅居，在美国运通上班。可他们来这儿的时候连盘子里的东西都吃不干净。”

我又咬了一口硬邦邦的三明治：“不能同时拥有这些东西吗？”

“亲爱的，你没法在道德原则缺失的情况下做出审美抉择，所以他们是虚伪的人。”

我强迫自己吞下三明治。

“别担心，你和他们不一样。”

“我知道。”听起来像自我辩护。

“我们都和他们不一样。即使你是在乡村俱乐部长大的——我能看出来——你也有你的挣扎。这是真实的。无论你有什么样的经历，我觉得你不是一个依恋父母的人。”

“你认为我是在乡村俱乐部长大的？”

“我知道你就是。”

他让我心力交瘁。“你不了解我。”

“也许我不了解。你也不了解我。我们彼此都不了解。”

“好吧，我不认为这样有用。有时人们……出去吃饭、喝咖啡或者做他妈的别的事……通过这些了解对方。"

"然后呢？他们过上了幸福快乐的生活？"

"我不知道，杰克，我想找到答案。"我觉得头疼，就用胳膊撑着脑袋，喝了一大口淡而无味的啤酒。

"不要喝醉。"

"什么？"

"你喝醉了容易哭哭啼啼的。"

够了。我敞开喉咙，把难喝的啤酒一气儿灌了下去，酒液顺着我的嘴角淌出来，流到脖子上，全部咽下去之后，我说："去你妈的，晚安。"

"嘿，暴脾气，给我一秒钟。"

换作正常男人，约会时遇到如此尴尬的场面，一定会拉着我的手道歉，用脆弱的眼神挽留我，劝说我不要离开。而这个唐人街的杰克、苍蝇馆子爱好者杰克、下雨不打伞的鸡窝头杰克——他把手放到我的衬衫上，按着我的肋骨，把我推回凳子上，然后把手抽走，他的手指冰凉，我却感觉他在我身上留下滚烫的烙印。

"你喝醉之后活力四射，真的。"

我呼出一口气："你在安慰我。"

"这是真的，你当之无愧。"

"大概吧。"

我把包放到腿上，但是当服务员过来时，我又要了啤酒。我的肋骨，我的人生，我的火车。

"你亨利·米勒[①]读太多了，"我对他说，"所以你觉得可以这

---

① 亨利·米勒（Henry Miller，1891—1980），美国先锋作家，他打破已有的文学形式，发展出一种混杂了特性研究、社会批评、哲学反思、性描写和神秘主义的半自传体小说。

样对待女孩。”

“你是个落伍十年的老古董，可是，你说得对，我以前读过太多亨利·米勒的书。”

“你现在经常读谁的书？”

“谁的都不读。”

“真的吗？”

“你可以把这种状态叫作信仰危机。我两年来没读过一本书，连报纸都不看。”

“所以你放弃了博士学位？”

“谁告诉你的？”

“我不知道。西蒙娜？”

“西蒙娜才不会告诉你这个。”

“不，就是她说的。”其实她没有。但我从他的反应判断，这是真的。

“你是阿娜伊斯·宁[①]那种类型的，对吗？”

“不太像。”我过去是，或者说曾经是，即将是。

“我们都是那种不完美的类型。”他笑了，是温柔的那种笑。

“你想我来着。”我说。说出这句话时，我自己也不太相信，但直觉告诉我是这样的。

“你要我告诉你，我想过你吗？”

“不，我希望你对我好点，真的。”

“我对你不好，是因为你还年轻，需要管教。”

“我受够了。”我说，“年轻，年轻，年轻，我就剩下年轻了，

---

① 阿娜伊斯·宁（Anaïs Nin，1903—1977），古巴裔美国女散文家、传记作家，以写作日记、情色文学见长。

每天都有人说我年轻。但我知道你的秘密。”我压低声音，凑到他面前，“你很害怕年轻人，我们让你想起什么叫作有理想、有信念、有自由，让你意识到变得愤世嫉俗、麻木不仁、妥协退让会损失多少东西。而我现在还不必妥协，不用去做任何我不想做的事。所以你才讨厌我。”

他看着我，我知道他打算管教我。

“人们会不会低估了你？”

“我不知道，我一直在忙着不要搞砸，顾不上别人怎么想。”

他仍然在看着我，从我的肩膀看到我的胸和腿，被他这样打量，我感到动弹不得。

“你知道吗，”他说，俯身向前。我们的膝盖碰到一起。我可以看到他的毛孔，还有鼻子周围的小黑头，我想起上次他近在咫尺的脸。“我看得出，你非常……强大。和你接吻的时候，还有上次听你说话的时候，我都有这种感觉，好像触电一样。但后来我看着你，发现你清醒时总是犹豫不决。也许你现在不必妥协，但你必须选择跟从你的心灵还是跟从你的外表，如果不早些做出选择，可供选择的范围就会越来越窄，直到选项变得不像选项，你不得不接受仅剩的一点东西。有些时候，你会觉得依靠漂亮的外表更安全，你坐在男人腿上，听他们讲愚蠢的笑话，傻笑。你让他们给你挠背、买毒品、买酒，让他们给你准备好吃的。可难道你没有发现，自始至终你都会觉得……”他伸出手，手掌包住我的喉咙，我屏住呼吸。“……窒息吗？”

我托着脑袋，像花瓶那样静止不动，可这只花瓶上已经出现了裂纹，裂纹不断蔓延。我说：“我也有这种感觉，当我们……”

他的手机响了，这是我能想象到的最有侵略性的声音。尽管很恼火，杰克还是看了看手机上显示的号码，跳下凳子，走向洗手间，我继续坐在那里一动不动。

服务员过来收拾桌子，以我见过的最无序的方式把盘子胡乱堆到一起，我本人都可以比她做得好。她粗暴地把餐具扔进洗碗盆，盘子发出近乎碎裂的声音，刀叉滑入盆底的不明液体。刚进来时我还有点可怜她，但现在我意识到，我们做着同样的工作。

"黛比，"他叫服务员，"南希？桑德拉？"他没有坐回凳子上，而是靠在柜台上，我知道我们的夜晚结束了。"我得走了，"他说，"我本应该二十分钟前和别人见面的。"

我敷衍地点了点头。但我也明白了一些事实：以前那些夜晚，不是他故意不送我回家——尽管我几乎是在乞求他——其实他也对我感兴趣，我只是没有充分发挥自己的潜力而已。

"这次我请客，迟来的节日晚餐。我听说感恩节你过得很疯狂，对不起，我错过了。"

他从钱包里掏出现金，喝着啤酒发了个短信。我坐在凳子上转了一圈，看着人们躲进门口避雨。

"我和别人不一样。"我说，没去管这句话显得我的头脑有多简单。我知道他怎么看我——贪婪，迷失。我还不知道的是，他的看法是对是错，对在哪里，错在哪里。

而他不知道的是，我已经逃脱，成功地逃到这里。我拿过他的啤酒喝起来。"我不需要在我的外表和别的什么之间做出选择，我会拥有一切的。你不是说审美观和道德观必须共存吗？"

我曲起膝盖顶着他："现在告诉我，我他妈的是在哪儿？我该怎么回家？"

第三章

“你知道鱼只有四秒的记忆吗？”特里问我。我假装在烛光下阅读一本《纽约客》过刊，眼睛在同一行诗句上扫了无数遍——**风暴来临时，什么会在你身体里释放**。我本打算在大家都赶到酒吧之前离开，可今晚的街道十分泥泞，我实在不想走在上面。酒吧里没有别的人，这说明特里刚才是跟我说话。

“啊？”

“你们换班后过来的时候，我总是在思考这个问题，你明白吗？”

“是啊，特里，我明白，我们是鱼，这里就是他妈的水。”

这是一顶酒红色的天鹅绒钟形帽，曾经属于尼利太太的母亲，帽子上的金色刺绣几乎磨掉了，它扣在尼利太太娇小的头颅上，前端稍稍抬起，这样她就可以直视我。她告诉我们，她母亲曾是传说中的美人，所有的艺术沙龙她都去过，她自己也主持沙龙，谈话嘉宾是 W. E. B. 杜波依斯[1]和兰斯顿·休斯[2]。十足的进步分子。可她没有时

① W. E. B. 杜波依斯（W.E.B. Du Bois，1868—1963），美国社会学家、历史学家、维权人士、作家、编辑。

② 兰斯顿·休斯（Langston Hughes，1902—1967），美国诗人、社会活动家、小说家、剧作家。

间搞艺术，丈夫去世后，她不得不靠做裁缝养活子女，尽管如此，她的生活还是具有艺术气息。

“我不明白现在的人是怎么回事，”她说，为了加重语气，她的双手抓住我的双手，“不用戴帽子就可以出门。我们虽说不是什么高雅的人，我母亲还用窗帘布做过裙子，但要是不戴帽子，我就觉得自己很不得体。见到穿成你这样的傻女孩，我妈妈一定会扇她耳光。”

“我知道。”我说。对于她的劝诫，我一向持鼓励态度，她也乐于把自己的人生经验施舍给我。“现在的女孩，把打底裤当外裤穿，太丢脸了。”

“转着圈儿晾屁股。”

“老天！你说得对，她们就是这么干的。”

“标准在哪里？男人怎么知道该如何对待你？”她拍拍我的手背，“就算你穿得像个男孩，把身材隐藏起来，照样可以在运动场上吸引他们，让他们都看你。”

我点点头，完全赞同。

“你知道，风格不是轻浮。我们那个时候，这是人格完整的标志，说明你知道自己是谁。”我点点头，但她一直看着我身后。“噢，我的王子来啦。”

萨沙悠闲地踱到我们这边，双臂伸展，像即将起飞的飞机。看到他，尼利太太鼓起了掌，眼眶湿润。

“亲爱的尼利，你是一道风景，可你怎么和这个垃圾聊起来啦？”

“看在上帝的分儿上，给我一个吻。”她害羞地献上脸颊，他把她的两边脸亲了个遍。

“在巴黎，他们都是这样亲的。”她说。

“羊肉怎么样，我的爱人？”

“可怕，绝对可怕。”她困扰地说，示意我们靠近，“我发誓，每一次都做得很糟糕。”

“好极了。”萨沙露出两排牙齿，给她一个灿烂的笑容。

“萨沙，你能带这位美丽的小姐出去约会吗？她需要一个真正的绅士的陪伴。”

“是呀，萨沙。”我看着他。几个星期前，他把比萨掉到了地上，说如果我吃了它，就给我五十美元。我吃了，他果然把钱给了我，像个绅士那样。“你什么时候带我出去啊？”

我们拼命忍笑，浑身颤抖。尼利太太也笑了，端庄地靠回椅背上。

我知道他在那里。他刚才告诉尼基，他要下去找一瓶苏格兰威士忌，可一个多星期前我曾经告诉他，我们没有那种威士忌了，我还向霍华德确认过，霍华德说酒商那边缺货。然而杰克不肯相信。我想知道的是，他执意寻找这种酒的原因是不相信我，还是要引我到酒窖里对决。

所以，当西蒙娜问谁能帮她去酒窖拿一瓶二〇〇二年作品[①]红酒的时候——因为她要同时招待两桌客人，我立刻表示我可以去，我紧了紧马尾辫，跑到酒窖。我进门时，他没有转身。

“这里没有。”我说。我向存放加州红酒的区域走去。

“相信女人的话的人是傻瓜。”

“有意思。”我的眼睛扫视墙壁，但我已经知道作品放在哪里了。我真希望自己什么都不知道，也不清楚这里没有那种苏格兰威士

① Opus One，产自美国加州纳帕谷“作品一号”酒庄的红葡萄酒。

忌，而且作品红酒也没货了，然后我就可以和他一起寻找两瓶并不存在的酒，就这样度过剩余的服务时间。

他哼了一声。我抽出要找的酒，跑到他身后，他面前凌乱地摆着各种酒瓶，为了找到那种威士忌，我已经在它们之中搜寻过无数遍了。

“嘿，”我说，“你在流血。”

他的小臂被割伤了。他茫然地低下头，我伸出手，本能地搬起他的胳膊，举到嘴边，舔他的伤口。我的舌头尝到了金属味和咸味，还有火花击打的感觉。当我意识到自己干了什么，我把他的胳膊推了回去。我往外呼气，他向里吸气，鼻孔张大。我的眼睛在说，你敢吗？我感觉到了眼泪，我觉得自己赤身裸体，变成了水。

“打扰一下。”她说。西蒙娜站在门口。我朝她眨眨眼睛，一时没反应过来她是谁。“作品找到了吗？”

我看看手里的酒瓶，走过去交给她，等着她来损我几句。“还不如我自己来找呢。”希瑟会这样说。艾丽尔会说：“你他妈的怎么了，斯基帕，你这个白痴。”这些我都能接受。然而，西蒙娜什么都没说，只是看着我们。她沉默着，我知道我搞砸了。

“你想吃桃红大餐吗？”

我无言地看着希瑟。我彻底搞砸了，今晚后来全部乱了套，我知道这是我的错。翻台时间无限延长，已经吃完的客人心满意足地坐在那里喝水，等位的客人则在一旁焦急地跺脚，怒火一触即发。许多新来的客人都没能坐到他们想要的位置，连隔间和洗手间附近都有人在等待。侍者听错了订单，他们焦虑不安地站在厨房外面，编造一些推卸责任的理由，准备硬着头皮进去告诉主厨，主厨手法夸张地把食物摔进垃圾桶，直到霍华德过来拦住他，开始责备房间里的每一个人。

那瓶作品呢？我很想跑去骂他一顿，然而做不到。不知怎么，我拿出来的作品红酒的年份是1995年，不是2002年的。不知怎么，西蒙娜居然把它拿给了客人，打开了它，让他们喝了。不知怎么，霍华德巡视餐厅时发现了这件事。他说："啊，1995年的作品，非常珍贵，你们觉得味道如何？"

桌上那位身材壮实的客人狡猾地笑道："比我点的2002年的好喝，感谢你们。"

"你听说了吗？"艾丽尔搬着盘子从我面前晃过去，没头没脑地问我一句。过了一会儿，她又空着手回来，说："西蒙娜真的搞砸了。"

我看到霍华德和她在隔间里，他的声音平静，平时那种好奇的探询语调完全消失了，听上去相当刺耳。"极度心不在焉……损失巨大……不像你。"

是的，我想对他说，这不像她，像我。可我看到西蒙娜在点头，嘴唇中央的口红已经被她咬掉了。我觉得很难受。希瑟来取咖啡，我向她忏悔。

"没什么奇怪的。"她说，把我赶到一边。

"可是西蒙娜——"

"这是她的错。她把酒给客人了，她大声报出了年份，指着酒标的也是她，她应该已经注意到了。这就是为什么她是侍者，而你是助理侍者。"

我还是不明白。

"你想吃桃红大餐吗？"

"那是什么？"

"赞安诺。"她掏出一片桃红色药片。

“你认为我需要靠这个工作？”

“小南瓜，猴子吃了赞安诺都能做你的工作，而且搞砸的次数很可能比你少得多。再说它也不算什么真正的药。”

我的工作也不算什么真正的工作，吃药的时候，我想。西蒙娜来到服务吧台这边。

“我要的43号桌的卡布奇诺？”

“已经送去了。”我诚惶诚恐地说。她下单后不到五分钟，我就亲自把咖啡送到目的地，把这张订单提到另外五张小票前面。

她转向希瑟：“你还有吗？”

她把药片丢进嘴里，干咽下去。

“西蒙娜，”我说，“我很抱歉。”

“不用。”她诚恳地说，“希瑟，86号桌的1995年作品。那是最后一瓶。”

赞安诺堵在我喉咙里，我不停咽口水，但它已经在那儿溶解了，味道像杰克带着酸味的血。当天晚上，他再没有和我说话。

咖啡机一直是我们的热点区域，处理饮料事项的人更要勤勉地擦洗它，我以为其他助理侍者也是这样的。然而，当我拿起滤碗，发现里面有只蟑螂，连蟑螂带滤碗一起甩到墙上，咖啡渣飞得到处都是，墙上出现一个凹痕，蟑螂却毫发无伤地跑掉了——之后，我就不再那么认真地清洗咖啡机了。

在这场人虫大战中，佐伊是带我们冲锋陷阵的将领，她不停订购各种清洁用品，时常在电话上对着驱虫公司的人大呼小叫。每位驱虫员过来的时候——他们随身携带橘红色的印着骷髅头的杀虫剂罐子——都向我们承诺在几小时内把虫子消灭光。佐伊用遮蔽胶带标记喷雾瓶，上面注明相应的使用地点：咖啡机、酒吧水槽一号、酒吧水槽二号。佐伊还修正了临时任务清单，订购了特殊的抹布来清理制冰机，还有蓝色条纹的粘蝇纸——我们戴上手套，把它们挂在果蝇出没的区域。

佐伊唯一没能做到的就是铲除那些虫子。我了解到，纽约每家餐厅都有虫子，从上城区到下城区无一例外，可我还是会从厨房的地上捡东西吃——那儿一尘不染。我们的工作还包括对客人保密，因为他们接受不了如此明显的真相。我们说："冬天就这样。""靠近公园就这样。""都怪那边那座房子。""邻居搞的鬼。"不过这些借口都有一定道理。

然而，当威尔发现了一根貌似形成于冰川时期的蟑螂冰棒的时候，连我都忍不住吐了。冻在冰块里的蟑螂鲜活如生，像异常精美的艺术品，威尔把它从冰柜里挖出来，我们传看了一番，直到冰块开始融化。大家都惊讶地张着嘴巴。

对此我们表示："真他妈的恶心。"

我也尽到了我的责任。我帮助佐伊起草了临时任务清单，把它挂在各处服务台的记录板上。然而有一天，我往钩子上挂围裙，钩子掉到冰箱后面的缝隙里，我往缝隙里一看，结果发现墙上**覆盖着**——没错，覆盖着——无数个蟑螂家庭，已经不知道繁殖了多少代，有活的，有死的，还有带孩子的，在暖洋洋的冰箱背后生活。所以，我停止了艰苦的战斗。我们寡不敌众。

"海胆！"西蒙娜走进厨房，惊呼道。我一直在低头干活——把烧剩的蜡烛头从烛台里挖出来，不知是谁没在烛台里放足够的水，蜡油凝结在内壁上，我只好拿刀去刮。我不记得是谁了——可能是我自己。

“什么？”我问了一句，以防她在跟我说话，不过最近我们的聊天次数明显减少了。

“主厨，**它们真美**[①]。”西蒙娜喃喃地说。她和主厨趴在一只箱子边上，入迷地盯着里面的金色生物。每次她不由自主地和主厨、霍华德或杰克讲起法语，我都感到恼火，她还会压低声音，所以我只能听到这种浪漫语言的几个卷舌音，觉得自己被他们排除在外了。我已经再次为作品红酒的事向她道过歉，第二天我就向霍华德承认了我的失误，而且他已经忘记了这件事。当她看着我，觉得我也应该像她一样因为箱子里的东西而兴奋时，我别无选择，只能等待她重新把注意力投射到自己身上。

换班之前，主厨说：“今晚我们供应海鲜套餐。非常传统。牡蛎、贻贝、大蛤蜊、对虾——没去头的——还有小蜗牛。核心菜色是带壳的海胆，非常新鲜。”

有人吹口哨，有人发出贪婪的呻吟。

“一共十七份。需要你们亲自销售给客人，我们不出小票，每份175美元。”

“每份？”我大叫一声。每个人都看着我。

霍华德继续说：“现在这个时候，朋友们，人们都在庆祝节日，他们一直期待来我们这里用餐。你们在这里服务，是因为拥有敏锐的洞察力，所以，请研究一下你们的客人，看看怎样才能让他们迷上我们的餐馆。做你们想做的，这是自然，但我也强烈推荐你们给客人上香槟，或者以夏布利作为替代……”

我跟着她上楼去了更衣室，她在干净围裙里搜寻，一心想要找到自

① 原文为法语。

己喜欢的短款围裙。我在强行破冰，我清楚这一点，但我厌倦了等待。

“好了，告诉我。”

“告诉你什么？”

“海胆……”

“什么？”

“我的意思是，请给我介绍一下海胆。”

“海胆是今晚海鲜套餐的核心美食。”

“但是，为什么它那么特殊？”我打手势示意她可以边找围裙边给我讲。

“你有点被宠坏了，对吧？”

“没有！”我站得更直了，“我不喜欢求着人家回答我的问题，你生我的气了吗？”

“不要大惊小怪，你难道不应该把重点放在你的工作上吗？”

“我难道不是正在努力把工作做好吗？”

她把一条新围裙系在腰上，顷刻之间散发出母性的光辉和田园的诗意。她重涂了口红。我看到她粗糙的头发中夹杂着几绺银丝，嘴角铭刻上了岁月的印痕，眉心处有条顽固的竖纹——也许是她一生愤世嫉俗的写照。

这个女人无论站在哪里都仿佛置身聚光灯下，并非因为拥有完美无瑕的外表，而是由于那种彻底掌控自我的姿态。不仅如此，她触碰过的一切，前面都会出现一个代表所有格的撇号，似乎这些东西完全归属于她。

“真诡异，”她看着镜子里的自己，向上扯了扯脸颊，“在镜子里看到自己母亲的脸。”

“我想象不出。”我说。

"你当然想象不出，你在自己眼中永远会是一个陌生人。"

她的评论向来不留情面，我不知道该说些什么。

"你母亲一定很漂亮，"我终于说，"因为你很漂亮。"

"你这么认为吗？"她看着镜子中的我，不为所动。

"你为什么不想要男朋友？"得出这个结论之前，我进行过两重推断，首先，她没有男朋友，其次，那是因为她不想要。

"男朋友？真是个甜蜜的词儿，不过恐怕我已经从爱情方面退休了，小家伙。"

她绝对已经开始软化了。

"在马赛，你早晨可以步行到码头，那儿有海胆，活的，现场交易，几个法郎就能买到这样的美味。礁石上到处是碎海胆：刀子撬开外壳，用海水冲干净，把肉吸进嘴里。男人们带着自酿的葡萄酒来海边吃午餐，看船只进进出出，据说吃掉海胆以后，你会获得巨大的力量。它们的外观、质感和味道都是一流的，给你留下终生难忘的印象。"

她向门口走去，把头发拨到脑后，若有所思地看着我。"你会对许多东西失去兴趣，比如你的青春、健康和工作，但真正的食物——海洋的馈赠——不属于其中之一，在这个堕落悲惨的地方，你永远可以从它们那里获得享受。"

"真累。"霍华德说，他穿上蓝灰色的羊毛大衣，戴上软呢帽和皮手套，好像来自四十年代。他凝视着餐馆出口，对我笑笑："可你真的不得不爱它。"

"是的。"我说。我晃动了一下杯子里的牛奶，倒进浓缩咖啡里，我就是知道怎么做出他喜欢的玛奇朵。"不光身体很累，每天晚上还会有一种说不清道不明的感觉把我放倒。”

“熵[1]。”他说，似乎在解答我的疑问。他抬起眉毛看着我，想知道我懂不懂他的意思，我也抬起眉毛看着他，意思是我怀疑他用错了词。

“其实这是一种欲望不协调的状态。餐馆这个实体尽管不等同于人，却是由人组成的，它有自己的欲望，我们称之为服务。什么是服务？”

“就是疲劳？”

“是秩序。服务是用来控制混乱的体系，而客人、侍者也有欲望。遗憾的是，我们的欲望是打乱秩序。我们会制造混乱——通过随机性，通过不可预知性。”他呷了一口咖啡，我点点头，表示我还在听，“我们是人类，对吗？你我都是。但我们也是餐馆。所以我们处于不断修正的状态，总是在努力保持控制。”

“可是你能控制熵吗？”

“不能。”

“不能？”

“我们只是在尝试控制。是的，所以非常累。”

我仿佛看到餐馆变为一片废墟，我想象店主几十年以后关闭这个地方，粉尘、果蝇和油脂越积越多，不再有人夜以继日地工作，清理餐具和餐布，餐馆返回到原始的、不具有任何功能的元素状态。

“谢谢你。”他放下杯子。

“你下班了？”

“是的。我有一些男人责无旁贷的圣诞装饰要完成。”

---

① 物理学术语，泛指某些物质系统状态的一种量度，或某些物质系统状态可能出现的程度。亦被社会科学用以借喻人类社会某些状态的程度。

我点点头。让我感到惊讶的是公园里突然爆发的节日气氛，还有送花女孩可笑的酒吧布置——吧台上挂着真正的饼干，来自糕点部。连克莱姆酒吧都拉起了圣诞彩灯。我想起圣诞电影里刻画的温馨的纽约城，店铺的橱窗华美诱人，充满慈善色彩，每当信仰与救赎的时刻降临，大家纷纷人性升华，无一例外。然而走在上班路上，我却没有这些感觉，只觉得寒冷和不情愿。

"我想我应该去选选圣诞树什么的。"

"你留在这里过节吗？"他问。

我想，是呀，你安排我圣诞夜前一天和后一天来上班，还他妈的指望我会去哪儿？我说："是的，我留在这儿，放松一下什么的，我听说节日期间很安静。"

"嗯，如果你不知道干点什么，我每年都为孤儿举办圣诞庆祝活动，你可以来参加。别担心，大部分饭菜都由西蒙娜来做，我不会对任何人发号施令，但活动的形式很传统。我真心邀请你来，而且它也不像我说的那么无聊。"

"你是孤儿吗？"

"嗯。"他笑着对我说，"我们都是孤儿，或早或晚，如果我们幸运的话。"他向吧台那边挥挥手，又朝我眨眨眼睛，随后便在我们的注视下钻进夜幕笼罩的自由世界。

"等松露运到餐厅——绝对性感。"斯科特说。

松露运到的时候，连墙上挂的油画都好奇地低下头打量它们。松露吹响了冬季的凯旋号角，以珍贵的出产宣告土地战胜了寒冷天气导致的贫瘠。黑松露先来，为了保持干燥，厨子们把它们装进塑料夸脱桶，和艾保利奥米放在一起。他们答应松露用完之后，拿浸染过松露气息的米给我们做意大利调味饭。

白松露随后抵达，外观接近霉菌，马上被送进主厨办公室的保险柜。

“放在保险柜？真的吗？”

“怎样费劲保存它们都不过分，因为太珍贵了。”主厨检视特色菜的时候，西蒙娜咕哝着说。

“要是出现在全城的餐厅菜单上，就不那么珍贵了。”我和她对视一眼，“我开玩笑呢。”

“它们无法种植。过去的农民曾把母猪赶到野外，把它们领到橡树下，祈祷母猪找到松露。后来他们不用猪了，用乖巧的狗，可还是需要祈祷。”

“为什么选母猪？”

西蒙娜笑了：“松露的气味闻起来像睾酮，促使母猪发情，结果母猪太疯狂，把土地和松露都给拱坏了。”

我在服务吧台等待饮料，萨沙捧着一只小木箱来到我身边，他打开箱子，里面是一块惨白的丑陋蘑菇，还有一把专门为它设计的小刨刀，香味透入房间各个角落，像令人兴奋的鸦片烟，赶走了我们的瞌睡。尼基赤手捏起松露，送到2号卡座，从上面刮下一些薄片，洒进客人的盘子里。

新耕的泥土，肥沃的田野，雨后的林地。我闻到浆果、山坡、霉菌和流汗一千次的木材的味道。绝对性感。

这就是我没有第一时间发现雪花顺着吧台那头的窗子飘进来的原因。客人们窃窃私语，指点着街道，虔诚地扭头赏雪。雪犹如高处飘落的松露薄片，在意大利干面条上融化。

“终于下雪啦，”尼基说，他把剩余的松露放回盒子里，倚在吧台上，脸上挂着心满意足的帅气笑容，“你永远不会忘记自己在纽约看到的第一场雪。”

最初降下的雪花在窗口徘徊，有那么一秒钟，我相信它们会飞回路灯那里。

学会怎样从上面走过之后，我终于爱上了威廉斯堡大桥。大部分时间里，我都是独自一人过桥，有时身边也会出现几个全天候自行车爱好者，或是包裹严实的哈西德派妇女。我要么走在灰暗的路灯下，要么出现在飘雪的下午。大桥从未停止打动我。我在桥中央驻足，俯瞰肮脏的河水，凝视水流中打旋的垃圾，还有像酒渣黏在杯底那样执著地簇拥在码头四围的垃圾。西蒙娜和我提过将在霍华德家举行的孤儿圣诞晚宴，我想到他们都会出现在上西区的霍华德家，想到杰克穿圣诞毛衣会是什么样，于是告诉她我很忙。记住这个，我告诉自己。记住今天有多安静。我读了今天的报纸，我会珍藏它许多年，我走在独自去唐人街吃午饭的路上。我注视着城市的轮廓线，产生了双重感觉，它们分别从大桥两头逼近过来，最后化为同一个念头，我永远无法协调它们两个：**每个人都住在这里是荒谬可笑的**，以及**我可以永远不离开**。

第四章

有时我会把几个月来的上班时间压缩为一个晚上，一个长达几个月的夜晚。

我拿厚底鞋尖踢开厨房的门，走上楼梯，和杰克视线相遇。我一圈又一圈地清扫餐厅，二头肌和手腕肌肉绷紧。我看到时间停滞状态下的自己，各种影像互相重叠，所有金枪鱼排融合成一大块宝石雕刻，我折叠过的所有餐巾化为一根图腾柱。贯穿这些静止的生活片段的是一条确定无疑的直线，是我对它们的注视，有时西蒙娜和杰克也会加入我。我只记得这些——少量的画面，遥远的观望，巨大的寂静，漫长的暂停。我觉得这是世界上最简单、最美丽的工作，但我也知道它永远没有静止过，始终存在缺陷，偏离理想。浪漫即谎言。

我在藏酒室听到午夜的时钟敲响，诱人的喧闹透过天花板传下来，有人在跺脚，吹口哨，我跑上楼梯，看到一群人聚在服务吧台，香槟酒杯排成一线，常客让出了高脚凳，供我们狂欢，西蒙娜给我一杯沙龙帝皇伊丽莎白桃红香槟。我闭上眼睛：桃子、杏仁、蛋白、玫瑰花瓣和一丝火药气息，我在纽约开始了新的一年。

“你，穿着连衣裙。”

这就是我希望他说的话，他始终没有说，但我对自己说过很多次——在百老汇大道上，面对我在建筑物玻璃上的倒影。我觉得脚上的高跟鞋像溜冰鞋一样打滑，费心思吹好的头发被风掀起，我突然对天气和颠簸不平的人行道失去了抵抗力。我像见到熟人那样朝熨斗大厦的边缘点头。我身上这件黑色真丝短款连衣裙花了我半个月的工资，我依然无法驾驭服饰的力量——没人教过我如何打扮自己。试穿它的时候，我从镜子里看到了十年后的自己，那时的我恐怕已经成了不可战胜的人，全部气场都在一件衣服里面。我曾经两次想把它退回去，我在一家银行的墨绿色玻璃幕墙中看到了自己，我对那个倒影说：你，穿着连衣裙。

新年的第一天餐馆歇业。店主为我们包下一间酒吧，酒水无限量供应，大家都计划着彻底放纵一番，虽然威尔和艾丽尔都认为我会是醉得最厉害的人，但我已下定决心，要做醉鬼里面最清醒的那个。

我已经忘记那里也会有成年人到场，比如站在门口的店主和他的妻子，他们温暖庄重地向我们微笑致意，尽管他们现在也可能没有醒酒，但从外表根本看不出来。有几个人已经在列队迎接店主夫妇，店主和他们握手时眼神专注，并不急于扫视室内。他妻子看上去是个仁慈宽厚的女士，一个微笑就可以让你觉得飘飘然。

我蹑手蹑脚地绕过列队欢迎的人群，不敢和他们打招呼——如果他不记得我了怎么办？如果我哭出来怎么办？我想起入职培训，仍然无法相信他们选择了我。

聚会基本按计划进行。鱼子酱薄烤饼、鹅肝多士、带壳烤贻贝，蟹糕、酒浸生蚝——来自店主新开的餐饮公司。我们互相问候寒暄，惊异于彼此的盛装打扮。艾丽尔穿着超短裙和一件被她改成露脐装的毛衣。威尔穿着薰衣草色的休闲衬衫。萨沙一身黑，戴墨镜。我们紧张地凑在吧台旁边，努力将自己控制在微醺状态，似乎怕吓到一改平时装扮、显得像陌生人的同事们。一小时过后，整个房间的气氛放松下来，肆无忌惮的笑声响遍每处角落，DJ开启音乐。登峰造极的狂欢开始了。

我当然参加了一年一度的投票活动。佐伊在换班之前就督促每个人投了票，比如选出“最漂亮的眼睛”“最可爱的情侣”什么的，还有行业内部奖项“谁最有可能创业开餐馆”。我认为这是需要我破解的另一套密码——每个领域都有天生的赢家。最有可能创业的非尼基莫属，他一直告诉我们要自己开一家酒吧。“你最希望谁成为你老妈”得票最多的是希瑟，因为她外表和谈吐都像个洋娃娃。他们宣布评奖结果的时候，我一开始只是旁观。“最善于恶作剧的人”评选结果是帕克，但我把票投给了尼基，因为我觉得帕克可能连话都不会说。很显然，他已经捉弄了自己喜欢的人很多年，我现在还不属于这个范围。最有可能进军百老汇的是艾丽尔。她把手指伸进喉咙，开始干呕。威尔帮她领了奖。然后，戴着大礼帽的霍华德说：“‘你最愿意和谁困在电梯里’……结果是……是……泰丝！”

出于礼貌的零星掌声响起，有人发出一声狼嚎。我也跟着鼓掌了，大家都在看我。我似乎被一只不起眼的水龙头在脑袋上滴了一滴令人烦恼的黏稠液体，发现原来我就是泰丝。

对于“你最愿意和谁困在电梯里”这个问题，经过深思熟虑，我选的是西蒙娜。我告诉自己，这是你的电梯伙伴，不是和你一起做计划的人，电梯也不是你的最终归宿，但是，“哐啷”——电梯卡住时，你的生活出现了甜美的暂停，这是由偶然决定的，今天所有的任务暂时抛到脑后，你不知道什么时候能出去，而且被困电梯又不像孤岛求生，你清楚自己最终能够获救。

当然，我也想过选杰克。电梯里只有我们两个，杰克完全属于我，他用身体把我禁锢在电梯壁上，然而我幻想火焰的中心并不是性。不，当我们困在电梯里，他会看着我，再也没有什么酒吧小票，没有人群，没有电话，没有条纹衬衫。他会被迫承认我的存在。我知道，如果能让他看着我，那么我们两个都将不再孤独。

但后来我重新考虑了一下，杰克有可能心情低落，我能预感到他被困之后会有什么反应。如果他陷入沉默怎么办？如果他发脾气呢？甚至更糟——如果我让他感到厌倦怎么办？这些恐怖的设想吓坏了我，所以我把他清除出我的名单。

假如换了西蒙娜就不一样，电梯里的气氛会从慌乱转为冷静，我会放松下来。西蒙娜可能会背诵华兹华斯、威廉·布莱克的诗句，或者华莱士·史蒂文斯、弗兰克·奥哈拉——如果我想听现代诗的话。西蒙娜会讲解十九世纪汝拉红酒的制作过程，还有它和奶酪的不解之缘。她会回忆自己十年前在佛罗伦萨看到的画作的细节，还有看完画展后去吃饭的小店的名字。她甚至可能给我讲**他们**在海水漫灌荒滩、野草覆盖沙丘的科德角长大的故事。

我会用自嘲的办法逗她笑，给她讲怪异的美国中部地区的故事，告诉她我十岁时第一次读完《麦田里的守望者》之后，收拾好背包离家出走，但后来邻居发现我在他们的工具棚里睡觉，于是把我送了回去。西蒙娜会向我吐露宇宙的奥秘，告诉我为什么在这个科技当道的时代很难找到生存的意义、为什么城市兴起与衰落、为什么我们注定会自我重复。最终，我们走出电梯，我会有所改变，变得更像她，学到永久的功课。

“泰丝？”霍华德挥舞着一本获奖证书，迎宾招待在上面装饰了金色的星星。因为穿着高跟鞋，我不自在地站起来，转头寻找某个人，转头寻找某个人，转头寻找某个人。

我道了谢，回到座位。我很想看着同事们的眼睛，问问他们为什么选我。

“你给我投票了吗？”我按捺着紧张和兴奋，贴着吧台滑向杰克，问他。踩着高跟鞋，我可以更接近他的视线。杰克身穿破旧的法兰绒衬衫，羊毛宽松裤，头发油腻，不开心地低着头。

“我讨厌这些东西，每年我都说，不要再搞了。”

“有什么好讨厌的？免费的开胃菜。”我看着房间里那群被餐馆选中的怪人。脱离餐馆环境引起的拘谨消散之后，人们很快按照各自的小圈子聚在一起。搬运工和洗碗工们穿着运动外套，坐在他们浓妆艳抹、活泼愉快的妻子旁边，厨子们占领了吧台一角，品着陈年龙舌兰，间或来几杯梅斯卡尔酒，他们周围的地板上有许多溅出来的酒渍。迎宾招待和糕点部的女孩站在厨子们的外围，好像一个保护层。

真正的成年人都凑在一张桌上——霍华德带来一位与他年龄相称的约会对象，她做什么都是慢吞吞的，每一口食物咀嚼完成之后，她都会放下叉子，拿起腿上的餐巾，轻沾一下嘴唇，以免弄花唇膏，看样子就不是餐饮界的人。主厨和他妻子都来了，他妻子相当漂亮。还有尼基和他老婆丹妮丝，丹妮丝把她的手机放在桌上，屏幕不时闪烁——那是保姆在向她汇报情况。西蒙娜坐在丹妮丝旁边和她聊天，两人的膝盖碰在一起，我仿佛看到二十几岁的她们，那时丹妮丝还没有孩子，正在和酒保尼基约会，西蒙娜比现在开朗，更爱笑。帕克和萨沙在我们桌玩硬币，艾丽尔和威尔大概在洗手间，希瑟在怂恿桑托斯跳舞。

一切都很正常，很可爱，我的心努力跟随着这种节奏。

“好像我还没看够这些人似的，”他阴沉地说，“我就不应该在休息日来这里，纯粹是浪费时间。”

“你为什么要来？”

“不来得不偿失。而且，”他喝掉杯中的威士忌，示意酒保再来一杯，“有免费饮料。”

迎宾招待米莎——我们经常打趣她的大胸——走过来，朝我伸出胳膊。

“泰丝，恭喜！大赢家！”她咯咯地笑起来。我看了看我的证书，我刚才一直随身带着它——为了向杰克吹牛，然而站到他旁边之后，我觉得自己很孩子气。

“真是不好意思。”我说。我把证书叠好，朝酒保点点头。“一杯白葡萄酒？不要橡木桶的，拜托，不要莎当妮。”

“你该得的。”他又端起一杯酒，扭头望着远处。

“这个结果其实很好，”我说，“说明人们愿意花时间和我在一起，他们不会把我排除在外，我也没那么烦人。”

他转过头，眼神有些涣散，我吓了一跳，以为他一定是嗑了什么药，只听他说：“这是最大的妓女奖，你知道吗？”

“妓女？”

“得啦，新来的，别装傻。你在厨房的那些哥们儿总是把这个奖的票投给他们想睡的人。不过，哦耶，还是要恭喜你！大赢家！”

“嗯……”我想笑却笑不出来。吧台那头的斯科特看到我，向我眨眨眼。反正我是个爱哭鬼——坐在各处洗手间的马桶上哭、躲在糕点服务台的空调那儿哭、在制冰机后面哭、趴在枕头上哭、手捂着脸哭、有时候干脆把脑袋伸进储物柜里哭——这次的机会我也不能让它溜走，所以，我先是忍了一会儿，然后眼泪就来了。

“你……”我想说的恶毒的话像往常一样消失在被羞辱的感觉之中，“你很刻薄，杰克。你对我太刻薄了。”

他的眼中闪过一道蓝光，然后露出疲惫的神色。

“我很抱歉，”他说，“泰丝。”

我点点头：“请原谅我。”

我强迫脚上的高跟鞋平稳接触地面，手中的酒杯似乎在燃烧。西蒙娜扫了我一眼，去了吧台。是的，我想，她要到他那里去，安慰他，因为新来的、获得最大妓女奖的女孩说他刻薄。

“泰丝？”

我在隔间里抬起双脚，不想让她看到我。她敲敲隔间门。

我打开门，她走进来，我们离得非常近，很别扭，我们完全可以到水池旁边去，但她锁上了身后的门。

“拜托，”她对我的表情做出回应，“我也年轻过。”

她摸摸自己的鼻尖，若有所思，我也碰了碰我的鼻尖。

“我觉得这样挺好，”我说，我的手在颤抖，“我想，啊，要是我困在电梯里了，我应该挑一个我真的……我……我选了你。”

“我受宠若惊。”

我把手纸按在两边的脸颊上。

“其实刚才我们就像互相打着玩，只是玩游戏，后来他用力打了我一下，结果我从假疼变成了真疼。”

“我明白。”

“西蒙娜，难道我做得不对吗？一切对我来说都像是惩罚。”

“你为了什么受惩罚？”

“我他妈的怎么知道——因为太傻了？”

“行了。”她不赞同地抓住我的手，“别再扮演受害者了，否则没人会对你感兴趣。从自己的想象中走出来，如果不这样做，你永远会失望。集中注意力。”

我抽回我的手，她把手叠放在腿上。

“是不是太迟了？”她问。

“什么太迟了？”

“放弃逢场作戏？”

“我认为不只是逢场作戏，西蒙娜。”

“这是你的幻觉。杰克知道，你也知道。你能放手吗？”她面无表情地看着我。

“好吧…… 我是说……我们是同事……所以，”我顿了顿，“‘杰克知道’是什么意思？”

“杰克知道你迷恋他。”

“你们两个背地里谈论我？”我觉得快要吐了。

“我们没有故意谈论你，话题自己出现了。”

“话题？我以为我们是朋友，在你们眼里我他妈的只是个大笑话？”

“你要走火入魔了。”她说得很中肯，我点了点头，“现在，你能放手吗？”

去他们的，我想，我要辞职。然后我意识到西蒙娜是正确的。我不是受害者，我现在还没有走火入魔。我选择了这条杂草丛生的阴暗路径，连五英尺开外的地方都看不清楚——尴尬、迷惑、喝到断片。

实际上我选择了他们两个——两个不同的人。我理解她说的“放手”是什么意思。我不必放弃我的工作。自始至终，我面前都有另外一条道路——光明、平坦、诚实的道路。我对自己说，转身吧，你不必抓住每段经历的脉搏。只是一顿晚餐而已。我看到寂静的电梯，电梯里只有我。另一个声音说，可如果那样的话，你会只是个助理侍者。

“我不能，”我说，“我不能放手。我不想放。”

她忧愁地叹息一声。

“你不记得那是什么感觉吗？”

她慢慢扬起脸，好像那是花岗岩做的，我看到那上面闪现出脆弱。

“不，我不记得了，”她说，“我不记得，也不在乎。”

“你以前一定有过爱的感觉，你真的像他们说的那样是石头做的吗？我不认为是这样，西蒙娜。我看到了你的心。”我指着她的胸口，但她显得怒不可遏。

“好吧，泰丝，你什么都想要？你不计较后果？那就太迟了，我应该早点劝你离他远远的。因为他很复杂，不是性感的那种复杂，他的复杂能伤人。我应该告诉你伤害不是性感，伤害可怕。你还年轻，以为每一种经历长远来看都会给你带来益处，可事实并不是这样。伤害怎么可能长久呢？”

她身上传来热量，我感到血液像打火机油，在我的血管中奔涌。“你听起来有点愤愤不平。”

“愤愤不平，”她咬牙切齿地重复了一遍，向后收起肩膀，说，“我们拭目以待。我会和他谈谈的。”

“不要！”我说。我想起威尔警告我不要信任西蒙娜，虽说我已经做了她的学生，但我不敢把这件事交托给她。可是杰克真的需要西蒙娜的祝福吗？难道这就是一直以来缺失的东西？如果这就是条件，那么我接受。

“或者，你也可以做你想做的，反正这又不是什么大问题。”

“小家伙，这是一个大问题，你忘了他对我多么重要，而且我也非常关心你。”

“我知道。”我看着我们的脚，我的鞋在瓷砖上蹭来蹭去，“我梦见过你，但这个梦并不完整。我梦到我们之间有个秘密：你是我妈。我上班迟到你也不管，你去我的公寓，帮我收拾床铺。你告诉我，没人理解我们的关系，要是我告诉了别人，就会受到惩罚。”

“奇怪。”她说。

“虽然做了这样的梦，我不认为你已经老到可以做我妈。”

“你应该讲给霍华德听听，他很擅长解梦，简直可以去当梦境分析师。”她站起来，向后伸了个懒腰，发出关节摩擦的声音，“我不介意和你困在电梯里，电梯毕竟比厕所隔间宽敞多了。”她给我一块手纸，“工作的时候别再哭了。”

我想问她这是不是爱。那种盲目、不顾一切、潜意识中的自我陶醉、对真正的痛的向往，以及安稳的感觉。我不会得到答案。她从来不从个人经验出发和我谈论爱情。爱是一种理论，是经过防腐处理的东西：“如果你允许，爱会给你带来x”，或者“爱是y的必要条件之一”，或者“y是爱的商标，你会在z这种地方遇到它”。

也许这就是她无动于衷的原因：她不记得了，她从来没有像其他人那样双膝跪地，俯身去体验，她无法告诉我那些无法言说的真实感受。而我学到的东西都是从地面上获得的。

我正要和一群人离开，他猛然抓住我的手腕，把我拉到一边。威尔做了个鬼脸，问：“来吗？”我举起手，说：“等我一分钟。”

“给我发短信好吗？”威尔叫道，电梯门在他眼前关闭。

我转身面对杰克。

“什么？西蒙娜让你道歉？”

他忧郁地盯着地毯。

“可怜。”我说。我按下电梯按钮。

“刚说完我就后悔了，对不起。”

“你在折磨我，老实说。”我一次又一次按下按钮。我看到了另一条路线，和平之路、光明之路。我看见了酒吧、啤酒，与朋友相处的惬意，而当他走近我，所有这一切都会被抹杀。是我允许他这样做的。电梯铃响，轿厢门分开，杰克走到后面的角落，我站在他身前，按着开门键，等待每一个人进来。

“出去喝一杯吗，丹妮丝？”我问尼基的妻子。尼基告诉我，她是第一个和他拌嘴的女人，当时他立刻意识到自己必须娶她。她是个聪明的黑头发女人，依旧很漂亮，但现在她的脸已经变得憔悴了。

“不，不。我们回家。能睡到早晨五点再被孩子的哭声叫醒——这已经是我们最大的奢侈啦。”

“最大的奢侈！”尼基鼓掌，朝我转过身，“毛毛早晨五点才刚回家呢，对吧？”

“毛毛是什么？”丹妮丝问。

“这是一个古老的绰号。”我说。我不由自主地喘了一下——杰克的手指在我背上划动。“从高中就有了。”

我的脊椎像燃烧的蜡烛，在他摸过的每一个地方滴下蜡油。借过。

“我当然投了你的票。”他轻声说，只有我听得见。我们又回到了那个轻松的夜晚，时间时快时慢，我的身体已经原谅了他。

“丹妮丝，”我说，我后退一步，靠近他，“你家老小多大了来着？”

在出租车的后座，我跨坐在他身上，皮革座椅发出呻吟，他的手指在我身体里抽动，挤压我腹腔深处的灼热白点，多重的快感向我袭来，我随时可能攀上顶峰。他改变了拇指的位置，我向后退缩，忍住快意。推，拉，我的头发从他的指缝和衬衫领口钻出来，他把我放到膝盖上，加紧逼迫我。出租车颠了一下，我呼出一口气。

爬到他身上的瞬间，我想到了出租车司机，他每天要工作多长时间？我想告诉他：我的夜班也很长，有时人们也对我态度恶劣。在我的想象中，这位出租车司机有个小女儿，会在他出车时给他打电话，他打开免提，女孩的声音点亮整个车厢。他妻子的照片挂在后视镜下面，至少我认为这是他的妻子。她的一只手放在耳朵后面，歪着头，另一只手拿着一枝玫瑰。她的唇色和玫瑰很相配。我想知道新年第一天他的生意好不好，想知道他是否什么都见过。他关上车厢中间的隔板，打开音乐，杰克拉起我的裙子，我立刻忘记了出租车司机这个第三者的存在。

我啃咬杰克的嘴唇、耳朵和下巴，试图延长腹部的震颤。快了，我想说，彩色的灯光模糊了车窗，马上就要到了。

杰克攫住我的脸，说：“你知道自己是什么味道的吗？”他抽出手指，塞进我嘴里。

我没觉得恶心。无论第一次感受到什么，我只会觉得惊讶。我是咸的，我想。味道不坏。我更加用力地贴近他，我的感官完全被打开，不是因为尝到了自己的味道，而是感受到杰克在我面前的确定性。我很少对自己的生活感到确定。我不断自我修正，不断怀疑。当他的手指滑出我的嘴巴，重新进入我的身体时，我学到的是，纽约城没有绝对的规则。直到杰克向我嘴里吐出字句“为我高潮”的时候，我才理解了这怪兽般的自由，在出租车后座上达到了高潮。的确有人做着他们想做的他妈的任何事，他们的城市恐怖、野蛮、令人窒息。

第五章

有些男人喜欢醋味。发酵的过程令他们愉悦。他的手指伸进泡菜，伸进我们从意大利进口、准备喂给曼哈顿的酸樱桃，他的指关节吸饱橄榄汁，一杯接一杯地喝马丁尼，他的手指在我身体里，黏稠，酸涩，等待，等待，它就在那里：海水味。

我离开公寓时，蓝黑色的冬季曙光爬上布鲁克林的屋顶。我在出租车上，车子飞过东河，大桥化为虚影，车身轻如羽毛。

我的浴室里有一面小镜子，但摆得太高，我看不到自己的下巴。我爬上洗手台，蜷缩在水池里。

我的乳房上有瘀痕，胸口上方出现模糊的拇指指纹，脖子和下巴上有擦伤，手臂内侧留下椭圆形的红色印记，下嘴唇有一块地方变紫了。嘴唇内侧有红色的小伤口，我觉得内裤有点湿，低头一看——月经提前来潮，他仿佛扣动了扳机。

喝下去的葡萄酒让我目光浑浊，燥热的暖气使我鼻子下方的皮肤脱落，我无法停止抚摸自己的脸，它像一块空白屏幕，每个人都可以在上面播放投影。无论我有怎样的美，都不是自我生成的，并没有扎根，可以被穿透。然而我可以看清楚它下面的东西：一个女人的脸。

改变的是我的嘴，这张惨淡、青紫、浮肿的嘴。我的左眼永久性地变小了，而且肿了起来，不能再像以前那样睁得那么大。我的朋友会说，这是疲劳的表现。我看上去再也不是新来的了。

我可以把瘀伤文在身上。他会感到很惊讶。他管自己的文身叫什么来着？对某个时刻的承诺？听着，杰克，我的身体就是承诺。我躺在床垫上数心跳，我知道那一晚绝不会重来，再也不会出现完全相似的夜晚了，我再也不会感受到那样惊人和强大的力量。所以，我紧抓着它，不去回想，抓着它一动不动，直到我房间的墙壁在室外灯光的映照下变成乳白色，最后一个波多黎各人吵吵嚷嚷地回家。

肆虐的暴风雪取代了川流不息的交通，雪堆耸立在人行道上，像崛地而起的新建筑。室内不断有客人点汤，那是治愈一切的灵药。星期天早晨，桑托斯偷偷用餐馆丢弃的牛下水煮牛杂汤。牛肚甘美，汤汁油腻，有铁、牛至和酸橙的味道。无论什么食物都会加拉差辣椒酱，甚至鸡高汤和葱油汤里也有。我们的脖子上长了肌肉结节、患上流感、鼻窦炎，疾病在我们中间传播。

暴风雪侵入第十六街的时候，威尔、艾丽尔和我守着我们的汤碗沉默而坐。斯科特为我们的聚餐做了河粉，这套手艺是他在河内的市场跟一个摆摊的老头儿学的。河粉好像天赐的礼物，热气腾腾，八角的味道芬芳浓郁。

“聚会结束后你就不见了。”威尔对我说。艾丽尔搅着她碗里的河粉。我低头猛吃。

“我回家了。”

“有意思，你从来不会直接回家。”

“我累了。”我说。

“家里怎么样？”他靠回椅子上，抱起胳膊，“很好吧？”

“是的，好极了。”我继续吃。抬起头时，我看到他受伤的眼神，心生愧意：“威尔，你能表现得像我的朋友吗？”

他看着碗里：“我不知道。”

他起身离开。我转向艾丽尔，希望得到一些同情，可她也像刚才的我那样低头猛吃。

“感觉棒极了。”我平静地说。

“恶心。”

“我从来没有过那样的感觉。我通常很难……”

“高潮？”

“嗯，是的，我是说，我自己来还好，但有点难，和别人就根本不行。这一次却……很容易。”

“好，太好了，这说明他经常练习。”

“别这么刻薄。”

“我没有，但你显然想让我表现得好像伟大的性爱是世界尽头。”

就是世界尽头，我想。“不。但它让人感觉很圆满，我不清楚原因，它让我觉得自己像个女人什么的。”

“你觉得被干就是有女人味？”她像某些时候那样，声音变得有点刺耳，我退缩了。

“我不打算和你争辩什么性别理论，只想和别人探讨一下自己的真实体验，像朋友那样。”

“我来猜猜发生了什么，”她拿勺子敲着桌布，“他打了你一顿，叫你贱人，你却觉得很刺激，这又是一个被宠坏的白人女孩想挨巴掌——因为她总是能得到她想要的一切——的故事。”

“去你妈的，艾丽。”我摇摇头，“你已经形成了固定的世界观，已经对世界不再抱任何希望，所以很难理解我的感受。难道这个世界无论什么时候都他妈的无聊透顶吗？”

“恐怕就是这样，斯基帕。”

“我宁愿听他叫我贱人，也不愿听这儿的女人胡说八道。”我拿起我的碗，“你他妈的也是白人，顺便一提。同性恋也没有什么了不起的。”

“听着，”她说，她的声音平静，但下嘴唇是噘起来的，“我是为你着想。不要用性来衡量你的生活，这样很危险。伟大的性爱没有什么了不起的。”

我坐下来：“那什么是了不起的？”

“亲密。信任。”

“好吧。”我说。这些词汇在我头顶飘浮，既抽象又浪漫，我想知道它们落到地面上会是什么样子。也许它们已经落到地上，也许它们就隐含在性爱之中。我琢磨了很多年，想知道自己哪里不对劲，想知道为什么性会使人疯狂。我还模仿了很多年的色情明星，苦练拱背动作，想让自己变得更性感。多年来，性给我的体验就是“空虚”，从来没有它自己的形状。

“难道性不重要吗？”

她耸耸肩。我意识到她根本不明白我在说什么。我们来到餐具台，我放下碗，从背后拥抱了她。我不知道，我们满怀希望的面孔下那颗孤独的心是否还有容纳客人的空间。

让我再试试这个：过渡和改变。他晚上过来上班，我白天在吧台服务。外面的雪下得断断续续，蛛网般精致的雪花擦着窗户飘落，像盐撒在人行道上，虚弱的太阳发出浑浊的光。我在做玛奇朵，眼睛却望着站在外面擦窗户的恩里克，他穿一件肥大的派克大衣，戴着手套，拿着橡胶扫帚，往窗户上泼肥皂水，乳白色的液体顺着玻璃流下来。

杰克停在门口，摘下帽子，摇摇脑袋，摸摸自己的脸——即使如此无心的一个动作，也美得异乎寻常。他从口袋里拿出钥匙，打开自己家的前门，把钥匙挂在室内的钩子上。他今天看上去有点不一样——不像我们赤身裸体在一起时那么单纯——毕竟那时是凌晨两点，他的房间里很黑，我不知道那样算不算互相看过了彼此的身体。不，当时的感觉是，他的身形被无限放大，无数个幻影在半透明的床单上方重叠，像昏暗洞穴般的公寓中收藏的东方地毯，彼此堆叠碾压，组成一座凹凸不平的山丘，触手所及皆是坚实的地面，像他的文身一样冰冷僵硬，他的皮肤是拼出这些幻影的马赛克之间的空白区域，他的呼吸声变得疲倦，他的牙齿参差不齐，他的气味从皮肤深层逃逸出来。我仍然可以在自己的头发里闻到他的味道。

我给他做了一杯浓咖啡。他停下来跟霍华德说话，站在我正前方，没有看我，但说完话，他转过身。

“给我的？”

“是的。”

他喝光咖啡，走开了。我感到很满足，我看着恩里克用橡胶扫帚刮窗户，玻璃变得一片模糊。

六个月来的回顾：我从北七街和贝德福德大道交叉口的救世军那儿买了一个梳妆台，我不得不雇街角的两个大孩子帮我把它搬上楼。我打开我的几个衣服箱子。我找到一家洗衣店，店里有两个韩国女人，还有一只肥胖的橘色猫。我给了她们小费。我得到周六晚上在吧台值夜班的机会，和杰克、尼基一起。

午夜过后，我们会四处下馆子。艾丽尔想唱歌的时候，我们就去韩国城唱卡拉OK。艾丽尔什么歌都唱，但她真正拿手的是阿拉尼斯·莫利塞特的《讽刺》。威尔喜欢唱《中国女孩》。有一次杰克也来了，我以为他只会坐在角落里扰得我心神不安，可他后来站了起来，嘟囔着唱起《为跑而生》①，我像个中学生那样尖声狂叫。

我能闭着眼在泰国菜馆“西普拉派”点餐。喝第一轮换班酒时，尼基会主动给我倒一大杯普伊-富赛②。西蒙娜说，我的味觉偏好是“大部分”白葡萄酒，我认为白葡萄酒能扩展我的舌头的感受力。我给自己买了一条羊绒围巾。我有望在一年内赚到六万美元。我叫了很多次出租车。

我身体僵硬地小步穿过公园，准备去那家俗气的爱尔兰酒吧等杰克，我们以前不去那儿，现在杰克和我经常去。酒保波利已经和我们熟络起来。我总是比杰克早到，如果我不想被人拖到公园酒吧，就得早点离开餐馆。我和波利坐在一起，守着一杯啤酒，直到杰克过来。即使看到蟑螂从啤酒龙头里爬出来，我们也不会大惊小怪，而是镇定地把它们拍走，波利冲着蟑螂摇晃毛巾，像个斗牛士。

那是我到纽约以来最冷的一晚——尼基告诉我，那天他把咖啡倒在人行道上，咖啡结冰了，看起来像玻璃。我匆匆穿过公园，但是当我看到罗伯特·莱佛士睡在一张躺椅上时，我停了下来，威尔曾经去杂货店买过啤酒和薯片送给地铁上的罗伯特。

起初我没发现长椅上躺着一个人，也没仔细看，但当我经过那儿，突然感到有人在动，接着我看到了罗伯特的鞋——或者说他脚上缠着的胶带和破布，我想起人行道上的咖啡。

---

① *Born to Run*，美国摇滚歌手布鲁斯·斯普林斯汀（Bruce Springsteen）创作、演唱的歌曲。
② Pouilly-Fuissé，一种白葡萄酒。

我叫醒他，给了他五十块钱，送他去收容所。

不，我没有这么做。

我下意识放慢脚步，从他身边走过，我告诉自己，他正在睡觉，我告诉自己，如果我从酒吧出来时他还在那儿，我就报警。可是警察又能做什么？把他送进医院？收容所？如果我给他钱，他会把它花在取暖上吗？威尔说，罗伯特在公园里住了三十年。他一定知道该去哪里躲避寒冷，比如急诊室，比如地铁站。

我抵达公园另一头，停住脚步，我的脚趾发麻，仿佛站在冰上。我的视线被一个垃圾桶挡住了，看不见他，不知道他是不是还在那里。我一路跑到波利的酒吧，呼出的白雾在身后追赶我。我跑进单调的黄色灯光下，真的像被人追赶一样。

“我不知道，”我说，“如果我走的时候他还在那里，我会想办法的。也许……说真的，你们这儿有毯子吗？餐馆里可能有毯子，但是，这样的晚上……”我耸耸肩，“毯子恐怕没用，你明白吗？”

波利点了点头，他是个友好的小个子中年男人，动作敏捷，爱尔兰口音很是迷人。他酒吧里的每个隔间上方都挂着三叶草标志。

“适者生存，”他给自己倒了一小杯啤酒，“厨师准备下班了——你想要什么吗？”

“有薯条吗？简单炸炸就行。”

我并不饿，但觉得胃里抽筋，薯条不脆，还很咸，然而依旧令人欣慰。

“操，”杰克猛然关上身后的门，“真他妈的冷。”

我们点点头。他拉出我身旁的凳子，我觉得对不起罗伯特·莱佛士，但也不打算做点什么。适者生存。我必须保住我的生活、我的银行账户、我的工作、我的酒吧座位，有人挨冻，所以其他人可以不挨冻，制度又不是我定的，我说。不过，每次我袖手旁观的时候，是不是也算给制度添砖加瓦？

“你在公园里看到罗伯特·莱佛士了吗？”

“谁？”

“罗伯特·莱佛士，流浪汉，威尔对他挺好的。”

“该死的威尔。”杰克从我这边抓了两根薯条，无意识地塞进嘴里吃掉。看到我还在看着他，他伸出两根手指抵住我两边的太阳穴：“公园里没人。”

杰克冰冷的手指顺着我的脸侧滑下来，开始解我的围巾。

“我喜欢看着你的喉咙。”他说。

公园里没人。问题解决了。我喝了一口啤酒，翘起下巴，抻了抻脖子。我是怎么了？我问，但没出声。他要了一杯啤酒，用冷冰冰的手指抓起炸薯条喂我吃，直到我们两个的脸颊都变成粉红色。

服务的节奏放缓。随着节假日的结束，餐馆的客流量由多转少，面对漫长而沉默的冬天，我们的性子刻薄了许多，语调变得急促，开始谋划互相对付的计策，乐此不疲地争夺各种琐屑的胜利，见到这样的情景，外人甚至会觉得我们一定彼此憎恨。

乌克兰餐厅Veselka，凌晨三点，我缓慢而彻底地爱上了东欧国家的食物，部分原因是我终于认清这样的事实：我居住的这个城市曾经收留了大批来自非亚洲国家的移民，无止境的寒冷永久占领了他们的国度。当然，主要原因是便宜，杰克讨厌在食物上花钱。

罗宋汤摆在我们面前，罗宋汤和清汤寡水不沾边，厚重的品红色汤汁挂在汤勺上。煮好的波兰饺子，涂了酸奶油和辣根。包馅卷心菜的汁水漏出来，流进番茄肉汤。冬天里的灵魂就这样得到喂养。

我叫杰克马克思主义者，他说我不理解这个词的意思。我叫他无产阶级，他笑了。当我发现他那件松松垮垮拖到脚踝的羊毛大衣上有许多小洞时，当我指着他磨损的靴跟时，他笑了。在这个冬天那些最为苦涩、没有加糖的日子里，我生命中的无数个小时流失在逗他笑的努力之中。

“我要给你买一件布卡[①]。”我告诉他，他又笑了。

起初我从不提她，好像这样就可以保护他的感情，让他知道我们在一起时我只想着他。然而每次看到他无意识的身体动作，挑起的眉毛，我都会想起西蒙娜的模样，这是一种反常的乐趣，但他们和我之间的联系是如此之新，我希望加以巩固。终于有一天晚上，他坐在我旁边，说西蒙娜快要把他逼疯了，老是抱怨他自我封闭。他在试探我。我说：“自我封闭还不是你的主要问题，你觉得霍华德知不知道你六年来每次上班都迟到？”他笑了。后来她就接受了我们的关系，虽然没有直接表现出来，但我能感受到她的善意。

“然后她告诉我，‘你需要理解光与影的规则’。这是什么意思？”

“又是济慈！”他把一只波兰饺子塞进嘴里，“她忍不住，你知道的。她和那些诗人做伴了那么多年，根本不知道哪些是自己的，哪些是她读来的诗句。”

“她自己的什么？”

“她说的话。她的想法。她过去是个诗人——现在也是。她十六岁就高中毕业，得到哥伦比亚大学的全额奖学金。”

“她去哥大了吗？”

① 穆斯林女性穿的蒙面罩袍。

"没有。"

"那她在哪儿读的大学？"

"科德角社区学院。"

我被食物哽住了："怎么。他妈的。会这样。"

"就是这样的，你这个精英主义小婊子，把你嘴里的东西咽下去。"

我照做了。"你说真的？"我仿佛看到西蒙娜在社区学院一直名列前茅，过着无聊、沉默、严肃的日子。"可是为什么？"

"不是每个人都有逃离的特权。"他看了看我，语气温和下来，"而且，她得照顾我。"

"西蒙娜为了照顾你放弃了哥伦比亚大学？"

"我已经为她放弃了很多。照顾是双向的。我也照顾她。"

"如果你们其中一个想照顾别人呢？"我脱口而出，来不及阻止自己。我想，别回答。好在他假装没有听见我的问题。"她父母是什么样的人？"

他靠在椅子上："他们和她完全不像。"

"她怎么会变成这样的？"

"她喜欢把自己想象成是从宙斯的脑袋里生出来的。"

"但实际上……"

"她父亲是酒吧老板，母亲是小学老师，对法国有着少女般的愚蠢迷恋，但从来没出过国。"

我下意识地举起装满食物的勺子往嘴边送，却差点直接戳到自己脸上。此前我真的以为西蒙娜是穿着全副盔甲，从别人的脑袋里生出来的，怎么也想不到生她养她的女人居然从未离开过这个国家。我放下勺子，干笑几声。

“她多大了？”从见到她的第一天开始，我就好奇这个问题。我完全不会判断别人的年龄，分不清三十岁、三十三岁和四十二岁的区别。

“她三十七。你多大？”

“二十二。你知道的。”我说。我笑着看他，脑子里却在算数。“她有点老，对吧？但这说不通，她不是二十二岁来餐馆的吗？我记得她说自己在餐馆干了十二年，这说明她今年三十四岁，对吗？她什么时候去的法国？她不在的时候，你在干什么？”

“我叫那段时间‘旷野之年’。”

“你们分开了多久？”

“没几年，老天，我烦了，不想再说了。”

“你觉得她快乐吗？在餐馆工作？她似乎挺开心的，对吧？她的生活很充实。”

“你彻底迷上她了，对不对？”杰克啃着黑麦面包的外皮，“你觉得快乐是什么？它是一种消耗模式，不是稳定的状态，好像你叫个出租车就能去那儿一样。西蒙娜的爸爸有脑动脉瘤，凌晨一点睡不着觉，可他并非不快乐。西蒙娜九岁时就在他的酒吧帮忙，我不觉得她对快乐有过任何幻想。”

我试图想象她小时候在酒吧里小心翼翼收拾玻璃杯的样子。我九岁时只会和娃娃谈天，和它们过家家，然而游戏总是以暴力告终，娃娃们是我尚未健全的情绪机能的受害者。它们从不离开我，第二天开始新游戏之前，它们就已经原谅了我。我与成人世界完全隔离，得不到关注、倾听和认可。而西蒙娜却需要适应成人的行为规则，知道什么是真诚和两面三刀，学会躲避，在她意识到自己其实并不属于成人世界之前。

我仿佛看到杰克小时候在身高方面逐渐超过西蒙娜，这是我第一次想象他小时候的样子。我看着桌子对面的他，他和西蒙娜的经历——不负责任的父母、在寒冷的东北部长大、冷酷的性格——这一切都让我觉得他们是我见过仅有的真正的人类。

“那我呢？”我认真地说，“你觉得我有幻想吗？”

“我觉得你就是幻想。”他拖动椅子，向我靠近。是的，这是他的开关，是能量的激烈翻转——我没有喘息的机会。他用叉子抵着我的嘴唇：“这是谁的嘴唇？”

“谁的嘴唇？”我吻了叉子，“我的嘴唇？”

他没有犹豫，立刻噙住我的下唇，向外拉扯。我们的眼睛是睁着的，我面部僵硬，他更用力地咬下去，我更粗重地喘息。他松开牙齿，轻吻一下我的嘴唇，我尝到了血和碘酒的味道。

“我的嘴唇，”他说，“我的。”

他对我的引力无动于衷，因此而坠落下去。

“你喜欢干。”他会说，上气不接下气。

“每个人不都喜欢吗？这有什么好说的？”我说，但我很清楚他的确切意思。我的大腿还在发抖。

“不，纽约的女人，她们都在这儿。”他拍拍我的脑袋，然后把手伸到我两腿之间，“她们不能在这儿，没法活在现在时态。”

“你有很多经验，是吧？”我认为他说的“纽约的女人”也包括我。“我又不是色情狂。”

“没有。”他把手往上挪了挪，按在我身上，“不要不好意思。说，我喜欢干。”

“不。”我说。我向后缩。他目光闪烁，如水即将沸腾。

“说出来。”他从侧面抓住我的脖子，拇指紧贴我的气管。第一波眩晕袭来。我和杰克一起高潮的时候，我感到的不是坠落，而是整个世界都随我上升。他有时会伤害我，他能嗅出我的恐惧，他会说，放手。如果我把自己推入恐惧，就像把我的脸埋进枕头，快感会更强烈，我就是这样做的。唐人街的中国人收起卷帘门，快速交谈着，扯出鱼内脏，掉头的卡车发出嘀嘀声。我的身体柔弱无骨。

“我喜欢干。”

“你贪得无厌。”

“你是野兽。”

“你是蛋酥塔。”

“狼。”

“玫瑰。”

“牛排，血腥，三分熟。”

“你无可救药。”

“你死定了。”

如果说他是个不完美的人，那么在那间蓝色卧室里，他永远是完美的。无须出声，他就可以流利地玩弄词句，流畅地操纵我。我们嘴里吐出的东西纯属无稽之谈，但是……但是什么？这是一种享有特权的语言，我只能用肮脏来形容它。

第六章

慢着，陈词滥调意味着它是真的还是假的？

每个人都有价格。

我撞见你打哈欠。

是啊，我的在百分之二十以上。

为什么我什么都闻不见？

他们现在已经变成了怪物。

整天下雪。

所以我说，要是他妈的没暖气，我就不付房租。

什么时候是个头？

滑稽的种族主义是种族主义中的种族主义？

他绝对有偏见。

今晚是对虾。

这是波本威士忌的季节，我的朋友。

威尼斯是不是个岛？

可它闻起来像垃圾和菲奈特。

他们说啤酒取代了红酒。

你忘记给19号桌送第二杯酒了。

我再也没见过白昼。

你没记在卡片上?

好厉害的咳嗽。

对虾不是小虾。

而且她并不年轻了。

但我再也没睡觉。

我们应该打电话给他妻子吗?他在桌上睡着了。

是的,你不擅长处理头部。

他总是找借口。

小吸血鬼?

都他妈的经过了均质化和巴氏杀菌。

这里没有任何秘密。

恶心。

不,雪莉酒取代了红酒。

我需要面巾纸。

我需要牛排刀。

就像她眼睛下面的瘀青。

我的原则是不相信。

然后他们问我们有没有黄尾袋鼠。

他们盯着我的脸,从这里盯到地铁站。

线在哪儿?

厚道点。

快乐狩猎。

86号虾。

如果它被水包围，就是岛。

冻死之前，我们还有多长时间？

红酒取代红酒，怎么样？

他妈的天才。

另一场暴风雪要来，比这还大。

又来？

然后我吐了。

一旦尝过，你就很难不喜欢这些食物：凤尾鱼、猪蹄、猪头砂锅、沙丁鱼、鲭鱼、海胆、肝慕斯和油浸肝。只要你承认想吃到更多更好的东西，把味道当成上帝，其他一切都无须担忧。我开始往所有食物中加盐。我的舌头变得粗糙，味觉疲劳。你很可能吃过一千条、一百万条鱼才觉得有鱼味，高纯度的鱼。

“维——欧——尼。”

我不是故意要纠正她。我正在给30号桌添水，听到希瑟磕磕绊绊的声音。在开红酒时不停地说话，这是个经典的技巧。无论你开酒的手法是否熟练，都必须这样做，用来拖延时间，需要迅速切入话题，风趣地结束。而且，如果你摆弄酒瓶的动作笨拙，所有客人的眼睛都会看着你——无聊、期待，最自然的做法就是通过说话化解尴尬。

希瑟成功转移了客人的注意力——相当巧妙（我认为）——让他们放弃原本想要的加州莎当妮，决定试试隆河谷。隆河谷具有与莎当妮类似的黏度、分量和甘甜的果味，但没有长期存放在橡木桶中的莎当妮那种浓重的香草和黄油味。

理想的服务就是这样的：客人信任希瑟，为了回报这份信任，她给客人讲解红酒知识，引导他们尝试未知的新口味。他们也许会在未来几天询问自己的朋友，是否知道隆河谷白葡萄酒产量稀少。来自隆河谷的白葡萄酒？他们的朋友可能会问。是的，你们听说过教皇新堡干白吗？没有？然后客人会把希瑟的原话转述给朋友："这种酒少有人知，就像一个秘密……"

我们也会用类似的方式向客人普及波尔多、里奥哈等著名红葡萄酒产地出产的白葡萄酒。当他们露出惊讶的表情，我们会高深莫测地点头，一方面是因为这类葡萄酒价格昂贵，可以给我们的销售账单增光添彩，另一方面，这些产区的白葡萄酒的确是能给人惊喜的大胆选择，而且利润丰厚。

希瑟给1号座位的男人倒酒时，一个体形像充满气的蛋奶酥的女人向希瑟打听用来酿酒的葡萄的种类，希瑟首先提到的是味道最浓郁的瑚珊葡萄和玛珊葡萄，这两种最容易记住。然后她顿住了，眼睛望向天花板，客人们的信任在半空中盘旋，像一片威胁的阴云。

"维欧尼。"我说。维——欧——尼。西蒙娜给我上课时就是这么读的，整个餐厅仿佛都在友好地向我眨眼，灯光变得更明亮了。

"你们知道吧，"我说，吸了一口气，"六十年代的时候，这种葡萄还不值一提。在十九世纪的法国，如果这种葡萄生了根瘤蚜，没人会愿意再植。它是一种……"我摩擦手指，寻找正确的字眼，"……善变的葡萄。"

我仿佛听到了小票的打印声，吧台边酒杯的碰撞声，我本不想继续说下去，但我现在的感觉是，客人已经把话语权全部交给了你。

"但他们开始在加州种植它，沿着中央海岸，然后，喝到它酿的酒，大家都说，等等，它的香味真是太奇妙了，这是什么葡萄？法国人说，这是我们的葡萄，很明显。你们知道法国人都是什么样的吧。”

他们笑了。2号座位的客人把鼻尖伸进玻璃杯，摇了摇杯子，我俯下身，对她说：“我总是闻到茉莉花香，所以我记住了它。”

“我能闻到茉莉花香！”她对3号座位的女人说，带着意外发现得到认同的喜悦。

我用耸肩的动作回应希瑟的表情，似乎把尴尬的化解归结为好运。我继续给客人们添水，心里却想，他妈的完全不是这么回事，真正的原因是——我学习了。跟上我吧。

这是最阴沉、晦暗、糟糕的天气。水沟里积聚着烂泥，排水管中的污水倒流，人们淌着鼻涕，冷空气像在给脑袋钻孔。什么时候结束？接下来又是什么？

事情是这样的：他问——非常笨拙，而且是第一次——我是否想吃早餐。那天我们两个都没有班，而且我一直想出去吃早餐。外面冷极了，冻得人说不出话，我们沉默地向前走，我的嘴唇像大理石板。

他带我来到埃尔德里奇街和运河街交叉口的杯碟咖啡[①]，店铺里，写有中国字的招牌下方是狭小的便餐柜台，外面是褪了色的可口可乐广告，窗上糊了一层油脂，这里的每个人杰克都认识。咖啡好像有腐蚀性，我把番茄酱涂到鸡蛋上，看到他脸上灰色的纹路，金色的虹膜发出暗淡的冷光，我的头发在窗户上的倒影是刷碗水的那种灰色，我的眼圈是薰衣草灰，他吻了我，灰白的天光向后退却，他的嘴唇有鸡蛋味，口腔里是烟草味和咸盐味。我想，噢，老天，噢，他妈的，难道我的人生变成了一场永不休止的宴会？灰色的一个月，我生

① Cup&Saucer，一家简易咖啡馆。

命中最快乐的日子。

“你真的进步很快。”霍华德对我说，藏蓝色西装光芒四射，他的语气轻描淡写，但直截了当，我不由自主缩起身子。

“什么进步？”

“你现在最喜欢什么？”他盯着我刚才擦过的酒单的皮革封面。

“我最喜欢什么？”

“什么让你兴奋？”他停顿了一下，“酒单上的。”

“哦。”

西蒙娜一定和他谈过了。除了继续跟她上课，我一直利用闲暇时间学习。我有一套仪式，因为拥有“仪式”听起来非常成熟，所以我把它告诉了每一个人，甚至包括常客。我的仪式是：我会在休息日睡个懒觉，起床后到咖啡店去，要一杯卡布奇诺，阅读。然后，下午五点左右，等到天色开始暗下来，我会拿出一瓶干雪莉酒自斟自饮，吃自带的绿橄榄，听迈尔斯·戴维斯的歌，读《世界葡萄酒地图》。我不知道为什么这样做会让人有种强烈的奢侈感，但有一天我意识到，实现这套仪式正是我搬到纽约的原因——在日落时分吃橄榄，喝醉，读关于内比奥罗葡萄的知识。我创造了一种通过在餐馆服务实现我所有个人渴望的生活。现在，看着霍华德，我想知道自己是否正在成为那个我在面试中想象的女人——拿着购物袋走在街上。似乎在我自己意识到这一点之前，霍华德——他有一双警惕、永远不会浮现歉意的眼睛——就看出了我想要什么，随即雇用了我，因为他知道可以把这份工作交给我。

“我想我喜欢曼萨尼亚，吉普赛女郎。”我说。

“哈！”他拍了拍手，非常惊讶，“曼萨尼亚，你到底为什么选它？”

“其实是因为尼利太太，她总是要求在汤里加雪莉酒，我以为她要的是雪莉醋，但我看到西蒙娜从吧台拿了雪莉酒，我觉得那是一种甜酒——起初觉得。”

“然后呢？”

“然后我发现它不是甜的。”

“是的，它不甜。它是世界上最古老、最复杂、最被低估的葡萄酒之一。”

我点点头，突然感到很兴奋：“我同意！我从来没有尝过像它那样的东西。它有坚果味，醇厚，酒体却很轻，非常干，其实它是咸的。”

“这是海洋气候造成的——西班牙的那个区域，是大西洋、地中海与河流的交汇处，在别的地方，你造不出雪莉酒。我敢肯定西蒙娜给你讲过，那儿的葡萄很挑剔土质，就像香槟需要白垩土一样，他们叫那儿的土……”

“阿尔巴利查土。”我喜欢给出答案。当然，他懂得雪莉酒。也许让我心神不宁的是他那种发号施令般的语气，像西蒙娜一样，但我始终知道，他是个男人，我们之间没有我和她那种惺惺相惜。他似乎从来不会遇到疑问，不是好奇的疑问，而是令人难受、关乎存在、“为什么会这样”的那种疑问。对于这些，他已经掌握了答案。

他是唯一在恐怖的入职培训之前见过我的人，那以后，我先是成了哑巴，后来慢慢发出与过去完全不同的声音。这件事只有他知道。我始终感觉，他不仅维持着餐厅的运转，还紧握着与我们那些难以名状的愿望和恐惧相连的绳子，借此操控我们。

“你很聪明，讨好她。”他说。他绕着吧台走了一圈，从冰箱里拿出一瓶吉普赛女郎，倒了两小杯。“其实，她一般不会和新员工走得这么近，反而和他们很疏远。不知道有多少有潜力的侍者被她评价为不合格，我们只好让他们走。”

我耸耸肩，闻了闻杯子里的酒，它的气味像旧书的味道一样让人上瘾。“我什么也没做。她选中了我。”

“你觉得她为什么选你？”

我想起我对她的最初印象，她看上去是那么疏离和冷漠。我想说“是我迷住了她”，然而始终没能说出口。

“我们有种共鸣。”最后，我含糊地说。我们的共鸣与杰克无关，但我不会告诉霍华德这个。“我们有共同点，但我也说不清具体是什么。”

“我第一次见到她时，她比你大不了几岁。”

“那时有没有公园酒吧？”

“那种地方不多。对了，西蒙娜和我曾经去一个叫‘艺术吧’的地方，那地方还在吗？”

“那在西边很远的地方！她那时候什么样？”

“是的，那时候我们不得不来回走远路。”霍华德背对门口喝着雪莉酒，我看到第一批客人走进餐厅，迅速脱掉大衣，摆脱它们的捆绑。我想我该干活了，可又不打算结束这短暂的快乐时光。

“如果我说，那时的她基本上和现在差不多，你相信吗？”他继续说，“她来这里不到六个月，店主就让她培训年龄是她两倍的员工。听说她不愿意当总经理，所有人都惊呆了。算我走运。”

“她为什么不接受？”

“我知道，我让这个职位看起来毫不费力。”他拉了拉自己的袖扣，“但是，这是一份繁重的工作，担负着不同寻常的巨大责任。如果我没记错的话，她当时想回学校。后来她去了法国，这是她的第一次逃离。”

“你们这些家伙都深藏不露，”我说，“这很了不起，不是吗？我是说，每个人都在这里待了那么久。”

“你在这儿觉得快乐吗？”他问。尼基来到我身后，整理着他的领结，冲我杯子里的雪莉酒挑挑眉毛，走到吧台后面，仔细地调暗灯光。

“是的。”我说。霍华德看不到我所看到的。酒吧在昏暗的照明下微微发光，音乐升上空中，尼基把室内变成红色，透出轻松活泼的感觉，客人信步而入，餐馆的魔力开始展现，仿佛变成一个形式上更加完美的世界。

“演出开始了，孩子们！”尼基叫道，侍者们走出藏身之处，两臂交叉在背后。霍华德问我“在这儿”快乐吗，是指在餐馆，还是在我目前的人生阶段？

“我在这儿感到很快乐。”我说。

“你有没有考虑过未来？”

我有没有考虑过未来？当然有。我希望明年的生活和现在的一样。我知道我饮酒过量，我明白这种状态不可能维持下去，它属于我进化的一部分，我终将变成一支经过磨砺后搭上弓弦的利箭。而且，我遇到的百分之八十的人在喝酒和性方面都比我堕落，尽管它们会把我变得略微庸俗一点。

他想知道我的目标是什么吗？有时候我会列个目标清单：在二十三街上探索曼哈顿，购买现代艺术博物馆的会员资格，买书柜或窗帘，练瑜伽，学烹饪，买电动牙刷。我想，最终我会交到更多朋友：温文尔雅、才华横溢、有文身的朋友，我们举行晚餐派对——我也可以有所贡献，因为那时我应该已经学会制作红酒炖鸡，而且L线地铁沿路那些让我心神不宁的动荡空气也应该早就消失了。

我刚刚开始想到旅行。有时，我会拿自己的人生和西蒙娜的人生相比较。我认为我的“逃离”、我的海外探险——使我学会冥思、变得感性的经历——正在等待我去完成。我从来没有去过欧洲。也许杰克和我……也许“杰克和我”会变成一个代词——“我们”。过去，我从未允许自己在这方面多想——两个月前，我还没本事让他跟我打招呼——然而现在，我会怀着信心想到，我们会一起到某个地方去，真正的“我们”，在街上手牵手的“我们”，成为他公寓街角那座“魔童”餐厅的常客。似乎有点奇怪，过去我们从来没有在正常时间出门吃过饭，比如午夜之前，而现在我们出去吃早餐，其余两餐时间恢复正常也是迟早的事。“我们”没有周末，“我们”一起去欧洲，没有西蒙娜，一连数日只有我们自己，我们可以飞到巴黎，租一辆车，前往卢瓦尔河，一直开到大西洋岸边。我看到了有些时候他看我的眼神，其他时候他好像当我不存在，而有些时候……

“人生中有些时候，无知地生活是件好事。”霍华德说，打断了我的痴想，“我是说，我们可以允许自己在不知道在做什么的前提下活着。没关系。这是一个积累阶段。”

我的眼睛涌出泪水。他从我手中拿起我的空杯子，把它滑进餐具架。

“我希望你成为这里的侍者。店主也会这样想的。你可以直接越过同级别的同事，晋升到这个位置，所以你可能暂时不会很受大家的欢迎。但是，这难道不是你会感兴趣的东西吗？”

我点点头。

“很好。未来几个月内，我会找个机会，然后你就开始训练。谢谢你出色的工作。”

我看着自己的手——并非特别洁净，想到他们设置的这摊高强度的工作，想起我第一次搭L线地铁来联合广场时有多么害怕，我对着自己的倒影念诵伴随我一生的咒语：我——不——在——乎。我不知道它是何时发生的，但当霍华德给了我这样的生活，已经改变了我的信条：我在乎。

我喜欢上一双网球鞋，它们的鞋带缠绕在一起，挂在我公寓楼外的一棵树上。有一天，我望着河边工地上透出的灯光，低头时看见了这双鞋。树叶没有掉光的时候，我并没有发现它们，直到这棵树变得像一个秃子，这双破烂的棕色运动鞋才在树冠上显现，看来它们在那儿挂了很久，式样已经过时。我不禁有些担忧，这双鞋的主人遇到了什么事？怎样把它们送回去？谁会把它们弄下来？想到这双鞋可能会在树上待上几十年，慢慢腐烂，末日般的恐惧就从我的内心升起。

春

Spring

第一章

你会看到它的到来。其实，现在看的主体不是你，因为你还没有亲眼看到，大家都在忙着看你，日子充斥着你不会采纳的不请自来的建议、你不会听从的陈腐的警告，还有对你的兴奋的粉饰。是的，他们绝对看到了它的到来，按照意料之中的方式。

当你的年龄增长一点，你会知道，在某些无意识层面，你不仅没有看到它的到来，而且会以自己盲目的、磕磕绊绊的方式创造它，你会用“看不看到原本都不重要”这个理由安慰自己。你是吸收事件的海绵。也许每个人年轻时都是，只是他们不记得了，没人记得那种拼命吸收的感觉。

当你无法看清眼前时，活下去就有惊喜。回首过去，还真没有多少惊喜。

下班后我们出去散步，因为冬天已是强弩之末，放弃了它对气候的法西斯式统治。我们离开联合广场，杰克的主人翁意识逐渐增加，我们来到休斯敦街以南、A街以东区域，则算是进入了他的地盘。

他带我去他的酒吧。他变得耐心、多愁善感、紧张。他讨厌有年轻酒保的地方。他认识的所有酒保都有着类似巴迪、巴斯特、查理这样的名字，很适合拿来给忠诚的狗取名。他讨厌那些通过购买桌子或灯具表现古色古香的酒吧。他喜欢真正老旧的酒吧，不再光鲜，油漆脱落，瓷砖缺口。没有DJ。没有鸡尾酒单。他可以访问其他酒吧，但从来不会成为常客。

杰克称呼“贵妇”酒吧的酒保“格蕾丝”，那儿总有为我们准备好的高脚凳。休斯敦街的“米兰”酒吧桌下有一只沉睡的比特犬，油头粉面的滑板青少年和他们的模特女朋友在门口排起长队。火星酒吧的墙壁吸饱了尿，我是现场唯一的女孩，没有人注意我。老年男性、死亡金属和酗酒组成脆弱的生态系统，也达到了最和谐的无政府状态。

在东五街的苏菲酒吧，杰克的朋友布莱特周二上班，“老早以前”他俩就认识，我觉得这几个字的意思是，他们要么以前结伙干过坏事，要么一起戒过毒，因为他们两个谁都不会谈论往事。布莱克喝着酒，神色安静而乖戾，一只眼睛盯着吧台上方电视机里播放的《辛普森一家》。

杰克不停给我硬币，要我去自动点唱机点歌，每次我选好的歌放出来，他都会抱着脑袋呻吟。

“是不是基因缺陷？女人就不能懂点音乐？这是狗屎，绝对的狗屎，你喜欢这样的？”

“这是一首很好的歌。都可以在你结婚的时候放。”婚礼和杰克。他捂住耳朵。

“你他妈的疯了，你让我想死。”

歌曲一结束，他就又把一枚硬币滚到我的啤酒旁边，我决心已定——我不指望他会喜欢我选的歌，那是不可能的，但我要让他无话可说。

“你知道伊恩在死之前为‘快乐分裂’乐队[①]写了这首歌吗？”

“谁是伊恩？这支乐队的名字叫‘新秩序[②]’。”

“布莱特！布莱特，你听见没有？她说‘谁是伊恩！这支乐队叫新秩序！’”

布莱特暂时从电视屏幕上移开视线，打量了我一下，露出失望的表情。

“谁是‘快乐分裂’？”

“靠！”杰克说。整个酒吧炸了窝，成年男性猛拍桌子，有人拿台球杆指着我。这首歌结束后，另一枚硬币出现在我的啤酒旁边。

“你在折磨我？”

他向我靠过来，一绺头发掉下来，我给他抿回去。这就是我现在的身份：给杰克修复发型的女孩。他越来越醉，意识浑浊，牙齿露了出来，我觉得他要找我麻烦。

“我喜欢。”他说。

“你喜欢羞辱我吗？”

“不。”他把手放在我的脸颊上，我们额头相碰，“我喜欢你站在那儿冥思苦想的样子，你咬着嘴唇，好像在做生死抉择，我喜欢你在凳子上跟着节奏扭来扭去，哪怕每个人都在朝你尖叫。”

“你喜欢我扭来扭去？”我直起身子，他双手摸到了我，把我拉下凳子。

“准备好了吗？”他问，我点点头，咬着他的脖子。当他问我是

---

① 快乐分裂（Joy Division），英国摇滚乐队，成立于1976年，主唱伊恩·柯蒂斯于1980年自杀身亡。

② 新秩序（New Order），英国摇滚乐队，成立于1980年。“快乐分裂”乐队主唱伊恩·柯蒂斯死后，其他成员组建了“新秩序”乐队。

否准备好回家的时候，我觉得没有什么比这更能让我心满意足。我们一起离开，让其他人都留在这里，直到啤酒停售。

“布莱特，回头算账。”他说，一只手从钱包里抽出小费，另一手缓缓伸进我的胸罩，捏住我的乳头。布莱特耸耸肩。和往常一样，没有账单，没有麻烦。

地上有个大坑，周围是一圈铁丝栅栏，覆盖栅栏的胶合板上写着一句涂鸦——“艺术家以前住这里”。拆迁队已经就位，混凝土结构崩解，回归尘埃和残骸状态。胶合板上还贴着一堆建筑许可证和一张销售公寓楼的广告，广告上有个用电脑画出来的女人，穿高跟鞋和西装，悠闲自得地喝着一杯红酒，站在她悬在半空中的办公室里打量曼哈顿的轮廓线。她的发色较深，眼睛的种族特征模糊，透出多元文化色彩。也许真有艺术家曾经住在这里，但这个女人绝对不是艺术家，虽然她面朝西方，画上配的广告词却是“威廉斯堡的奢华曙光”。

风吹河水，浪花拍岸，河岸边的黄褐色草坪光秃秃的，花圃处于半枯萎状态，我坐在长椅上仰望大桥，不禁感到忧心忡忡：谁会买那些公寓？谁来帮我们还清助学贷款？时尚感会保护我们吗？如果穷人曾经住在这里，而富人打算住在这里，那么**我们**又该去向何方？

两个无家可归的流浪汉在野餐桌旁睡觉。我现在已经十分擅长不去关注令人不快的事物。在地铁站的月台上，我可以对地上的呕吐物、东倒西歪的瘾君子、尖声呵斥哭闹婴儿的女人视而不见，连餐馆里那些吵架的情侣、拧动手上的结婚戒指对着意大利宽面哭泣的女人都不会引起我的关注——作为百分之五十一，需要保持的基本素质就是不让任何冲击动摇我的镇静。流浪汉之一套着好几层五颜六色的衣服，身体扭向一边，裤子没有提好，屁股缝上贴着一块沾了屎的手纸，好像宣布投降扯起的白旗。他脚上的网球鞋脱落了一只，横在桌腿旁边。

我看着他，直到再也看不下去为止。太阳似乎在思考该不该落下，光线的变化经常带给我超然物外的感觉，但这次我的感受不够明显，反而注意到了岩石缝隙中乱窜的老鼠。我开始担心了，我对着河水说。我查看手机，走路回家。

内容含糊的邀请到来时，我很谨慎。我等待她的进一步解释。但她是真心的——她愿意请我吃饭，我和杰克，我们一起。我们三个人。约定的时间是晚上八点。我想找点能给她惊喜的东西，就去查看我的书，结果抽出我第一次去她公寓时她借给我的那本艾米莉·狄金森，这本书我读过许多遍，然而，现在我拿着它，却陷入了巨大的尴尬，不是因为猛然回想起她借给我这本书的那一天，而是因为我曾经捧着它，不知不觉地度过无数个下午。成千上万的伤痛和胜利缩减为几个记忆最为清晰的瞬间，甚至连它们都未能留存到现在。我已经忘记了河边的流浪汉，忘记了秋天的感觉。那天我离开她时的那种悲伤只存在于这本小书之中，即便在那里，它也已经成为遗迹。

所以，画黑色眼线的时候，我对镜子里的自己说，这一次我不仅会重访她的公寓，还会在那儿吃晚餐，不光是我，而且是和杰克一起去。我穿上粗线针织的黑色毛衣，黑高筒靴，黑紧身裤。我抹掉眼线，把超大号的灰色围巾缠在脖子上。每个角落里都有惊喜。

“然后她跳舞跳到死，这是安抚神灵的唯一途径。这部舞剧很出色，每次重演我都会找个理由去看。”西蒙娜说。她从烤炉里拖出一只烤鸡。我两手捧着一摞书，它们是我从大圆桌上清理下来的。除了地板，没有空间可以安放它们。

“真的？听起来很酷。”

“这家伙就知道说‘酷’。”杰克摇着头说。他边浏览《非常时刻的沉思》，边微笑着看我们，看得我有种浑身镀金的感觉。

“我一定听说过斯特拉文斯基。”我撒谎道。

“当然。”

“但我记不清楚了。”

“好吧，”她说，摘下烤箱手套，“我推荐你看芭蕾版本的——音乐动人、精致，但尼金斯基的舞蹈编排表现出的那种残暴，才是1913年震撼了观众的东西[①]。至少据说是这样的。你能把冰箱里的白诗南拿出来吗？”

她是这所公寓的艺术总监。我进门时，杰克已经在那里了，蜡烛已经点燃，电唱机播放着贝西·史密斯[②]，烤鸡肥油和土豆的味道隐约飘荡在空气中。她敞开前窗——因为准备食物的缘故，室内有些水汽——温和的噪声偷偷爬进来，同时展现我们的包容与排斥。我刚进门她就给我倒了一杯菲诺雪莉酒，让我坐在桌旁，自己则走到厨房忙碌。

印有图案的菜盘（“丹吉尔”，当我问她盘子来自何处，她这样回答）上摆着橄榄和马尔科纳杏仁，盘子放在桌子中央，但她没有清理桌上其他东西——书、成瓣的葡萄柚、擦得油亮的鳄梨、钢笔、收据、各种形状的蜡油结块。还有杰克，他就像博物馆里形迹可疑的小青年，正在搬运各种物品和书籍纸张。进来的时候，我从上到下扫了他一眼，发现他注意到了我多花十分钟搞出来的妆容。在她家里，他显得很自在，

① 芭蕾舞剧《春之祭》，斯特拉文斯基编曲，尼金斯基编舞，1913年在巴黎首演时曾引起观众骚乱。

② 贝西·史密斯（Bessie Smith，1894—1937），20世纪20、30年代最受欢迎的女性布鲁斯歌手，被称作“蓝调皇后”。

我从来没在他自己家看到他处于这种状态。

“这个故事起源于异教传说……但一直让我感兴趣的是当年芭蕾舞剧的首演，它体现了芭蕾艺术的张力——如何优雅地表现野蛮和原始，演员的狂热在观众中激发了同样的躁动。说实在的，你能想到芭蕾舞剧现场会发生骚乱吗？”

“你和谁去的？”

“嗯？”她不解地问。她的围裙系得很高，就像工作时一样，但她的头发是散开的，形状优雅。白色T恤的下摆塞在洗得发白的宽松牛仔裤里——我想，她真勇敢，穿白T恤做饭。她只涂了口红，我愿意相信口红是她特意为我涂的。

“你和谁去看的芭蕾？”

“一个朋友。”她说。

“霍华德。”杰克在同一时间说。

“我不想谈论我们的同事。”她对杰克说。

“不是同事，是老板，西蒙娜。”

“好吧，杰克，你能把唱片翻个面吗？你难道希望我们什么都替你做？你就是这么幻想的，对吧？”

“你和霍华德去看的芭蕾吗？”我抽出几把锡柄刀打量起来，“真漂亮。”

“嗯，新千年之后，我一直没能说服杰克去看芭蕾，所以霍华德好心陪我去了。”

“这是约会吗？”

“多么愚蠢的问题。当然不是。”

“他们是很好的朋友。”杰克说，他在摆弄沙漏。

“我们都有各自的好朋友，对吧，杰克？”她迅速说，“现在，泰丝，我需要你拌沙拉，杰克可以摆桌子。”

他却拿起一只纯银首饰盒，掀开盒盖，捏出一片白色药片。“五十分之七？”

“是的，亲爱的。”她头也不回地说。他把药片丢进嘴里，吞了一大口酒。他和西蒙娜已经喝起了卢瓦尔河谷的白诗南。他的动作是那么自然，那么迷人，以至于我也想来一片——即使不清楚他吃的是什么玩意儿。

“那是好东西吗？”

“是治我的背疼的。”他说。他从她的书架上拿起一座小半身像，把雕像——面容和蔼的希腊贵族——的头放在我旁边的柜台上。“西蒙娜认为她会读亚里士多德读到死，她还做过一个这样的梦。”

“那是杰克良心发现送我的礼物。如果想尝尝你说的‘好东西’，请自便。”她说，转了转烤箱里的一盘根茎类蔬菜。

“这是西蒙娜的变态糖果盘。”

“别胡说。”她警告道。

“算了，”我说，喝了一口雪莉酒，“如果嗑了药，我就不能喝酒了。”我拿两把叉子拌沙拉碗里的菜叶，但它们还是不停地往柜台上掉。

“别害羞，”她命令道，“用你的两只手搅拌。”她伸出手，把生菜叶丢进沙拉调味汁，动作很随意。

“茅菜？”我问。

“你最喜欢的。”她说，我把一片叶子从碗里拖出来，塞进嘴里。

“没错，可我什么都喜欢。”我说。

“这意味着你什么都不喜欢。”杰克把一堆餐具搁到桌子中央。

“凤尾鱼？”我尝着调味汁。

“也许你还没有发展出味觉，小家伙，”西蒙娜说，“或者需要重新找回它。”

我们把盘子搬上桌，西蒙娜拉出第四把椅子，椅子上放着围巾、书、垃圾邮件和《纽约客》过刊。杰克换上一张新唱片，把封套竖起来放好——查理·帕克[①]的萨克斯演奏像水淹过房间。有人告诉我，他独奏时，会通过适度的省略表现旋律。他的曲子听起来就像纽约应该发出的声音。

“泰丝。”西蒙娜朝柜台上的一瓶红酒打了个响指。我早就盯上它了，普菲尼-阿尔布瓦，我们酒单上的异类，她最喜欢推荐给理智型客人的红酒之一。她说，这是一种沉淀在思维之中的葡萄酒。

“汝拉！”我说，“我一直很想尝尝这个！”

“他是阿尔布瓦的教皇。那是特卢梭。”

“莫尼，你在哪里找到的？”杰克问，他怀疑地拿过我手中的瓶子。莫尼？

“我有个朋友在罗森塔尔。”她说。

“这么多他妈的朋友！”他说，然后又对我说，“味道很好。”

“你去过那里吗，西蒙娜？汝拉？”

“当然。”

“我想去。”我说，我看着聚集在柜台上的瓶子，阵容中规中矩，我猜她冰箱里有更多存货。

“你他妈的要去哪儿？”杰克对着我的脖子说。他把下巴搁在我肩膀上，我心甘情愿地纹丝不动。

“我不知道。汝拉？我花了这么多时间研究那些地图，我想看到

---

① 查理·帕克（Charlie Parker，1920—1955），美国萨克斯演奏家，爵士乐史上最伟大的中音萨克斯手。

真实的土地。”

“你已经受够纽约了吗？准备进军欧洲？”

“我是个学得快的人。”我说。我往他身上靠，结果他跑了。

“你绝对应该去。”西蒙娜说。

“我不能一个人去。”我说，看着他们。杰克跪着察看烤箱，按动按钮，她在他上方盘旋。

“莫尼，这儿的灯泡又坏了。”

“亲爱的，你想让我说什么？我没有你那种业余电工的天赋。”

“我明天再修。”他说。

“你的开瓶器呢？”我挥舞着酒瓶问。

“哦，不，今晚不用你表演，杰克为我们开酒。”

我坐下，杰克往胳膊上搭了条擦盘巾，向我走来。

“小姐，普菲尼-阿尔布瓦，二〇〇三年。”他粗暴地打开酒瓶，以一种在某种意义上我永远无法停止花痴的方式，酒保在忙碌中开启廉价饮料的方式。他和尼基可以在几秒钟内打开一瓶酒。

他倒出一点，我旋动酒杯，朦胧的红宝石色酒液冲刷着酒杯内壁，漾出狂野的芳香，晶莹剔透。

“未经过滤状态下是那么漂亮……很完美。”我说。室内的一切——酒杯、我的皮肤、墙壁——变得模糊起来，我感到一种完全陌生的满足。我觉得自己好像来到一个等待了我一生的房间，我脑海中有个声音，它悄悄对我说：这是家的感觉。

“干杯，”西蒙娜说，高举酒杯，“人生的道路是美好的；美好通过放弃来实现。”

“爱默生。”杰克低声对我说，但他也很投入，酒杯举得高高的。

“这杯敬给我们的小泰丝，感谢你加入我们。”

我嘲笑她使用了餐馆的行话——它是我们的欢迎词和告别语。我总想知道，这个不断出现的“我们”指的是谁，为什么我们要感谢客人，好像他们为我们提供了服务、做出了贡献一样。我想知道当他们被我们送回那个悲惨、黯淡的外面的世界，会有什么感觉。

“谢谢你邀请我。”

我们安静地递着盘子。我曾经预见到他们会招待我，但不是完全肯定。然而这一次到她家，我发现自己不仅不会被推到街上，还成为这所公寓不可或缺的一员。

“我今天有种奇怪的感觉。”我试探着说。我想知道人们是如何开启对话的，难道总会伴随着唐突的感觉吗？

“是吗？什么感觉？”

“我在威廉斯堡附近溜达……觉得那里……很邪恶。”

“是公寓楼吗？”西蒙娜忧心忡忡地问。

“我都不敢到那边去。”他说，嘴里塞满食物，手中拿着鸡腿。我咬第一口时，他已经快把自己盘子里的东西吃光了。

“这件事发生得比我预期的快得多，”西蒙娜说，“2005年，他们修改了土地分区法，我们知道一切都结束了。到处都有朋友失去他们的阁楼，可它们消失的速度实在太快……”

“二〇〇五年。我怀念那个时候，”我说，“我的确是这么想的。”

“我们一直都在怀念纽约。我站在这个街区见证它的变化。刚搬来时，每个人都在怀念七十年代的苏荷区、八十年代的翠贝卡区，那时已经有人为东村敲响了丧钟。现在人们利用乔纳森·拉森[①]的名气

① 乔纳森·拉森（Jonathan Larson，1960—1996），美国作曲家、剧作家，以音乐剧《吉屋出租》闻名，并因为此剧在过世后获得东尼奖和普立兹戏剧奖。

给字母城添加浪漫元素。我们都在为刚刚消失的纽约哀悼。”

“好吧，好吧，但我喜欢《吉屋出租》，是不是很可怕？”

“我会永远忽略你这句评论。”杰克说。

“对变化无常的感慨，”西蒙娜说，“还有单调的怀旧。”

“可是我觉得……我想知道这种情况会不会停下来。”

“什么停下来？”

“这个城市能不能停止改变？”我说，“难道它从来都不休息吗？”

“当然不能。”他们异口同声地说，然后笑了起来。

“所以，我们只要跳舞跳到死就好了？”我问。

“哈！”西蒙娜微笑着看我，杰克微笑着看他的盘子。

“这样很棒，西蒙娜。”

“最简单的反应往往最值得回忆。接待客人时，我从来不会把情况搞复杂。”

“你搬过来的时候是什么样？”我问她。

“什么什么样？纽约吗？”

“不，不是纽约，”我转向杰克，“她二十二岁的时候什么样？”

她叹息道：“他不记得了，那时他还小。”

“她是个让人伤心的家伙，”杰克说，“我那时可不小，你那时头发很长。”他看着她。我不知道自己会不会成为他们口中的那种女人。她是个让人伤心的家伙。

“噢，上帝，杰克，别说了。杰克还是小孩时，从来不让我扎头发，他会歇斯底里地又哭又号。感谢上帝，我把它剪掉了。”

“又哭又号？”

“我对女人很挑剔，从小就这样。”他说，他朝我的头发点点头，我的头发是披着的。“我仍然觉得这太短了。”

“我的头发？”我问他，但他再次看向西蒙尼娜。

“过长的头发是属于小女孩的，杰克。”西蒙娜说，她抚摸搭在自己肩膀上的头发，我的头发比她的长多了。

“你也曾经是个小女孩！你一定记得以前的事儿。”

“是啊，莫尼，告诉她。”

“我只记得我是怎么忘掉许多事的。”

“得啦。”我说。

“九十年代初，纽约犯罪猖獗，艾滋病的传染也没有得到有效的控制。政府以发展的名义对各个街区进行重新规划，多少社区整个地消失，虽然中产阶级化的问题过去就像幽灵一样跟着我们，但这次的变化相当大，是政府补贴的大规模整修，不单纯是某个咖啡馆或街区的修缮。那个时候是不是比现在好得多？我怀念那些不敢在这个街区走夜路的日子吗？我说不上来。但正像人们常说的，那是一段非常自由的时期。这种自由是指，我可以自由地追求我想要的生活，而且我追求得起。这个城市目前仍然有一些不见天日的边缘地带，我过去相信——现在依然相信——正是这些地方给城市带来了繁荣。但对于二十二岁的人来说……当时的情况令我困惑。”

“困惑？”我问，“我也会这样想吗？”

“二十二岁似乎是女士们最容易离家出走的年龄，”他说，“我就没见过二十三岁离家出走的。”

此前我并没有意识到，西蒙娜和我在同一个年龄来到这个城市，我们都在二十二岁第一次逃离。

“你是幸存者，”西蒙娜对他说，又和我说：“之所以困惑，是因为那时候我不知道自己是谁。”

“现在知道了吗？”我问。能知道吗？我真的很想问。

“衰老是个奇特的过程，”她拿叉子拨弄盘里的一块欧洲防风草，“我觉得不应该对你隐瞒衰老的真相。到了一定的时候，那些书、衣服、酒吧、技能——所有的一切都会直接对你说话，你也能通过它们确切地表达自己。你向圈子边缘移动，然后会突然移到圈外。你现在该怎么办？是留在原地、回头看圈子里还是继续走开？”

“你现在是在一个新的圈子里吗？”

“当然。但是，圈子对女人来说不好应付。”

“不好应付？”

“就是结婚、生子、购物、退休基金组成的圆圈，社会文化要求你参与其中。所以……如果你拒绝参与呢？”

“你就走进了自己的圈子。”我说。这个决定听来寂寞，却透着无畏。

“没有那么糟糕。”她笑了，“这是心灵沉淀的过程，你可以把它看成用灵感的爆发交换稳定、长久的专注。”

“你不觉得这样太任性了？”杰克突然问。我不知道他问的是谁。

西蒙娜思索了一会儿，对他说：“我觉得我是在尽己所能。”

“这也是必需的吗？任性？”我问。

他们没有回答。他们互相凝视。唱片放完了，我起身翻面。西蒙娜站起来，开始收拾盘子。我准备去拿酒瓶时，杰克抓住我的手。

“到这儿来。”他说。他把我拉到他的腿上。我看着厨房里的西蒙娜，但接着就把脸埋进他的头发里，让他的脸抵着我的前胸。从未有人和我靠得这么近，就像他们只是需要我的靠近一样。

“我们永远不会厌倦谈论爱情，不是吗？”她正在看我们，肩膀上搭着抹布。她笑了。

“性、食物和死亡，”杰克说，“唯一的主题。”他放开我，我站了起来，有点醉，有点困惑。

“她说的是‘爱’，不是‘性’——你真是个孩子。”我转过身，“西蒙娜，今晚非常棒，谢谢你。”

她又抽出一瓶酒，我意识到我们要一醉方休，不知道今天还能不能回到我的公寓。

“现在让我们试试普萨。”

“液体甜点，完美。”我说。

“还有呢。”

“哦，不，我饱了。”

“闭上眼睛。”杰克说。他把我推出厨房，推到前面的窗户那儿。

“什么？”

“泰丝，闭上眼睛。”西蒙娜说。我望着第九街，路人在我脚下行走，不远处被灯火照亮的窗户后面，人们在满足现实生活的要求。我看到以分钟计算的人生，我在膨胀，我的生活不再只有工作、只有餐馆，我还在寻找世界上的一席之地。有人关掉了电唱机，我仿佛听到街道的呼吸。然后有人关了灯，我闭上眼睛。

“你可以转身了。”她说。我照做了，我看到她站在那儿，双手端着一个巧克力蛋糕，正中插着一支燃烧的蜡烛。杰克站在她旁边，手捧白色的郁金香花束。我飞快地用手捂住嘴。我想，不。我不能。我不知道他们是怎么知道的，我怎么也不会想告诉他们。我不知道我是多么需要他们，也不知道自己一直在等待他们，但我忍住了，我的欢乐，永远不要忘记这一刻，西蒙娜说：“祝你生日快乐，小家伙。”

第二章

“噢，你在想什么呢，天上掉馅饼吗？”萨沙平静地说。

“你的意思是你想我了？”我问。我不知道我有多长时间没有下班后去公园酒吧了。没人问我消失时去了哪里，就好像他们知道谈论杰克会让我兴奋过度一样。我走进去时，他们和我保持着冷淡的距离。那儿什么都没变。艾丽尔和薇薇安在商量同居计划。威尔和他见到的每一个四十岁以下的女人调情，特里胖了点儿，还是喜欢讲不好笑的笑话。

那天晚上唯一对我有兴趣的是萨沙。“噢，你现在有时间找我们说话了？你以为我会在乎你的死活吗？”他对我发出的求和信号不屑一顾，“不过你的脸色看起来很红润。”他捏捏我的脸，我知道他已经原谅了我。

餐馆里的人都知道西蒙娜有一套“净化”仪式，很显然，进行“净化”时她的脾气并不好，杰克说那是一年中最悲惨的时段。她在一楼领班时，威尔强烈要求换到餐厅以外的地方工作。她说**结肠**这个词时漫不经心的神态和异常之高的频率给我留下了深刻印象。

“春季大扫除。”她说，语气并不哀怨，实际上她看起来非常开心，眼神都比平时明亮。

“我可以和你坐一起吗？”我端着一盘意面、主厨的周日调味酱和三块大蒜面包问。西蒙娜面前摆着一只热水瓶。

“当然可以。我在第一天之后没有胃口。”

“你的眼睛是不是变大了？”

“那是因为我这几天没喝酒，净化到第三天，原来的眼部浮肿就会消失。上一次你暂时停止喝酒是在什么时候？”

“好了，好了，别揪着我不放。”我说。

“你这个年龄的新陈代谢可以保护你不被毒素谋杀，但你的身体也需要经常休息。所有乳制品、糖和酸——食物残渣会积聚在你的肠道壁上，它们是黑色的，排出来的时候你都能看到，这是打败和驱逐它们的机会。”

“西蒙娜，”我嚼着满嘴食物说，“老天。拜托。二十分钟后你再给我讲‘残渣’和‘驱逐’的事儿。”

她抿了一口奎宁水。

“你打算坚持多久？”我边吃边问，“还有，你不打算让杰克也净化一下？”

“我的计划是先净化七天。有一次我坚持了十三天。”

“七天！”

“泰丝，”她说，把手放在我肩膀上，“你的身体不总是需要这需要那，它有一个静止平衡点。”

“你——疯——了。”我说。想到一连七天不吃饭，我就觉得饿。迎宾招待米莎在宣读今晚过来的贵宾名单，但我没有真的在听，而是在想是否应该盛点意面给杰克留着，不过我听到米莎说“萨曼莎和尤金”会来，而且要求西蒙娜招待，这时西蒙娜说：“绝对不行。”

我们都转头看西蒙娜。米莎看了一眼霍华德，他点头示意她继续读。

“所以，我需要把西蒙娜移动到第一区，因为尤金坐在7号桌……”她迟疑了一下，想知道是否有人反对，“所以……西蒙娜……第一区。”

“绝对不行。”西蒙娜重复了一遍，拿起她的热水瓶，走进厨房。我们都转头看霍华德。

“米莎，就这样。”他说，起身去找西蒙娜，与杰克擦肩而过。杰克衣冠不整，显然是刚过来，他期待地看着桌子。我耸耸肩。没有西蒙娜，桌上也没有给他盛好的饭菜。他大惑不解，只好自己去拿吃的。

“萨曼莎是谁？”我问他。他坐下来，铲起食物放进嘴里。

“哪个萨曼莎？”他警惕地问。

“萨曼莎和尤金要求西蒙娜为他们服务。”

“萨曼莎要来？”

“这是米莎刚才说的。”

“该死。”他拿起我仅剩的一块大蒜面包，咬了一口，我一把夺回，“萨曼莎和西蒙娜以前是朋友。她过去是这儿的侍者。”

“好吧。”大家总是拐弯抹角地间接提到西蒙娜的“朋友们”，我却没有见到其中任何一个朋友来餐馆找她，所以我怀疑他们其实不存在。

“那么……”我等着他说下去，“她辞职了，她们不再是朋友了？所以西蒙娜不想伺候她？”

他擦了擦嘴，把餐巾丢到我的盘子里。“我要去找她。你今晚在餐厅吗？她可能需要你的照应。”

萨曼莎是个一丝不苟的人，这是我能想到的第一个词。我不相信她曾在餐馆工作过。她的发型是按照左右呼应的角度吹出来的，颧骨凸出，留着淡粉色的椭圆形长指甲，戴着宝石和白金戒指。从基因角度看，她很漂亮，而我是“美貌等于美德”这个邪教的忠诚信徒。

“牙是新做的。”西蒙娜说，她在房间另一头看着他们，萨曼莎白亮的牙齿眨着眼睛看着我们。西蒙娜呼出一口气，向他们走过去。我拿着一只玻璃水罐跟在后面——尽管餐厅里可能至少有七张桌子的客人需要添水。我很把杰克的命令当回事。

“虽然我们不是第一次来，但我们确实刚下飞机，我看上去一定很糟糕。”

“哪有，你一直很会隐藏。”西蒙娜向后收了收肩膀，“你们两个还在康涅狄格？”

“来来回回。”尤金说，挥舞着双手。从基因角度看，尤金绝对有缺陷。他长着毛毛虫一样的眉毛，蒜头鼻，头发没剩几根，至少比萨曼莎大十岁。老夫少妻我见多了，但尤金为人似乎挺可靠，目光睿智，听人说话的时候眯着眼睛。

“特里斯坦上学以后就不会这样了。趁现在我们比较自由，我想好好享受一下。”

“她说的享受就是推着两岁的小孩在欧洲到处跑。”

“别那么刻薄，”萨曼莎说，打了一下他的胳膊，“一听说带着孩子旅行，人们总会大惊小怪。但你不能惯着孩子，特里斯坦就可以一直老老实实地坐着，直到我们吃完四道菜的晚餐。”

“多么优雅，萨姆，”西蒙娜说，“主厨很愿意为你们亲自准备饭菜。”

“哦。”萨曼莎看着尤金，噘起嘴巴，“恐怕我们无法接受。我的肠胃不好，西蒙娜，而且还得倒时差什么的。但是，如果他不忙的话，我可以去和他打个招呼吗？还有，吧台后面那个是小杰克吗？他长大啦。还记得你们两个一起住在东村那个鞋盒大小的房间里吗？尤金，西蒙娜在那种地方住过，连像样的浴室都没有，浴缸在厨房里！”

“我还住那儿。”

西蒙娜笑了，她的笑容非常有力量，我都能听到她磨牙的声音。

“哎呀，你还真可爱。我们当年在那儿玩得很开心。”萨曼莎漫不经心地环视餐厅，“霍华德还在这里吗？”

“我们都在这里，萨姆。我会告诉主厨你拒绝了。”西蒙娜强自忍耐。

萨曼莎指着菜单上的什么东西，尤金笑了起来。“你们是摆脱不掉金枪鱼排了，好像现在不是二十一世纪似的。可爱，我喜欢。”

可爱。我从没见过成年女性如此得心应手地互相攻击。没人敢用“可爱”讽刺西蒙娜。没人会拒绝主厨的品尝菜单。然而西蒙娜并不吃惊——她很沉稳。我意识到，这两个女人都知道对方有多么危险。

杰克和西蒙娜曾经住在一起，对此我本不应该感到惊讶——我知道是她把他带到纽约来的，这也符合我的猜测——然而萨曼莎的语气太直截了当，提到杰克的名字时，她好像在试探。

“尤金，”西蒙娜说，她背对着萨曼莎——她曾经告诉我，绝不能背对客人。“德维萨？我们有一瓶1993年的，收藏在楼下的酒窖。霍华德会气疯了的，但你有兴趣吗？当然，如果我能找到的话。”

尤金拍打桌子，激动不已：“这个女人——上次我们来吃饭是什么时候来着？六年前？她永远都记得！纽约城最好的侍者。别生气，萨曼莎，你也知道你没有做侍者的天赋。把它拿出来，西蒙娜，但别忘了给你自己也来一杯。”

“我很乐意。”她说。

我有胆量比较一下她们两个吗？当然。尽管我忠心可鉴，但我也不瞎。我苦苦思索，想知道她俩可以在哪些领域理直气壮地一争高下。比较外貌似乎不公平，我看得清楚，西蒙娜一来到萨曼莎桌旁，顿时显得矮了半截。萨曼莎不仅比她高，而且腰背挺直，仿佛脊椎是钢筋做的。西蒙娜的肩膀耷拉着，像石头一样僵硬。她戴着眼镜，显得稍微有点斜视。萨曼莎则好像吸走了房间里所有的优雅。

西蒙娜的指甲——我注意到——很干净，但没有光泽，边缘粗糙，当她捏着我的胳膊说“帮我看一下桌子，别走开，我去找德维萨”的时候，我能感觉到她锯齿般的指甲边嵌入我的皮肉。

她的眼睛好像也不那么亮了。

“也许你应该赶紧吃点什么，几口就行。”我说，她现在处于“净化”的第四天。

“如果你能专心工作，我会感谢你的。”

“他们需要什么东西怎么办？”

“他们只是客人，想要什么就他妈的给他们。”

结果我一步都离不开。萨曼莎每喝一小口水，我就得给她添满水杯。刚才希瑟来过，她也认识萨曼莎夫妇，和他们打完招呼后，她就让我招待他们，自己却跑掉了。

“你好，”萨曼莎说，把她的手放在我胳膊上，阻止我添水。

她手上的戒指闪闪发光。“我是萨曼莎。你真年轻，希瑟说你是新来的。”

“他们都这么叫我。”

“我们以前也这么叫萨曼莎，”尤金说，“尤金·戴维斯。”

“你也在这里工作过？”

“不，不。”他礼貌地笑着说，“我是这儿的常客，周五时会来吃午餐，但我追她的时候，一个星期来两次。”

萨曼莎笑了，完整露出两排打磨得雪白的牙齿，她和尤金小指钩在一起。

“但是，”尤金继续说，“当我向霍华德打听她的时候——我记得很清楚——我说，‘那个大美人是谁？’他说，‘新来的？’所以我一直把她看成新来的。”

“过去多少年了，别说了！”他们笑起来。客人有时候会流露出真切的悲喜，他们好像觉得桌子四周围着一道保护隐私的帘子，而我是这些场面的见证者，目睹了他们或卑鄙，或乐观，或真实——如萨曼莎夫妇——的自我。

“你想念那时候吗？”我问。

“黄金手铐？忙起来累死人，晚上变僵尸，像猫一样昼伏夜出。”她顿了顿，从头到脚打量我，好像我要被拉去拍卖。“当然，我也想念它，我们就像一家人。”

“是的。”我觉得和萨曼莎亲近了不少，想必不管是谁进来，只要宣称他们曾在这儿工作过，我都会对他们产生亲切感。我们拥有共同的肌肉记忆——虽然她用珠宝和化妆品遮盖了它。我们都在酒窖里打碎过酒瓶，都学会了判断主厨的脸色，我们的脖子和背部疼痛的地方也完全相同。“我觉得自己真的很幸运。”

"当然，不会比这更幸运了。"她和尤金从小指钩在一起发展到手牵着手，我不知道她说的"幸运"是什么意思。他们的目光离开了我，我知道西蒙娜回来了，她拿来了德维萨，但有点不对劲。从酒窖上来时，她一定重涂了口红。虽然不明显，但绝对涂过，而且涂得有点花。

我后退几步，她开始把酒呈给客人——我曾经心怀渴望，从各种角度观摩过无数次她这套动作。我看着那瓶德维萨，泛黄的酒标，辉煌的历史，神秘的魔力，怀旧的味道。酒标在西蒙娜不加修饰的手掌中颤抖。

萨曼莎和尤金坐上出租车不到十分钟，西蒙娜负责的第一区就乱成一团，她本人也不见踪影。我请希瑟帮我重建秩序。刚得到空闲，我就跑去找她，很快便在酒窖发现了她。她脚边有只面包篮，怀里抱着热水瓶，正喘着粗气小口喝里面的东西。

"西蒙娜，我需要帮助，第一区乱套了。"我说，"9号桌发火了，他们说点了球花甘蓝和玉米饼，但主厨没收到小票，他们可能并没有下单，也有可能是你忘了？"

她盯着墙，掰下一大块白面包，捏成碎片。"有意思。人可以变成那样。"

我叹了口气："你需要回楼上去。"

"你认为你在做选择，但事实恰好相反，是选择在选择你。"

"我叫杰克来好吗？"我脑子里好像有辆汽车在按喇叭，我仿佛看到第一区乱成一锅粥，客人们到处寻找侍者。我看到她的衬衫一侧有个红色的污点。

"你洒了酒吗？"我的语气暴露了我的厌烦。她的状态显然并不好。一定是“净化”的错。“把面包吃了，”我恶狠狠地说，“马上。”

她吃了一块佛卡夏，怯生生地嚼，像个尝试新食物的孩子，随时可能把它吐出来。

“我去给你拿干净衬衫。你储物柜的密码是多少？”

她意识清醒——听得懂我的话，但面无表情。对服务工作的热情、保持餐馆运转的动力已经完全从她身上消失了。

“06-08-76。”

我反复默念这串数字，跑上楼梯。输密码时，我才意识到它可能是谁的生日。06——我记得杰克好像是双子座，但想不起我是如何获得这条信息的了，似乎是我在醉酒时模模糊糊听来的。也许这就是杰克的生日——我知道他是一九七六年生的，比我记不真切的星座信息更有说服力。

我想到去年六月八日，三十岁的他醒过来，并不知道几个星期后我会出现。他们两个都对我的到来没有准备。今年六月，我要去买新上市的豌豆，也许还可以找辆自行车，让他教我在市区骑车。还要给他过生日，西蒙娜和我会准备一顿晚餐，他会表现得不自在，但心里是高兴的。我跑回地下室，看到西蒙娜阴沉地坐在那里，怒视着一瓶圣艾美浓的标签。

“快，快。”我顾不得和她客气，无视礼仪原则，直接上去解开她的衬衫。她没有反抗。我强行从她肩膀上扒下衣服，她顺从地抬起胳膊，突然，我发现她胸罩肩带下面的皮肤上有个印记：“那是什么？”

她神情恍惚地挑起肩带，动作依然不紧不慢。

那里文了一把钥匙。和杰克的钥匙文身如出一辙。但她的钥匙文身更清楚，像是烙进了苍白的皮肤里。当然，我想。我不由自主攥紧了她换下来的脏衣服。

“没想到你有这种爱好。”它在她身上显得很荒谬，像一个意外。但事实并非如此。我宁愿它是别的图案，蝴蝶、星星、济慈的诗句，哪怕随便文点什么。然而现在，她的身体好像是杰克身体的回声。不——他是她的回声。那是我在他身上看到的第一个文身，就在他把我拉进步入式储藏柜、为我撬开牡蛎的时候，我看到了它，从那以后，我才逐渐熟悉他的身体，能在黑暗中找到他所有的文身。我和杰克到底能否拥有真正属于我们两个人的私密时刻？

如果我把她留在地下室，整个餐厅就失控了。一个糟糕的夜晚不会毁掉她，但其他人会说闲话，她的威信也会降低。我撕开新拿来的衬衫外面的干洗包装袋，希望能拯救混乱的局面。

“说起来也是个有趣的故事。”

“我很想听你讲，但还是下次吧。”我把浅蓝色条纹衬衫扔给她，“楼上被你搞砸了，西蒙娜。再来一口面包，求你了。”

干净衬衫并没有按我的意愿振作她的精神，她身上似乎有股陈腐的味道，抑或因为这里是酒窖。

“11号桌的主菜上到一半，14号桌还有很多菜没上，但酒已经送过去了，我卖出一瓶昆塔雷利，虽说是瓦尔波利塞拉经典，但也还不错，我知道它是意大利的。他们一直催我们，也许你可以和主厨说说，快点把菜准备好。我直接去15号桌，希瑟正在帮我下单。”我拉起她的手。她用力深呼吸，发出我再也熟悉不过的啜泣般的喘息。“嘿。芦笋什么时候上市？”

她迅速看了我一眼。

“在这种天气？”她问，抬头看着天花板，“三周后，至少。”

“是吗？你认为又要下雪了？”

我不停地问她问题——故意挑她知道答案的问题。她刚上楼就去了15号桌，强撑着笑脸搞定了客人。

“我们以为你回家了，”希瑟说，“下一次，在你净化你的精神之前，能不能告诉我，亲爱的？我也好早点准备，代替你掌管餐厅。”西蒙娜没说什么，也没有向她道歉或致谢。我盯了她一晚上，但她很好。她的文身也随着忙碌从我脑海中消逝，我把两人共有的文身归因于西蒙娜和杰克令人讨厌的怪异举止。她收到的小费也达到了以往的平均数额，稳定不变的百分之二十七。从来没有失败过。

“我觉得你们真是好朋友。”那天晚上收工后，艾丽尔说，因为我很久没来公园酒吧，她仍然在半心半意地惩罚我。我告诉自己，要对她和威尔有耐心。

“西蒙娜像不像伴娘？”威尔问。薇薇安正在倒龙舌兰。“你想来一杯吗？”

“呃。”我说。把西蒙娜送回家后，杰克会来接我。我不想喝醉，但这是和他们套近乎的最佳捷径。而且，看到他们，我感到内疚。我要成为侍者了。霍华德想象不出我将承受什么。我甚至无法想象自己可以像侍者那样霸道地向艾丽尔发号施令，她会把我的屎都打出来的。“要不再等等？”

室内响起LCD的《我所有的朋友》，艾丽尔让特里调高音量。我觉得她会像以前那样抓住我，把我拉到地板上跳舞。这是我们晚上出来疯的时候最喜欢的歌——狂躁、令人头晕的钢琴前奏牵引我们的神经，这首歌代表百分之百的承诺：这个夜晚不同寻常，足够特殊。

“烂歌去死吧。”萨沙把一杯酒放在我面前。

“可是，嘿，伙计们，这是我们的歌。”我说。没人搭理我。西蒙娜的崩溃让我想念那些漫无计划消磨时间的夜晚，然而我现在有计划——与杰克散步，或者吃个早餐——这些都需要我保持清醒。我看着那杯酒，盘算着：如果我醉得很厉害，大概可以在杰克到这儿之前把酒吐干净。于是我喝掉了它，哀叫一声。

“她差点儿就和本森先生过上萨曼莎现在那种生活了。”

“如果他现在走进来呢，”威尔说，“和他妻子一起进来？那今晚这件事相比之下就算不上什么了。”

“在最忙的时候撂挑子——还说不算什么事？”

“不，等等，伙计们。”我说，“慢点儿讲。”

“哦，本森，外号‘银狐’，我愿意和他做两次。”

“那时候，西蒙娜和他的关系不言自明，我们都以为他们能成，然后……”

“然后什么？”

威尔耸耸肩：“那句话怎么说来着？已婚男人总会离开自己的妻子？”

“哦，”我说，“不是这么说的。”

“他噗的一下消失了，”萨沙说，打了个响指，“你上了女仆，但你不会把她带回康涅狄格，明白吗？”

“萨曼莎住在康涅狄格。”

“说得对，小姑娘，”威尔说，“几年后，萨曼莎来了——她和西蒙娜感情很好，就像学校里的小姐妹什么的。”

“但是，尤金和萨曼莎的感情更好，她在餐馆待的时间不到半年。和尤金结婚后，她和西蒙娜爆发了几次奇怪的争吵，西蒙娜心碎了一分钟。”

“等等，艾丽，”我说，“西蒙娜不会心碎，尤其是遇到这种狗屎情况。她不是那种一心想着和男人结婚或者期待男人认可的女人，她有她自己的圈子。”

艾丽尔猛拍吧台：“你他妈的瞎了吗？”

“小妖怪，你需要到厕所休息一下。”

“用不着你他妈的管。”我对萨沙说，下意识地站起来与他对峙，同时也没忘记朝坐在角落里的斯科特挥挥手。

“你又回来啦？”斯科特说，语带讥刺，好像知道我并不希望回到这里，回到这个没有夜晚的圈子。

“就像骑自行车，习惯啦。”我对他说，又转向萨沙：“那么杰克呢？”

“那么我的小宝贝杰克呢？他总是给西蒙娜收拾烂摊子。”

“他和萨曼莎是怎么回事？”

“你为什么问这个？”他抓住我的下巴，看进我的眼睛里。

“她提到他了。”我说。但问题不在这里，问题在于西蒙娜见到萨曼莎之后非常心烦，我觉得背后一定有更多故事。心碎的黑色光环笼罩着现在的西蒙娜。她的诗，没有人读，她的公寓，她可能永远不会离开，她的技能太专门化，选择范围很小。她没有做任何选择。做出选择的是别人。

萨沙说：“甜心，你最好还是先假设杰克和每个人都睡过。你的钥匙呢？”

“萨沙，你什么时候才能为我高兴一下？另外，我身上没有钥匙。”

“哦，你真是长大了！你知道，你是最坏的那种，你要嫁给艺术家，过下流生活。可你等着瞧，不出五年，你就会说，杰克宝贝儿，为什么我们每天晚上都吃拉面？你是个骗子，别想骗我，我明白着呢。”

镜子里的我们像在照片里一样，我看出我们只是在玩，我的认真愚蠢得可笑。“老天，萨沙，这里太黑了，你们的心理都太阴暗了，你没觉得吗？”

“哦，小妖怪，请告诉我光明在哪里！”

“我的意思是，事实未必和你们想的一样。”他弹掉我鼻子上的什么东西，我拉过他的脸，亲了他的两边脸颊：“这里不是祖国母亲俄罗斯，这里是美国，我们相信美好结局。”

“给我电话，我要打给我妈妈，老天，我他妈的出现幻听了。”

第三章

饥饿的缺口出现了，犹如破碎的平面在眼前蔓延。我们端上维吉尼亚的软壳蟹和芦笋，佛罗里达的血橙，恨不得用**本地**这个词形容一切。客人、厨师，所有人都在焦虑，尚未走出冬季带来的震惊，拼命对抗限制。还不到春困的时候。我们并不完全相信即将到来的日子，然而别无选择，只能活在渺茫的承诺之中。

太阳出来了一小会儿。我停下来望向树梢，期盼它们发芽。我刚刚离开古根海姆博物馆，走向地铁站时，云层再次遮住阳光，我再次感觉自己像个陌生人，可能会消失在任何怪异的快餐店、小酒馆或地铁站。

我走出中央火车站，匿名者与流动的神圣大厅，跟随“牡蛎餐厅”的指示牌前进，我有一种莫名的冲动，很想到这家餐厅去，他一直说要带我去，那里是他的最爱之一，我不知道是康定斯基还是克利让我暂时脱离了现实，我决定独自前往。尽管西蒙娜向我保证这是无稽之谈，但有些人就是相信“只能在名称带r的月份[①]吃牡蛎”。所以，也许因为即将到来的温暖天气会把带r的寒冷月份赶走，我认为

① 名称带r的月份，包括一月到四月，以及九月到十二月（January，February，March，April，September，October，November，December），相对不带r的五、六、七、八月而言比较寒冷。

应该抓紧时间，自己一个人吃顿午餐。

我在牡蛎餐厅的矮桌子那儿找到最后一个空位，没有拿出随身带来的书，而是凝视着镶嵌瓷砖的穹顶天花板，呼吸空气中贝类和黄油的味道，看侍者和勤杂工、看客人，慢慢地意识到我是这儿的异数。我和那些出来午休、拿黑莓手机的西装白领没有任何共同点，但我也有归属，不是依据年龄或衣着，而是因为我也讲餐饮业的行话。

“对不起。”坐我旁边的男人说。他正在喝一碗蛤蜊浓汤。他肩膀宽厚，外表讲究，我愣了一会儿才发现他也有一双蓝眼睛。我抬起眉毛看着他。

“我好像在哪儿见过你。”

“哦，是吗？”我把视线拉回我手中的菜单上。

“对不起，我还以为你是我认识的人，一个法国的朋友。”

“你朋友长得像我吗？”

女服务员走过来，在我面前静静地站着，笔和记事本已经准备好。

“六只博索莱伊蚝，六只范尼湾蚝，开胃菜。然后，嗯，”我翻动菜单，迅速扫视，不想浪费她的时间，“你们有杯装的夏布利，对吗？请给我来一杯。”

她点点头走开了，我把手伸进包里拿书。

“你是个演员吧？我就知道我在哪里见过你。”

“我是服务员。我无处不在。”

“你打算一个人吃掉那些牡蛎吗？”他笑着问。

“我打算吃的不止这些。”我叹了口气。这是我工作方面的危险点，或者说是我的天性，也许这就是他们雇用我的原因——我对陌生人太热情。在街头，在酒吧，在排队时，我都觉得自己有责任让别人开心，就像打卡上班一样。我的字典里一直都没有“讨人嫌”这个词。我放下书。

“你在读什么？”

“好吧。”我交叉双手，“我知道你上班的环境很安静，你沉默地坐在电脑前，你说话时没有人听，所以我理解你为什么要缠着那些看上去温柔好脾气的女的唠叨个没完。我来给你介绍一下我的工作。我工作的地方很吵，我要说许多话，嗓子都哑了。人们看着我，拦住我，假装认识我，他们说，让我猜猜，你是法国人？我摇头苦笑，他们说，你是瑞典人？我摇头苦笑。可今天我休息。我只想要安静。如果你希望有人忍受你，我建议你去找女服务员，因为这就是你花钱雇她的目的。”

“所以你脾气不好，对吧？”

“脾气不好？”他还在饶有兴致地看着我，自以为很了不起。“我有男朋友了。”我最后说。

女服务员走过来，给我倒了一大杯夏布利。味道不够酸，但可以接受，我谢了她。当我回头看他时，他已经掏出钱包，示意服务员结账。这是真的吗？如果不搬出杰克，随便什么人都能来约我？吃完刚才点的十二个牡蛎，我又要了一些，我感到极大的幸福，同时也怀疑人们永远不会真的听我说话。

“是啊，这是你唱卡拉OK时喜欢选的歌，但我觉得它有点讽刺。”

“艾丽，再讽刺的事也不能一直讽刺下去，否则它会失去意义。”

“但你没法严肃对待小甜甜布兰妮。或许你能，但你不该承认这一点。”

我弓着背坐在酒吧高脚凳上，我早已习惯了这样的姿势，星期六晚上连轴转的三轮忙碌让我的双脚疲惫，悬在吧台下无意识地弹动，一大杯亮晶晶的普伊-富赛灌进喉咙，像滋润的甘油。艾丽尔在收拾咖啡服务台，威尔刚刚过来和我坐在一起，其他员工在无精打采地缓慢走动。艾丽尔很恼火，因为她今天搞砸了好几次，被杰克训了。

“难道我的诚意一文不值吗？这不恰好说明我的正直吗？当然，我没有把她奉为道德典范的意思。”

“让她复出是犯罪。”

“但是，夜深人静，有点醉、有点伤感的时候，我会上网看她以前的音乐视频。二〇〇〇年那时候的。我会哭。”

“你看到她剃光头的照片了吗？”威尔问道。他喝了一杯菲奈特和一瓶啤酒，应该没过量，但他看上去比我们上次坐在一起喝换班酒时老了许多。我已经很长时间没仔细看他了。“她看起来像个他妈的恶魔。”

“你听《宝贝再拥抱我一次》时会哭？”

“好吧，”我说，我从吧台后面拖出普伊-富赛的瓶子，倒满酒杯。“大家都来攻击我时，我没法解释。但我和她年龄相仿，我希望我的身体去做她的身体做过的事。她是个再普通不过的人，不是吗？并非遥不可及。她没那么漂亮，没那么有才，但你就是想看她。所以我只会看她的视频，她的歌不适合用来听，而是用来看的。她很有感染力，知道你没法不看她，她的眼睛里有种光，吸引着你，让你沉浸在梦幻一样的玩笑之中，那时她还是个孩子，后来她的眼神变茫然了，再也没有制造玩笑的兴趣。这样说得通吗？她自己成了玩笑——她只是不知道而已。”

“哦，我的上帝，你觉得这是个悲剧？这种只剩下钱、白色垃圾、吸毒成瘾、道德观念为零的婊子会有茫然的眼神？她有权选择，她是个成年人了，这都是她自找的。”

“可是艾丽，”我愤慨地直起腰，酒精让我来了精神，“我不觉得她让我失望，而是我让她失望了。我曾经是那些蚕食她血肉的邪恶拥趸的一份子。你说得对，威尔，在那些照片里，她看起来就像个怪物。面对后来的她，我退缩了。现在我只觉得内疚。”

“我做不到，”艾丽尔说，举起双手，“知识女性眼中的苦难就是这样的？我看不懂。”

“不要小题大做，艾丽，我不想和你辩论‘布兰妮为什么重要’，我只是告诉你我的感受，你是在生我的气吗？”

“‘布兰妮为什么重要’这句话印在T恤衫上应该很棒。”

“我只是质疑你的道德观念——”

“我的道德观念？因为我从小就对着镜子模仿布兰妮跳舞？”

“你知道她代表什么——”

“行了。”我喝光我的酒，放下杯子，高脚杯的杯脚在我手中折断。我觉得食指上沾了一小块碎玻璃，就把它拂掉。吧台周围的每个人都在看我。

“好啦，毛毛。”尼基说，他看了杰克一眼，一直在擦洗水槽的杰克没有抬头。

“对不起，”我说，我握着没有杯脚的高脚杯，压低了声音，“她什么都不**代表**。这——就是——我的——看法。她是个小女孩。一个人。和我们完全一样的人。”

“我觉得这是放屁，斯基帕，”艾丽尔说，“不过当成童话故事来听倒是很不错。”她抓起一只空箱子，走开了。威尔看着我。

“我已经厌倦她的胡说八道了。”我说。我把玻璃碎片收集起来，放进杯子里。

“我依旧喜欢戴夫·马修斯乐队，”他说，“有点丢人哈。”

“不，”我说，“你无论做什么都不丢人，你又不是女的。”

我穿上外套，拿起我的包和残破的玻璃杯，离开吧台。

他的房间在一座改建过的阁楼上，墙壁简单地涂成蓝色，感觉就像寒冷北方的海滨洞穴。他有一个室友，是个街头艺术家，名叫斯万，我只在去洗手间的路上遇到过他，他穿着睡袍，对我视而不见。杰克房间的地板上什么都没有，只在房间中央的床垫下面铺了一块深色的油毡，与起居空间铺设的好几块小地毯对比强烈。

他房间的一面墙上有几扇窗，外面的防火梯把投射进来的阳光分割成小块，对面是一座窗户用木板封起来的建筑。

可以体现杰克的唯美主义观念的细节是：床垫是泰普尔的，铺着干净无瑕的亚麻床单。他的几个书架是用木质的红酒包装箱做的。整面墙都是书，但和西蒙娜不一样，西蒙娜的藏书里什么都有——诗歌、宗教、心理学、美食、大部头的严肃文学善本、一大摞艺术书——价值等同于我一年多的房租，杰克只有推理小说和哲学书。尼采、海德格尔、阿奎那全集——有肮脏稀烂、快要散架的平装本，也有皮面精装的。克尔凯郭尔的残缺孤本独辟专席。一些尚未归还的纽约大学图书馆的书：威廉·詹姆斯、亚里士多德的《形而上学》、《奥德赛》。一部黑皮大开本的解剖学著作，大到能当茶几桌面。床头有盏简洁漂亮的落地灯，三英尺高，灯臂分三节，灯泡安在波浪形的玻璃罩里。

除了钉在书架上方的小空间里的几张宝丽来黑白照片，墙上没有其他装饰。我一进门就看到了他的各种摄影器材——和几把吉他、两辆自行车一起挂在客厅里。我端详了好一会儿才问他那些照片在哪儿拍的。有一张是山脉的（“阿特拉斯山，”他说，“在摩洛哥。”）。还有一张是海滩上的草（“韦尔夫利特，”他说，“这种植物叫作海滩石楠。”）。石子路上的破自行车，堆成金字塔的形状（“柏林。”）。还有她：她的手——挡在相机前，好像一只大海星。功能简单的相机拍出的影像虽然欠缺层次感，却使她手上的每一条纹路呈现出版画的效果。在曝光不足的背景中，我辨认出——趁他不在，我把这张照片摘下来，拿到灯下细看——发现里面有张灿烂的笑脸。

他睡着了，我蹲在床边的地板上，沿着那些书脊摸上去，悄悄伸手摘下照片。当我问起那些文身的含义，他翻了个白眼。当我问起那些照片，他勉强容忍了我。然而认识他的时间越久，我就越觉得他身上的那些符号一定包含某种情感价值。如果我向他打听他在摩洛哥、柏林或者韦尔夫利特的往事，他会把话题岔到柏柏尔人、他认识的搞盐雕的德国艺术家和令人毛骨悚然的捕鲸恐怖故事上面。他避开不谈这些照片的方式，使我想起西蒙娜给我上课时说过的一句话：摒除你对事物的主观看法，始终关注它本身。这四张谜一样的照片令我百思不得其解。

“调查进行得怎么样？”他说，吓了我一跳。他身上盖了被单，露着前胸。他点起一支烟，我看不清他的眼神，他的声音听起来并不愤怒。

“这是什么时候拍的？”我问。我把西蒙娜的照片带到床上，躺在我那一侧，与他保持几英寸的距离。我仍然羞于主动靠近他。

“我不记得了。”他说。他伸出手，扯起我的一绺头发，在手指上缠绕几圈，我觉得我们正在夜晚和清晨之间这段变幻莫测的蓝色时光中沉陷。

“你为什么把它挂起来？”

“这是一张好照片。”他说。烟灰掉到床上，他把它拂掉。

“是不是因为你爱她？”

“我当然爱她，但这不是把照片挂起来的理由。”

“我认为这是做很多事情的理由。”我小心翼翼地说。

“你知道，”他掐灭香烟，把我拉到胸前，“我和她不是那样的。你明白。”

他在分散我的注意力，他知道他的脖子会让我意乱神迷，他的手滑过我的臀部。

“你们曾经那样过吗？”我努力去看他的眼睛，“西蒙娜可不丑。”

“是啊，她不错。”

“杰克……”

“没有。”

“怎么会？”

他哼了一声。他起身时膝盖响了一声。他斜眼看着书架，抽出一本《论灵魂》，一张陈旧的彩色照片从书里掉出来。他捡起它，丢到我腿上，越过我跳回床上。照片上有个留羽毛发型的金发女人，面带微笑，抱着一个婴儿，婴儿严肃地望着相机镜头。

“那是我妈妈。”

“哦，”我说，“他们看起来很像。”

“那还用说。每个人都有自己的麻烦。我有西蒙娜。我知道外人很难理解。但事情就是这样的。我妈死了之后，她来了，她只有十五岁，但她养大了我，用她那套乱七八糟的办法。”

我没有说话，我在缓缓理解和吸收这个事实，使它与我观察到的那个杰克重叠。没有母亲。整个城市的孤儿。我回头看着西蒙娜的照片。如果有人这样照顾我，我将如何回报？我摸了摸照片上那个婴儿的脸，他有一双顽固、有穿透力的眼睛。“原来你那时候就喜欢板着脸。”

“逗笑我很不容易。”

“她死的时候你几岁？”

“八岁。”

“怎么回事？我是说她怎么死的？”

我向他伸出手，指甲沿着他文身的线条滑动，他闭上眼。我感受着他凹凸不平的钥匙文身，仿佛看见西蒙娜裹着被单独自躺在床上。我想知道他们拥有哪些快乐的回忆，为什么他的皮肤好像在排斥这个文身，她的钥匙文身却好像渗进了皮肉里。他的呼吸加重了。

“感觉不错。”他说。不知过了多长时间，他说：“西蒙娜告诉我，我妈是一条美人鱼，命中注定要回到大海，因为那儿是她真正的家，而且有一天我也会回那儿去。我的母亲游走了。但那个时候我就不太相信她说的。长大一点之后，我看到报纸上有溺水的新闻，就全明白了。不过，如果你问我那是怎么回事，我首先想到的就是她游走了，回家去了。可笑吧？有些事，即使我们明白不是真的，也很难忘掉。”

我滚到他身上，躯干对躯干，我们的腹部随着两人的呼吸共同起伏。我想说些安慰他的话，比如我也失去了我的母亲。我知道，如果我曾拥有她，记得她，我的生活会更难过。我知道我很难信任别人，但对我而言，最难信任的是自己，因为没人教我如何信任。我知道当你失去了父母中的一方，你的一部分会卡在那个人放弃你的时刻。我想对他说，我知道你也爱我。然而我说的却是："我告诉别人你是我男朋友。"

"谁？"

"挑逗我的人。"

"谁？在哪儿？"

"我不认识他。"我从来没有见过他嫉妒，他甚至不爱发脾气——也许我们谈到西蒙娜和霍华德的友谊时除外——但现在他的语调已经从含糊变为清醒。"他应该是那种喜欢去中央火车站牡蛎餐厅的有钱人，想和我一起吃牡蛎。"

"你去了中央火车站？不叫上我？"

"你是生我的气还是崇拜我？"

"生气和好奇。感觉如何？"

"那儿像是有魔法，我想我们应该一起去——"

"不，我是问，你告诉那个家伙你有男朋友的时候感觉如何？"

感觉如何？感觉"这大概是真的吧"。"我不知道，我对他说完他就走了。所以感觉……还不错。"我和杰克对视。我不停调整我的脑袋在枕头上的位置。我害怕。"你有什么感觉？"

"我不热衷贴标签。你喜欢标签？"

"我没在说什么标签。"

"但我会说……"他的手再次找到了我，在我乳房下面描摹，绕着我的肚子画圈，又跑到我的肋骨上。我看着他的戒指。"我不希望你和别人一起吃牡蛎。"

"真的？"

"是的。我喜欢你属于我。"他把我向后一推，我的头撞到墙上，我有点茫然。"现在，我能问你一个严肃的问题吗？"

"可以。"我屏住呼吸。

"该怎么做才能赚到早晨被口的福利？"

"现在才半夜。"

"我看到那边墙上有三道阳光。"

"那是街对面的霓虹灯照的。"

他的两只手腕压在我脑袋上方，下巴和嘴唇蹭着我的乳房。"我们来算算，"我说，"我得到了八分半钟的拥抱，听过了敏感男人的内心独白，得到了波西米亚式的'无标签'，所以我猜我只需要……"

"还需要他妈的什么？"

"一个兆头。"我说，我看着他的眼睛。他总是嘲笑我的宿命论观念。西蒙娜也取笑我，但她也承认宿命论是一种很古老的世界观，形容红酒时，"古老"可是个褒义词。杰克和我彼此注视，我想，当我们在一起，产生现在这样感觉的时候，你怎么能相信世上的一切都是偶然的呢？

突然，数十只鸽子从消防梯旁飞过，翅膀微光闪烁，拍打着窗玻璃，我说——我觉得我并没有说出声——好吧，我接受。

威尔吹着口哨从阁楼上下来，把最后一批餐具放到吧台上。尼基和我在共同应付一位客人——丽莎·菲利普斯，她正处于不知是哭还是笑的状态。尼基现在很可能在后悔，不该让她接连喝掉六杯红酒，但她在给小费方面是出了名的慷慨，而且她的丈夫——她刚刚发现——打算离开她。

"如果不允许她今晚在这里喝个痛快，别人会怎么看我们？她来这里是因为这儿是个安全的地方。"当我建议阻止她继续喝下去的时候，尼基说。我只好在旁边看着。她的眼神涣散，张着嘴巴，连颧骨都显得无精打采。

“噢，丽莎，”威尔对我说，“谁会把她送上出租车？”

“尼基盯着她呢。真是太可怜了，他把她甩了，他的新相好年龄和我差不多，她甚至都不愿意看我。”

“是啊，什么都得围着你转，呵呵。”

“嘿！”

“开个玩笑。”他举起双手。丽莎的头落到她的胳膊上，尼基拖走她面前的面包篮，然后拿走被她揉成球的餐巾。她没有动。

“不去喝一杯？”威尔问我。

“你收工啦？尼基还没把清单给我呢。”

“你想抽空放松一下吗？”他伸出两根手指，点了点自己的鼻尖。

“有点早，”我说，擦着杯子看他，“你现在也在当班的时候这样啦？”

“今晚例外。希瑟、西蒙娜、沃尔特——这些大佬刚才都在一楼，支使得我团团转。”

“每天不都是这样吗？”我问，“你看上去是挺累的，宝贝。”

他点点头。我想起自己和他在一起时表现得多么自私，然而却无法唤起相应的愧疚。这再次证明，某些事物不见得符合它们的应有之义。他不过是个孩子。

“我会去喝一杯的。给我留个凳子？”

格拉斯夫人——老年常客之一——走过来，拿出一张存衣小票，虽然取衣服并非我的工作，但迎宾招待的隔间里空无一人。

我很少来存衣间，只是偶尔来这里搬高背椅，门是半掩着的。

起初我并没有看见他们，只看到空衣架、吸尘器和拖把斗，过了一秒，我才发现米莎坐在角落里，她有乌克兰女人的娇小身材，胸脯却巨大得不真实。身材魁梧的霍华德像大件家具一样和她挤在狭小的空间里。米莎侧身坐在他腿上，裙子顺着他的膝盖拖到地板上，她一只手捂着嘴，似乎害怕发出声音。他一只手握着她的后腰，像个操控傀儡的口技演员。

“什么事？”霍华德冷静地问，向我投来探询的目光。他们都没有动。

“对不起。”我边说边退出去，把门关好。我往周围看了一圈，想探查出附近是否有人类活动的迹象，但似乎没人看到我。我这才想起格拉斯夫人。

我敲了敲存衣间的门，里面没有动静。

“米莎，”我对着门板小声说，“我需要格拉斯夫人的大衣。”我把存衣小票从门底下塞进去，“她等着拿。”

我跑回咖啡师服务台。

格拉斯夫人正在微微摇晃——她生活在另外一个平行时空，那儿所有的面孔、所有的地方都是一个模样。她的日子建立在不断重复的基础上，没有什么能令她震惊。

“人是很愚蠢的。”我低声说。她偏过头来，把耳朵对着我。“你的大衣一会儿就送来。”

我把咖啡机滤头清洗粉和沸水混合，把滤碗扔进溶液里。我拿起小扳手，非常小心地把冲煮头上滚烫的滤网拆下来，浸入水中。我手上不停地忙碌，脸上挂着若有所思的傻笑。

“不会吧，毛毛？你这就收工啦？丽莎说不定想喝咖啡呢。”

“尼基，”我说，“现在喝咖啡太晚啦。”

米莎拿着一件短款皮草外套走出来，格拉斯夫人高兴地拍起了手。她们一前一后向门口走去，格拉斯夫人消失在夜幕中。尼基绕到吧台前面，抓住丽莎的胳膊肘。她想反抗。

“他**知道**他干了什么吗？”我只听见她说的这一句话。我甩甩头，想把这句话从我耳朵里赶出去。

“我知道。”尼基说。他帮助她滑下凳子站起来，轻轻给她披上大衣，系好领口的扣子。她脸上没有眼泪，但表情扭曲、困惑，好像在熟睡中听到有人叫自己起床。我想到她的生活不再属于她了。我想起西蒙娜。尼基不停对她说着“我知道”。

霍华德也出来了，我立刻收敛脸上的表情。他走到吧台后面，拿下两只威士忌杯，抓过一瓶麦卡伦18年威士忌。我看着他倒酒，比以往任何时候都更感兴趣。表面上看，他很少发号施令，好像与权力没有关系一样，然而实际上，他的一举一动都体现着权力。比如这种威士忌就不是我们敢随便喝的。他把酒杯推给我，我接住了。酒液在我整个口腔中燃烧。

霍华德望着街上，穿条纹衬衫、系围裙的尼基正在拦出租车。他叹了口气：“这是个危险的游戏，不是吗？只能把故事讲给自己听。”

第四章

“送走！”

“来啦。”艾丽尔像唱歌一样叫道。我在她身后咯咯地笑起来。威尔拿胳膊肘顶我一下，示意我闭嘴，我笑得更厉害了。我们在玩钓鱼游戏。你有杜松子酒吗？去钓鱼！你有常陆白啤吗？去钓鱼！被问到却没有提问者想要的东西的人必须找到它，偷偷送给对方。我刚从白葡萄酒冰桶里“钓”到了桑塞尔。天色尚早，第一批小票慢吞吞地钻出打印机，侍者们在隔间里闲晃，所有的水瓶盖子已经拧开，主厨在展示当天的特色菜，斯科特在布置简餐服务台。又是一个朋友们在我面前伸懒腰的无精打采的夜晚。

“订单来了——贵宾，希德的桌子。”斯科特喊道，“23号桌，两份鞑靼牛肉，一份乳蛋饼，一份鹅肝。”他检查了一下窗口的盘子，“送走，13号桌，芦笋，1号座位，格鲁耶尔牛肉，2号，我会跟进后面的牡蛎。”

“遵命，帅哥，”我说，“来啦。”

一张新小票打印出来，斯科特瞥了一眼，同时端起芦笋盘准备递给我，芦笋上的荷包蛋微微晃动。可他一直盯着那张小票，忘了把盘子给我。

“来——啦。”我拉长腔调又说了一遍，伸胳膊去够盘子，他把盘子放到柜台上，荷包蛋被震得滑落下来。主厨猛地抬起头。

斯科特面无人色地开口道：“卫生署的来了。”

主厨放下手中的刀，用最平静、最克制的声音说：“不许——任何人——动冰箱。”

厨房炸了锅，到处有人在跑。主厨飞到楼上去了。厨房里的许多东西都被迅速送进了垃圾箱：半只意大利熏火腿、挂在肉类服务台旁边的香肠串……五颜六色的抹布像彩带一样搭在垃圾箱边上，任何已经拿出来准备切割甚至腌制的东西统统进了垃圾堆。惨遭丢弃的还有准备切成薯片的土豆、洗好的早餐萝卜、准备分份存放的调好的酱汁。实习生们拿着扫帚从地下室跑上来，疯狂地清扫每处角落，勤杂工给垃圾袋打结，三厨们从他们服务台上方的架子上拖下工具箱，里面是头巾、温度计和铅笔粗细的手电筒。

我一辈子从未见过如此混乱中透着有条不紊的奇特场面，恐惧在一瞬间使每个人变得生机勃勃。佐伊提到过所谓的“两分钟紧急演习”，但没有人告诉过我该怎么做，我还以为这不属于我的职能范围。艾丽尔把桌子上摆着的所有砧板都撤下来，我拉住她。

“我他妈的该怎么做？”

她上下打量我一番，把挂在我围裙带子上的抹布拽下来扔了，然后抓住我的两只手说：“你去跑堂，就像你一分钟前在做的那样。等你进了餐厅，一定要格外卖力地微笑，如果看到有人拿着手电和笔记板，一定要让他看到你是多么漂亮和开心。不要打开冰箱，我们需要恒温。不要碰任何食物，连吧台的柠檬和吸管都不能碰。就这些。”

我点点头。她把砧板放到餐具服务台，拿出所有侍者的水杯。我的胃里一阵翻腾，很想躲进洗手间，假装尿急，然后在马桶上坐到检查结束，这样我起码可以知道自己没有搞砸任何事。然而我不敢。我的肾上腺素飙升，可其他只会捣乱的激素也在飙升。我的训练。

“来了！”我大喊。斯科特跪在地上，拿着手电察看一只矮柜的底部，用小扫帚清扫里面的死角。听到我的喊声，他站起来，看着传送带。所有盘子都还在那儿。他看看我，又看了看盘子，把滑下来的荷包蛋摆回芦笋上面。从荷包蛋滑下来开始，到它恢复原位为止，一共才过了不到两分钟。

“送走？”他问。

“来了。”我叫道，我摊开手掌，好像在接受祝福。

店主寄希望于什么？他的名声？还是上世纪九十年代餐饮业与监管机构之间那种心照不宣的默契？你很难相信这个外表平庸粗俗、穿着不起眼外套的男人拥有让我们恐惧的权力，他可以让整个厨房陷入恐慌，阻碍客人吃到他们想要的鱿鱼。他首先去了酒吧，我对着自己微笑，杰克固执地站在原地，卫生检查员块头很大，在吧台后面艰难地移动，检查各种物品，嘴里说着“对不起”，然后拧开冷水龙头，“对不起”，又拧开热水龙头。

威尔说：“那是他的邪恶本质。你看到他有多么安静了吗？”

他说得对。检查员不会惊呼，不和我们互动，似乎在干着我能想象出的最无聊的工作——他的武器是一只数字温度计。他打开冰箱，记下一个温度，把温度计戳进食物的塑料包装里，又记下一个温度。他抚摸冰箱门上的密封条，扒开上面的裂缝。他举着手电在地上爬行，站起来时点点头。他查看每一桶牛奶、每一块黄油上的保质期，打开每一只干货容器向内窥探，检查每一只水龙头，按动所有的洗手液泵头——洗手液都是满的。他仿佛在一片无形的网格上移动，所以我总是忘记他的存在。我看见他从步入式储藏柜里出来，心想，那家伙还在这儿啊？

我看到了我参与制造的狗屎，然而我也清楚我们是公园附近最干净的餐厅。传言说，我们周边的建筑里有巨大的老鼠出入，下雨的时候，未经处理的污水会从其他餐厅流到街上。当然，我会在打扫卫生时偷点儿懒，但我亲眼看见勤杂工把厨房最肮脏的角落刷洗得很干净，每天晚上离开时，我都会看到夜班清洁工进来报到。主厨更是让他的团队像敬畏上帝一样敬畏责任。我可以毫不犹豫地捡起掉在地上的食物放进嘴里。就算检查员在某张桌子旁边停驻，我们也会以自己的德行担保，我们的食物是一流的。

我们蹑手蹑脚地悄声忙碌。威尔、艾丽尔和我暂时没偷着喝酒，斯科特的汗还是照出不误，今天的服务与往常一样。霍华德和主厨把检查员请到阁楼，他坐在一张桌子前面，写了一份报告。

我去服务吧台送简便酒架，顺便朝杰克眨眨眼睛，但他看着我身后，他已经很久没有这样了，所以我转过身，发现霍华德站在楼梯上打手机，这样的景象很罕见——管理人员从不在一楼打电话。没人这样做过。霍华德直接找到西蒙娜，把她拉进后面的隔间。他们低头说了些什么。她的手按在胸口，点着头。当我回到厨房，发现那儿不像教堂，更像墓地。

霍华德跟在我后面进来，宣布：“我们结束今天晚上的服务。”

“现在？”我问。没有人回应。

“如果任何人问起，含糊应付，不要直接回答，态度要坚决。我们是自愿歇业维修。我们会在几天内完成。我会改动所有安排，召集全体员工在一小时后开会。”

我们的餐馆在一座非常古老的建筑里：它的地基、布局、管道、天花板和墙壁并不完全符合新规定的要求，但这不该成为立刻停止服务的原因。没人提起害虫、啮齿动物或卫生情况——似乎只有我想到了果蝇、蟑螂、空捕鼠器、墙壁夹层里和水沟中横行的害虫，可这座城市每个地方都有它们的踪影。建筑不符合要求是一个更容易接受、与卫生无关的原因，我不知道检查员是否发现了吧台水池下的地漏，也不清楚他是否知道我因为害怕蟑螂而没有彻底清洗咖啡机。

迎宾招待在和我们的姐妹餐厅通电话，安排今晚预约了座位的客人和还没开始吃的客人过去就餐。所有订单都已完成。糕点部的人在给点心打包，我把包好的点心装进盖有戳记的小纸袋里。西蒙娜和杰克站在服务吧台窃窃私语，虽然并没有看着对方，但他们在用各自身上发出的磁力彼此拥抱。我一直在下意识地等待有人——比如客人或侍者——脾气大暴发的场面出现，但每个人都在房间里默默地移动。

大部分客人都对发生了什么事做出了自己的猜测——他们是常客，知道卫生署是干什么的，而且，作为纽约人，与公共空间打交道的丰富经验让他们可以波澜不惊地观察生活，无论见到什么都不觉得意外。他们恼火，但反应灵活。所以，相较之下，游客看上去是最困惑的人，他们的每一步行动都需要霍华德的引导。

检查员坐在1号吧台，客人们从他身旁走过，他平静地凝视着墙壁中央的某个点。克劳森先生——他的年纪大到足够做检查员的父亲——走过来敲着吧台，直到检查员扭过头看着他的眼睛才停手，他对检查员说："这种做法非常恶劣，你就像个喜欢胡乱罚款的该死的女交警。"

我们扶着敞开的大门。风很柔软，真正的春天很可能就从今天开始。

我们坐在空荡荡的餐厅里，路灯的光亮碾压玻璃窗，给无法修复的陈旧设施镀上一层锈黄色的轮廓。店主大步走进来和检查员握手，神情中看不出半分不快。我仍在等待爆发——一记拳头、一只飞起来的平底锅、一声惊呼。然而当店主朝我们看过来的时候，我就知道这些永远不会发生。

“首先，”他说，双手合十，把我们的注意力拉向自己，“我要感谢大家今晚的奉献精神和耐心。今天发生的事情并不代表你们工作不投入，而是反映出建筑结构的过时。这是一座古老的建筑，一家古老的餐馆。我们为此感到自豪。但是，为了达到卫生署的要求，我们有许多工作要做。我们仍然是二十三街以南最干净的餐馆，这完全要感谢你们——还有主厨和霍华德。我为今天的动荡道歉。你们中的许多人都不知道我究竟是干什么的。我坐在街对面的集团办公室里，我接受采访，我的照片登在报纸上。我开设新的餐馆。但我唯一真正的功能在这里——从餐馆落成第一天开始就是这样——确保大家完美地做好工作。这就是我的职责。我使各种设施就位，这样你们——这家餐馆的血液、内脏和心脏——才能有出色的表现。今天让你们失望了，我很抱歉。”

他低下头。当他抬起头，他表示我们和他是平等的。“预计餐馆最多歇业三天，在此期间我们会调整地下室和吧台后方区域的结构，我们会联系常客，向他们做出解释。歇业期间被安排工作的每个人都会得到额外补偿……”

他继续说下去。我觉得自己被钉在了椅子上。所以这是真的。

我瞟了一眼西蒙娜，她的脸颊湿润，杰克站在她背后，好像在给她站岗。餐馆暂时关门，这是二十多年来的第一次。

我已经记不清楚霍华德是如何派我过去拿东西的了，只记得他让我拿的是一只蓝色文件夹，里面有备忘录、电话号码和保险单。

我记得自己带着目的感和特殊的使命感爬上阁楼楼梯，记得那天我戴上了我的金耳环。我把文件推到桌面的一侧。我认出了她的笔迹。我每天晚上都在她的订单记录本、标示特色菜和红酒数量的白板上、我们放在吧台后面用来计算红酒利润的账簿上看到她的字迹：潦草而有力，像雕刻上去的，不知被什么怪异的力量吸引，一律向左倾斜。

我看到“西蒙娜”，我看到“杰克”，我看到“年休”“法国”和“六月”。

我记住了这些词语，但不清楚它们的意思。我拿起那张纸，它却溜出我的手掌，我的手指握不住它，它掉在地上，我的指甲无法掀动它的边缘。我听到自己的呼吸声，但吸不进任何空气。我身体里的阀门关闭了，首先关闭的是我眼睛后面的阀门，其次是喉咙，然后是胸口，接着是肚子。

这就是身体预知到伤害即将来临时做出的反应：用钢铁把自己包裹起来，头脑自动扭曲，妄图推翻逻辑、所有的判断和所有的结论，哪怕只坚持几秒钟的时间。

那是一张《休假申请表》，就是佐伊每天不停创建和备案的那一类文件。《工作指南》里有规定：所有休假申请必须至少提前一个月提交，等待霍华德批准。餐馆在人员安排方面极为审慎，不能容许自发的缺席，每一次服务都是根据所有侍者的强项和弱项设计的。一旦休假得到批准，就需要大幅度修改工作时间表。但霍华德愿意留住他的员工，为他们保留职位。所以他鼓励我们申请他所谓的“年休”。

我明白了：西蒙娜申请年休一个月，打算整个六月份都在法国度过，而且她是为自己和杰克同时申请。我生日晚餐的三天前，她就把这份表格交给了霍华德。我看到被我吹灭的蜡烛冒出卷曲的白烟，几十个滚烫的盘子排在传送带上，吧台上的加急饮料订单，地铁车厢，杰克的睡脸，西蒙娜心满意足的表情——那个夜晚过后几周的生活画面出现在我眼前。我瘫坐在霍华德的椅子上。西蒙娜的申请两天前得到了批准。当我回忆两天前我在干什么时，我觉得我的脸好像撞到了墙上。

我告诉自己要冷静，收集我需要的信息，决不能慌张。也许这是一个错误。也许我的理解有误。

“嘿，”我走向自己的储物柜，经过西蒙娜身边时碰了一下她的肩膀，“我们可以聊聊吗？”

“我在换衣服。”她冷淡地说。她眼睛周围的纹路上沾了些睫毛膏。更衣室里挤满了人，大家都在这儿，他们谈论着老城区的汉堡，打算趁时间还早过去尝尝，然后前往公园酒吧。我的听觉功能已经关闭了，我只能感受到各种熟悉的声音重叠在一起，模糊混沌，听不明白。我听得最清楚的是几个电灯泡的嗞嗞声。我看向西蒙娜，她把条纹衬衫掀到了胸口，我无意中看到她的文身，它似乎想跳出来对我解释什么，它本身就像一条写给我却被我忽略的消息。情况的确如此。他们两个身上都有标记，不是吗？我走到我的储物柜旁，稳住自己的身体。

每当我问他那个钥匙文身是什么意思，他会说“没什么”“它不是任何地方的钥匙”“只是个文身而已”“身体消亡，文身也就不复存在”。每当他用那种佛教徒和虚无主义者的含糊口吻对我说话，我都会变得很痴迷。可实际上，这个文身却在警告看到它每个人：最好不要想着接近他和她，他们不会真的理你。

我不停眨眼，睫毛粘在一起，眼睛里好像有东西。“西蒙娜，可以借你的化妆品用一下吗？我忘记拿我的了。”

我站在希瑟身后照镜子，很想放火烧掉餐馆。那又怎么样？我问镜子里的自己。不过是去法国一个月，不过是两个一样的文身，他们不过是一起长大的而已。有多少次我都用“不过是”来解释那些显然需要我注意的情况？我的眼睛说，停，你必须重视这件事。

我所了解到的他们两个的每一件往事，都将他们更紧密地束缚在一起，挤掉所有的空气，所有的光。为什么我总是最后一个知道的人，为什么每一次我找到的证据都指向最坏的假设？

西蒙娜在观察镜子里的我，她察觉到了我的情绪变化，她从来都不瞎。我涂好睫毛膏，拿出她的口红——闻起来像玫瑰和塑料，贴在嘴上是凉的。我的倒影对她的倒影说，是的，我让你看起来显老。

我把化妆包还给她。

“我能和你谈谈吗？”我又问。

“能等一下吗？”没等我回应她就走开了。

“不。”我低声说。

钥匙，钥匙，一个月，一个月。地下文身店。当时他大概未成年，她大概是他的成年担保人。我想知道针刺到她身上时她是如何遮盖胸部的，她和杰克是互相对望，还是他礼貌地转身离开。那些男人摸着她的文身，问她，这是什么意思？她会说，没什么。女人看到她的文身，都会顶着和我一样的白痴表情，问她，为什么文钥匙？却从来得不到答案，连提示都没有。

那是在什么时候？你们在哪里？这些问题他们却不能忍受，只会搪塞和回避。我仿佛看到他住在她的公寓，起床时脑袋撞到天花板、改装室内的电线。我看到她的迈阿密马克杯和他的迈阿密冰箱贴，他们都提到过阴魂不散的摩洛哥，他们两个躲在餐馆的每一个角落，若有所思地看着我。而这些在他们眼中都不值得注意，泰丝，这些都没有什么，可突然之间又出现了新的情况。

未来很可能是这样的：他们两个坐在同一架飞机上，座位彼此相邻。起飞时，她迷迷糊糊地把头搁到他肩膀上，三十份牛奶咖啡和羊角包，三十顿小吃，三十个懒洋洋的下午，三十间酒窖。西蒙娜的法语让他们逗留的房间透不过气。我对六月的幻想消失了。我原本渴望他们两个赋予我生活的意义，向我展示我已经走了多远，认可我的进步，结果他们走了。我会在他生日那天和我抵达纽约的周年纪念日那天独自醒来。这些不是受虐狂的白日梦，而是现实，我不得不去面对的现实。

西蒙娜的声音再次响起，但现在它听起来也像我的声音，它在复述一句她经常在我那些神经错乱的无尽培训中提到的格言："你需要认真留意那些看起来不协调的东西，因为你在认识整体方面有盲点。"

餐厅显得别扭、畸形、荒凉。霍华德坐在角落里发短信，身旁是几张没收拾的、挤在一起的桌子。餐馆在我心里撕开一条口子，留下一处我无论去哪里、做什么都能感觉到的虚无空间。

杰克在吧台那边，穿着休闲装，和尼基在清点需要霍华德放进保险柜的票据。尼基不知说了什么，杰克笑了——神情依旧漫不经心。其实他无论做什么都显得漫不经心：当他调酒的时候，在室内戴着墨镜的时候，从口袋里掏出酒刀的时候，清洗水槽时弄湿条纹衬衣的时候，播放唱片的时候，为你点餐的时候，命令你的时候，拿下他的吉他的时候，牙齿噙着你的嘴唇、好像他已经这样做过好多年的时候——非常轻松自如，没有丝毫压力。

“杰克。”我靠在吧台上，声音稳重，“你去老城区吗？我听说大家都去。”

“我过会儿和你碰面。”他没有转身，甚至没有停止清点。

“好的。不过，我等一下可能会忙，你想先做个计划吗？”

尼基看着我们。杰克翻动账单的速度没有减慢，依旧像飞一样。

“我在公园酒吧等你。”

“什么时候？你不打算吃晚饭吗？每个人都去吃。”

“我要送西蒙娜回家。我很可能会和她一起吃。接下来我再和你见面？”他甚至没有回头看我一眼。我团起一条餐巾，丢向他的后脑勺。

“你跟我说话的时候，能不能至少转个身。”

“你他妈的是怎么了？”他的眼睛已经带了杀气。

“嘿，嘿，”尼基说。我准备爬到吧台上扇他一巴掌。“杰克，你想出去透个气吗？毛毛，快点回来，我们还有一堆破事要处理。”

外面的空气已经失去了吸引力。我抱着胳膊，摆出防守的姿态。

“对不起，”我说，“但是你很粗鲁。”

他的鼻孔张大了。风砸在我们身上。我再次尝试开口。

“我很抱歉，拿东西扔你。但我需要和你谈谈。”

“泰丝，我会到公园酒吧见你。我得送西蒙娜回家。你不如我那么了解她。”

“谁都不如你了解她！”

“你怎么回事？”

“我？不，应该是你们怎么回事。西蒙娜是个成年人，杰克。也许她可以偶尔自己回家，或者偶尔自己处理一下各种小麻烦，不需要你帮忙。”

“你难道没有注意到，就是西蒙娜……”他犹犹豫豫地嘟囔着，“已经为这家餐馆过度付出了？”

“她为之过度付出的东西还有很多，杰克。”

“我没时间讨论别的狗屎，我刚才说的是真实情况。”

“真实情况？就像假期一样真实？你喜欢休假，对吧？我们去度假好吗？就你和我，不带家长，不带监护人？”

“你就是一个他妈的小孩。你知道店主把他在麦迪逊广场公园的一家店关了吗？你对自己从事的行业了解多少？你觉得这样对生意有好处吗？如果这家餐馆真的关门了，你觉得西蒙娜会干什么？她会去哪里？”

“我会去哪里，杰克？”西蒙娜去哪儿都行，这是我本来想说的话，然后我仿佛看到她在一些同类餐馆中接受入职培训的样子，就明白了他的意思：她在这一行中的资格实在太老，如果从头做起，简直是种羞辱。

“西蒙娜和我不能穿上裙子跑到蓝水、巴尔萨泽、巴伯那些地方上班。付出双倍的时间，赚一半的钱，听一群拍马屁的家伙的使唤。我知道换作你就无所谓。或者，也许你最终会成为贝德福德大道的咖啡师，你的梦想——”

“去你妈的！”我尖叫起来，“我再也不会把你的残忍当成性感了。”他突然握住我的肩膀，像要把我捏碎。我推开他，喊道：“我知道你要和她去法国了。”

“所以呢？”他说。面不改色，甚至还耸了耸肩。

所以呢。一切都凝结在这句傲慢无礼、只有三个字的问题里。

我一直希望那张申请表是西蒙娜出于妄想提交的，毕竟上面没有他的笔迹，可结果说明：是我在妄想。

至少他的态度是前后一致的，他的吐字和表情都说明“这没什么”。是我太敏感、太夸张、歇斯底里。他的确定无疑总是会阻碍我的思维，比如这一次，当我想搜寻词语表达我的愤怒，却只发现自己的理由站不住脚。我有证据说明西蒙娜想拆散我们吗？我有证据说明他应该和我去欧洲吗？我得出的唯一结论是：这样闹下去是不对的。

风又吹过来，好像在我背后插了一把刀。我迷失了方向，仿佛从未来过第十六街。

“我们可以谈谈，”他说，打量着我，“一会儿见。”

我想说，不，我不能等，但我点点头。他吻了我，出乎我意料地吻在嘴唇上。我们从来没在工作时间亲热过。从来没有拥抱，不会在工作聚餐时在桌子底下偷偷拉手。在餐馆，我对待洗碗工帕皮都比对杰克深情。他觉得这样可以安抚我，可其实这样做过于俗套，好比把不起眼的小饰品送给珠宝商。上帝，有多少次我竟然都接受了。

“杰克，”我说，“你没忘了你那个钥匙文身吧？”

“你是认真的吗？”

“好吧，好吧。你今晚来找我好吗？”

“我保证。”他握着我的肩膀，观察我的表情。快来找我，我用眼神恳求他。搞定他。他说：“把你嘴唇上的狗屎擦掉。你看起来像个小丑。”

“你从哪儿来的？”我在公园酒吧外面抽烟时，卡洛斯问我，我所有的关节仿佛都焊到了一起，我的身体像一块薄板在风中摇曳。我混混沌沌，失去了感觉，好像在挖掘隧道，不清楚是向上还是向下，只知道我没有别的选择，只能继续挖下去。今晚我彻底步入歧途。

我又检查了一遍我的手机。没有未读短信，只有当下的时间。我已经喝了六个小时的酒，最后一小时是在公园酒吧喝的。我不小心又喝高了，等着他，等着他。我抽着烟，鼻子、耳朵火辣辣的，他没来，他没来。我太嗨，说不出话来，形形色色的思绪拥挤推搡到我面前，我下意识地安抚它们。我终于明白，公园酒吧里那张拳击手的油画，其实是意识活动的隐喻，描述的是意识的分离、对抗和自我毁灭。

卡洛斯在我面前，从头到脚沐浴在光辉之中。他的鞋子擦得很亮，他的头发涂了闪闪发光的润发油，他耀眼的钻石耳钉（他坚持说这是真货）是他在多米尼加共和国的祖母的，她把耳钉借给他戴，因为他是她的最爱。我把我的汽车以675美元卖给他之后，我们两个熟络起来。675美元是我欠纽约的逾期停车费。我敢肯定他会以更高的价格转手卖出。

“你从哪儿来的？”他又问。

“你见到杰克没有？”

“哪一个是杰克？”

“那个酒保。看起来总是无家可归。眼神像个疯子。”

“是啊，是啊，你的酒保，和瓦妮莎勾搭过的那个。”

“哈，”我说，“是的，是的，是杰克。还真是巧，我刚才恰好在想，杰克到底上过多少女人，是不是都能组个乐队了，读书俱乐部也行。一块去度个假就更好了。”

他举起双手：“我什么都不知道。我甚至都不知道他们是什么时候勾搭的。”

“当然，没有人**知道**，我们别去管，不用讨论什么日期、事实、名字、地点，因为我们会被追究责任，如果那样，那样的话，我们中的某些人就倒霉了，我们就得卸下墨镜、口红什么的，还有耳钉，接受庭审，应付法官和证据和判决，有些人会洗脱罪名，有些就成了罪犯。”

“你真的很嗨，是吧？”他吹了声口哨，听起来像布谷鸟叫。

“我好了，我没事。我可以等劲儿过去。”

窗户里，威尔、艾丽尔、萨沙、帕克、希瑟、特里、薇薇安都在听尼基说话，因为他很少来公园酒吧。每个人都在那儿——除了杰克和西蒙娜（当然）——讲述和复述卫生大检查的故事，猜测什么真的发生了、会发生什么。我通常很容易在这种聊天活动中找到满足，一连几小时拿同样的故事佐酒，间或添油加醋，但从来不会想出不同的结局。

“我觉得你的朋友们把你忘了。”卡洛斯说。

“你觉得是这样。但我是他们的宠物。他们的小狗。他们需要我到处跟着他们。”我伸出舌头舔舔嘴唇，觉得它们像锯齿。我尝到了血，我想到了他。“其实，我们都不用叫他们我的朋友，可以叫他们我花时间陪伴的人。或者实际上——这很有趣——他们是我的同事。不就是做饭嘛！”

“我听说了你们那儿的事。真是他妈的疯了。如果我们被迫关门——”

“我们不是被迫，我们是主动关门，进行维修——”

“史蒂夫会割了我们的喉咙。我会跑出大门，永不回头。”

“店主来过了。”

“哦，妈的，谁被解雇了？”

“没有人。”我回想起那种崇敬、安静的气氛，仿佛看到他双手合十安抚我们，然后我真的平静下来。“他认为我们棒极了。”

卡洛斯摇了摇头：“你被洗脑了，是吧？”

我点点头。一切——都——好多了。“我爱洗脑。”

我靠在窗台上喝我的啤酒。天气犹如得了精神分裂，上一分钟令人舒畅，下一分钟燥热逼人，就像大水溃坝。

“俄亥俄，”我说，“谢谢你的提问。”

“我的堂兄弟在那里。”

“你没在那里。”

“是呀，小妞。我的堂兄弟遍天下。说起来，过会儿就有个堂兄弟来接我，我们有个差事。他有A级货。”

“有意思。不过，我觉得我终于变得开心了。我想我控制了人生，就在这个窗台上。我不太想动。”

“你确定？你在哪里和你男人碰头？我们可以送你过去。”

“我男人？”

杰克是流沙。几个小时前，我还打算跟他理性交谈，他已经答应了。也许他还没有买机票，也许他不会去一整个月，也许我可以和他们见个面。但在那一刻，我不想要他了。那个我竭尽全力深爱着的男人，要和另一个女人走了，而我是如此他妈的盲目和宽容，以至于他们认为我不会有丝毫预感。或者他们根本不在乎。最后——事实不受天气或我脑袋里的声音和幻象左右。我什么都不想要：酒和零食都不要。我连坐立不安都不想。这是我几个月以来感受到的最自由的时刻。

原来这个城市也会睡觉，窗户变暗，街道空出来。纽约的梦境中有我们。我们是狂野、爱梦游的生物，不紧不慢地走向黎明并且消失在黎明。

“泰丝，那不是你的啤酒。”威尔的声音很远，他在酒吧的噪声里说话，拿着一瓶一尘不染的啤酒。

“我听不见你说话。”我说。我伸出手，想要触碰我们之间的玻璃，但始终够不着，只好摸了摸自己的脸来代替。

“你没事吧？”他抓住我的手。原来的日子又回来了，我向后倒退，踉跄着倒在地上。

“我没事。”威尔的手，卡洛斯的手，抬起我。“不用管我。”

“进来吧。”威尔说。我扭动着，但他的手按在我背上。

“卡洛斯，你去东边吗？”

“你不能跟他一起去，”威尔说，现在他的手按住了我的肩膀，“你疯了吗？你不能坐他的车。”

“你这是偏见，威尔。现在请别打扰我。我要去东边。”

“去哪里，小妞？”

“第一大道和A大道之间的第九街。”我正说着，一辆玻璃镀膜的黑色轿车停在路边，车窗紧闭。卡洛斯走过去，车窗才放下来。我顺着窗户从酒吧里拿出我的包，把没喝完的啤酒塞进包里。

“嗨，卡洛斯的表哥，”我喊道，“西蒙娜家，谢谢。”我打开车门，以惊人的优雅爬上了车座。

第五章

呕吐物主要是水。水里有白色的东西。吐在自己膝盖上。吐在自己包里。男人大呼小叫。窗外有红色和绿色的灯泡。压迫你的是重力，不是安全带。你的脸砸在座椅靠背上。你想稳住，但身体被抛出去，像个布娃娃。

值得表扬的是，他们精确地把我投放在我的目的地。我的衬衫前襟丝绸般光滑，人行道凹陷下去。我想下车站在地上，膝盖却打了个弯。

“千万不要自责，卡洛斯，”我说。安慰他的时候，我觉得一切都在我的控制之下。“我做了一些错误的选择，不是你惹的祸。”

卡洛斯和他的表哥加大油门，汽车啸叫着离去。我靠在墙上。一对情侣故意绕着我走，我闻到自己衬衫上的怪味，哈哈大笑。我掏了掏我的包，里面湿透了。我把手机上的啤酒甩下来，它奇迹般地发出了声音。

嗨，西蒙娜。我开始发短信。我是泰丝。

嗨！！！

你说我们可以谈谈。

我其实就在外面。如果可以的话。

我很可能要上去按门铃，因为你没回应。

噢，看看那是谁的自行车!

嗨，杰克！！！

也许你可以让他和我谈谈，因为我知道他在你那里。

对不起。我知道现在对你来说挺晚的。你老了。

你们去法国我不生气。没什么大不了的。

我们这样斗很没意思，其实也没怎么斗。

西蒙娜！！！

我要再次按铃，我警告你。

好了，没有人应门，我要回家。

告诉杰克我很抱歉，还有我恨他，顺序不分先后。

对不起，又是我，我知道你在家。

我看到了他的狗屎自行车。

法国伤害了我的感情。

我走了。

另外，餐馆关门，我觉得很抱歉。我很担心。非常。

西蒙娜，如果说你擅长这份工作，你究竟在哪些地方擅长?

我记得苏菲酒吧窗户上绿得恶心的喜力啤酒灯箱广告。记得那儿的厕所。我记得镜子里的我的眼，记得我大腿背面被垃圾桶和墙壁夹在中间。我记得我的脸贴在掉皮的混凝土墙上。剩下的则是一片无忧无虑的神圣黑暗。

第一次我并没有真的醒来。我觉得自己身上穿着衣服，我把手伸进牛仔裤口袋，那儿放着我的药，我又掰下一块赞安诺条咽了下去。床头有杯水，但我醒得不够彻底，没法拿到它。

当我第二次醒来，我看到了我没有资格目睹的日落。没人拥有这样的资格，除了新生儿、圣人和哑巴。我完全僵直地躺在那里，天花板是紫罗兰色的。我在自己身上搜寻疼痛的迹象，还有不可避免的头痛，然而丝毫没有感觉。我更用力地吸了一口气，试着坐起来。天花板变成粉红，又变成深红。窗户大开。风掀动着每一本书、每件衬衫和每一块纸片。冷得要死。

我先动了动脖子，抻了抻，低下头。我看到自己还穿着牛仔裤，匡威鞋不见踪影，短袜还在脚上，我不记得自己是怎么回到床上或回到公寓的了，我又坐起来一点。

疼痛从我的尾骨升起，沿着脊柱一路蹿到我的脑袋底部。我勉强低头看了一眼自己的衬衫，呻吟起来。前襟上的呕吐物已经干了，但胸前的几个血点还湿乎乎的，枕套上的血也干了，变成铁锈色。我摸摸鼻子，手指沾到干结的血痂。我的衬衣上别着一张纸条："请给我发短信，让我知道你还活着，你的室友，杰西。"我拍了拍床，找到我的手机，它已经坏了，屏幕里还有啤酒液滴。动一动我都难受。我跑到厕所，打开淋浴，吐了出来。没有太多东西可吐，只是令人有种奇怪满足感的干呕。我的第一个成形的想法是：妈的，现在是什么时候了？

宿醉大概是我最有资格发表意见的事情。布洛芬和小店卖的油腻的早餐三明治并无缓解作用。也不要听主厨们的——他们会给你喝放了五天的牛高汤、重新加热的牛杂汤、泡菜水，或者命令你在早晨五点迅速吞下几个白色城堡汉堡。这些方法都是错的。

佳得乐、Tums抗胃酸咀嚼片和啤酒确实能缓解。《辣身舞》《公主新娘》《独领风骚》——看这些电影也管用。贝果面包有时有效，但上面不能乱抹东西，奶油干酪除外。你觉得自己想吃熏鲑鱼，其实你不想。你觉得自己想吃培根，其实你不想。盐会加重你的头痛。你已经嗨了至少六个钟头，所以目标应该是通过麻木缓过来。

烤面包也有效。所以，在你晚上准备出门前，准备点面包、一大瓶你喜欢那种颜色的佳得乐、一把处方药，还有一张紧急联系人的名单。而这些东西我一样都没有。

午夜时分，我用自己的破笔记本看《欲望都市》的旧DVD，我的眼皮勉强睁开一点，宿醉转为发烧。看到电脑屏幕在颤抖，我火冒三丈，直到我意识到，这是因为我把笔记本放在肚子上——刚才我热极了，还把床单和衣服丢了出去——颤抖的是我，瑟瑟发抖。

起初，我觉得床很硬，我的皮肤很脆。我摸了摸额头，上面全是汗，枕头是湿的。接着热度再次上升，追赶我。我无法喘气。我找遍了房间，但什么都没有，甚至没有布洛芬。

我在睡衣外面套了冬天的大衣，戴上毛线帽。我一边下楼，一边抓着栏杆自言自语，这时我想起了尼利太太。到了外面，我觉得没那么冷了。汗水顺着我的身体两侧和发际线流淌，杂货店离我只有两个门口，但我无法直立着走到那边去。

“是你！”巴基斯坦老板说。

“你好。”我撑着门框。几个月来，我们互相产生了好感。

“你还记得我吗，昨天晚上？”他从防弹玻璃后面走出来。

“不，先生，我不记得了。”

“你需要多加小心。这对你这样的年轻女孩来说不安全。”

“我生病了，先生。”

“你的脸都是红的。”

“是的，我生病了。”我压住一阵阵恶心，“我需要药。”

“你需要休息。你不能这样生活下去。”

“我没有这样生活更长时间的打算。”他听不懂我的话，“我会休息，我保证，我保证。”

我的幻觉褪色了，变成了褐色，我吓坏了，跌坐到一摞《纽约时报》上。我听见自己发出类似哭泣的声音，但我脸上没有眼泪，只有太阳穴周围和耳朵后面的汗水。他把手放在我背上。

“需要我给谁打电话吗？”

“拜托，我只需要药。我发烧了，我独自一个人。我需要妈妈给孩子的那种东西。”

他朝后面喊了一声，他的妻子走出来。她看着我，好像我是个罪犯。他用另一种语言和她说话，我每喘一口气都得歇一歇，告诉自己，放心，我还活着。他妻子开始在店里翻找：布洛芬、水、一盒盐饼干、两只苹果、茶、一个扁豆汤罐头。她从货架上拿下一瓶奈奎尔糖浆，对着我研究了一下，又放回去，最后用单独包装的胶囊代替。

“只能吃两粒。”她说。

“你的女儿们是好姑娘，他很为她们感到骄傲。”我对她说。他给我看过很多次她们的照片。大女儿在皇后区上高中，申请了常春藤盟校。当她把一大袋免费的东西塞给我的时候，我觉得自己不能要，但我没带钱包，只好先拿着。

“对不起，”我说，“真是对不起。”

不知过了多长时间我才回到家。我考虑过直接倒在路上，等着警察过来，把我送到医院。我考虑过尖叫——谁来帮帮我！我靠在一扇放下来的卷帘门上，对着混凝土墙吐痰。街道空空荡荡。只有我。所以我说，操，只有你。我咒骂、干呕着上楼。我冲了他们给我的薄荷茶。我用纸巾裹好冰袋，放在额头上，等它变暖了，我就把它放回冰箱里。我发抖、出汗、哭泣、我控制着自己，我在睡眠中喃喃自语。就这样大约过了两天。

你知道我是什么，我如何生活？我搭地铁去上班，刚进车厢就想起这句诗。**我是肮脏的窗户里憔悴的倒影，但拥有一丝火光闪烁的清明**。这句话来自我想不起名字的一首诗。不知道从何时开始，我养成了引用诗句的习惯。不知道从何时开始，我穿过绿色市场的时候不再去注意那些花朵。

我停在第十六街的餐馆大窗前，想看看它是否有什么变化。送花女孩正在指挥她的植物乐队，他们在她身后摆放椅子。侍者们聚集在吧台的一头，帕克在那儿做浓缩咖啡。有多少东西曾被我认为理所应当：每天兴奋地穿过大门，向每一个人问好，甚至在那些没有人回应的日子我也会这样。送花女孩挑出一枝紫丁香。刚下地铁的我立刻闻到了花香：甜腻、厚重、人性，但不成熟，像寒冷气候下的白索维农葡萄。这是个整圆，对吗？学习如何识别鲜花和水果，所以我可以谈论红酒。了解如何闻酒，所以我可以谈论花。我对事物本身了解多少？现在不是春天了吗？树木不是在摇动它们的绿叶鼓掌吗？这不正是你跳上车、一路开过来时心怀的梦想吗，泰丝？你离开家，不就是为了寻找一个值得你爱的世界，哪怕它不爱你你也不在乎吗？

丁香花的气味简洁短促。它们知道如何抵达，如何退出。

“每个人都很担心你。”艾丽尔说。

“我去你家按门铃来着。”威尔说。

“我告诉他们，如果你今天还不露面，我们就打电话报警。”萨沙说。

无论他们怎么改动过餐馆，我几乎看不出任何变化。我们确实有了新的酒吧水槽。我中午要上班，所以来不及多说。我的脑袋似乎还留在腐臭的卧室里。我坚不可摧。

他们没有一起过来，但我觉得他们从来没有一起来过。西蒙娜先到。我去了更衣室，坐在角落的椅子上。我没有计划。进来见到我的时候，她并没有表现出惊讶。事情正在按照一个我从未见过的剧本发展下去。

“我很欣慰你没事。”她说。

“我还活着。”

她摆弄着密码锁。我看见她输了两遍密码。

“过了很久我才看到你的短信，”她说，也许这是她平生头一次率先打破沉默，“我不会在那个时候看手机的。”

“当然。”

“我很担心。”

“当然。我看得出。”

“我给你回短信来着。”

“我的手机坏了。”

“泰丝。”她直视着我。她系好条纹衬衫的纽扣，褪下牛仔裤。套在巨大的衬衫里，她显得很滑稽。

“有许多事都是我不知道的，不过我接受了，这就是生活，不是吗？你们也不见得真正了解我。但我是个诚实的人，所见即所得。”

“你认为有人不诚实？”

“我觉得你们远不止不诚实，你们根本不知道诚实是什么意思。”

“我青春时代的理想是——”

“打住。”我站了起来，“得了。我看透你了。”

“真的吗？”

“你是个残废。”我惊讶地发现这个词形容她非常准确，“你不关心任何人，除了自己。你当然也不关心他。”

她没作声。

“也许吧。”她说，继续换衣服。

“也许！你以为我傻吗？我不傻，我只是还抱有希望而已。”

她走到镜子前，拿出化妆包。我看着遮瑕膏掩住了她的黑眼圈。她往鱼尾纹上涂粉底。涂睫毛膏的时候，她收起下巴。我之前怎么从没发现她的眼睛如此忧郁？她涂口红原来是为了转移人们的注意力，不让他们仔细端详她的眼睛。

“你有一种罕见的敏感，”她说，“这种天赋能使人成为艺术家、酿酒师或者诗人。然而，”她眨眨眼睛，让睫毛膏就位，“你缺乏自我控制，只有自我约束才能把艺术和情绪分开。我不认为你现在有解释自己感受的智慧，但也不觉得你愚蠢。”

“老天，你真可爱。”

“我说的是真的，相信我。”

“你们两个都喜欢这么说，你觉得你所谓的那些真理对所有人都适用吗？”

“我从来没骗过你，泰丝，我已经尽我所能让他远离你，我很清楚你现在的处境。”

“这不正常，西蒙娜，你们俩像那样离开不正常，你们甚至都不告诉我。这样不对。”

“杰克和我很多年没有一起旅行了，我们早就打算安排。”

“我对你们来说真的这么危险？”

“你这是自命不凡。”

“你为什么不直接占有他？”我说，“占有他，拥有他。”

她转过身来面对我，坦然地说：“呵呵，小家伙，我不想要他。”

我双手按住眼睛。当然，她想要本森先生和尤金那样的人，他们能把她送进那个她可以暂时进入，却没有永久访问权的世界。她肯定不想要杰克这种一件内衣穿好几天，自己却浑然不觉的人。在他小的时候，她引诱过他，又拒绝了他，她**当然**不会真的想要他。然而，当我看着她，我意识到——她不知道涂了多少遍口红，可我只注意到她万年不变的悲伤眼神——那些男人都走了，她现在只有他。

“我可怜你。”我说，但我的声音已经失去了说服力。

“**你**可怜**我**？”转身对我说话时，她脸上挂着我所见过的最嘲讽的笑容。

“你可以做到勤奋、自我控制，把玩世不恭和实现不了的野心伪装成专业主义。老实说，西蒙娜，你他妈的准备怎么办？你打算想明白这些，然后滚蛋，还是等他们请你退休？我猜我们永远也不会知道，我们迟早都会滚蛋。”

她的毒液与我的毒液相撞。我喜欢，我觉得她在享受我的恶毒，我准备好了，不管她丢给我什么，我都有足够的时间反击。她不能真的伤害到我，我年轻，有韧性——

杰克打开门。我们同时转向他。他喘着粗气。

“好了，这下我们凑齐了。”我说。

他来回看了看我们。西蒙娜走了出去，门重重地关上。我看出他应该是刚睡醒，他的眼睛还不适应光线，而且蒙了一层奇怪的色彩，可能是情绪、毒品或者睡眠导致的。他向我伸出手，我不假思索地走过去。

“我找过你。”他说。

我把头搁在他的胸口。他的气味像地表之下的土层，来自唐人街那个神秘的蓝色房间。他吻了我的额头。

“不，”我说，我呼吸着他的味道，“不，你没有。”

我接受了他的邀请，去西班牙“秘密”[1]酒吧喝睡前饮料，完成早应进行的谈话。午班一结束我就离开了，放弃了换班酒，这大概是我了解到存在换班酒这个制度后的第一次。我回到家，给自己倒了一大杯雪莉酒，等待着。宣告安息日开始的汽笛响彻威廉斯堡。我看着太阳落下，鸽群盘旋，飞回它们栖息的屋顶。我坐在那里等待夜幕侵入每座建筑的角落。鼓声坚定。我把罐头沙丁鱼夹在烤面包里吃，还有半罐酸黄瓜，我等待着。他需要我。我没有弄错。我想，没有她的祝福，也许我们一样可以生存。

我想看到杰克悔改。丑恶的真相是，只要他还想要我，我就什么都能原谅他。然而走进“秘密”酒吧的时候，我觉得自己对他的需要和欲望不复从前，杰克和我厮混的这几个月来，沉溺放纵已经在我们的手上留下了顽固的污痕，我不得不寄希望于它们，看看仅靠这些痕迹能否把我们捆绑在一起。

“噢，是泰丝，”乔治说，“什么风会把一位真正的女士吹到这么远的下城来？”

“见我朋友，”我说，“今晚生意怎么样？”

---

① Clandestino，西班牙语，意为“秘密”。

“完蛋。”他耸耸肩，“今晚天气很好，人们不用喝酒就很开心。”

“纽约人从来不会开心到不想喝酒。”我拉过一只凳子，“不管你这儿有什么，我都来一杯淡啤好了。”

“你们喜欢布鲁克林，对不对？”

“是的，喜欢。”我想喊，但是用力眨了眨眼来代替，“布鲁克林很可爱。”

我意识到扬声器里在放《塑料假树》[①]，我很多年没听这首歌了，过去我都是躺在浴缸里听，那时我还没有真正理解什么叫精疲力竭。而现在对于这首歌，我没法耸耸肩，满不在乎地听完。所以，我叹了口气，双手托着腮，对乔治说：“好难受，你能把声音调大吗？”

杰克坐到我旁边时，我甚至没有注意到。

“嘿。”他说。他手里拿着丁香花。他为迟到而道歉。杰克的歪牙，遮住棱角分明的下巴的胡茬儿，不食人间烟火的眼睛，丁香和丁香的忧郁、自恋、神秘。他摸了摸我的脸颊，但我仍然沉浸在歌曲中。他的触摸已经褪色，不再如过去那样具有彻底击倒我的能量。“你真瘦。”

“我生病来着。”

“那很糟。”他把花塞给我，“你不喜欢丁香花？”

“你知道我最喜欢丁香花，”我说，“要我奖励你吗？”

我把花放到一边，杰克把自行车头盔搁在吧台上。乔治把杰克的啤酒放在他面前，在我们的沉默中退下。杰克小口喝起啤酒，我也跟着他喝。

---

① *Fake Plastic Trees*，英国摇滚乐队Radiohead演唱的歌曲，收录在他们第二张专辑*The Bends*里。

“我看见你的自行车了，就在她家楼下。那天晚上发生的事，我只记得几件，这是其中之一。”

他什么也没说。

“因为我昏过去了。”这句话听起来像指责，因为就是指责。

他转身面对我：“你觉得我很喜欢你自残吗？”

我迎着他的目光看着他：“是的。”

他似乎想咬我，撕扯我的头发，我看到这些欲望在他的双眼、心中和指尖翻腾。过去每次都是这样：触碰我时他就像在点火，接近他时我的身体会绷紧，他的呼吸会变得粗糙刺耳，在这样的声响中，我的身体会变成液体，我们的脑子停止思考。

“我很生气。”我离开他的身体，向后一靠，这是我第一次没有不顾一切地扑向他在我面前燃起的烈火，克制让我觉得自己已经老了。

“我很抱歉，”他说，好像他刚刚才想起我们的约定，“那天我真的想见你，我准备去。我原本打算去——”

“这就是你给我的理由？”

“我在那边睡着了。”

我把我的餐巾撕成小碎片。

“你是说你在她的床上睡着了，对吧。”

“好了，你知道不是——”

“那样的。是的，我知道不是那样的。一切不会完全是我们想的那样。”

他咳嗽起来。

“我觉得是这样的：她对你有害。她会毫不犹豫地抛弃你，不会通知你，让你蒙在鼓里。”

他好像没有听到我的话。“我知道她不好受，但她挺过来了。你也会的。餐馆歇业让我们都变得有些反常。”

“不，”我说，“你没在听我说话。我不会就这么算了的，杰克。你们俩从来不让任何人靠近，因为你们应付不了接下来的烂事，不管发生什么，你们都不想应付。你们得和人家解释，为什么一个成年男人和一个成年女人，他们不是那种关系却睡在一张床上，一起度假，为什么你从没和别的女人有过真正的恋爱关系。你三十岁了，杰克，难道你不想要真正的人生吗？”

“世界上没有真正的人生那种东西，公主殿下。就是这样，要么接受，要么放弃。”

“别再提什么人生苦短你将孤独终老之类的狗屁了，那就是骗人的鬼扯，你从来不必非要冒险，你理应获得更好的。”

他的膝盖在抖。我看着焦虑紧张的他，他每次在吧台后面忙碌时就是这样。我把手放在他大腿上，他平静下来。

“你不应该去法国待一个月，你讨厌法国人，讨厌他们自以为是，打着社会主义的幌子推行种族主义。”讲到这里，我故意笑了一下，这是我屡试不爽的技巧。今晚我还有一个新技巧要用在他身上，它更直接，是我最后的绝活。

“我想让你和我一起辞职，或者调动岗位。你需要改变，我想成为侍者。”

他清了清嗓子。我们继续喝酒。来到纽约之后，我第一次感到如此孤独，好像一辈子从未和别人交流过。

“你可以考虑一下。”我说。我的声音透着孤注一掷和绝望；我听出来了，但无法控制它。

“我想过了。”他迅速眨眨眼睛，看着上方的灯光。我亲吻他的手和脏污的指甲。那么多的事情，他从来不会说。我想知道，如果他把所有的事都说出来，会变成什么样的人。

“说出来。”

“我想起第一次见到你的时候。”

“你就想说这个？”

“你让我感到惊讶。”看来我只能听到这种话。我说：“我也想起第一次见到你的时候。”

怀旧的倒钩沉入我的皮肉，带来可怕的重量，在我的反抗下顽固地回响。我曾对自己发誓——从新生活的第一天开始——永远停留在现在时，眼睛向前看。他把手放在我的脖子上，又伸进我的头发里。

“我不能走。”他说。

“你能，而且这对我们有好处。”

“我不能。”

“你的意思是你不会。”

“好吧，泰丝。”

“你是个懦夫。”我说。一个残废和一个懦夫。管红酒的女人和爱出汗的男孩。西蒙娜是对的。我们的感觉从来不准确，那只是我们的演绎。问题不在他们，在我。

“还记得那天早晨你让我选唱片吗？”

他的日常生活从来没有偏离固定的轨道：一支烟、炉式咖啡壶煮的咖啡、第二支烟、当天的唱片。那天早晨，他被自己打的嗝吵醒，还没完全清醒的他吓得抓住了我，我吻了他的太阳穴，取笑他的打嗝恐惧症，他笑了。作为奖励，由我来挑选当天的唱片。我选的是《星之周》[1]，当《甜蜜的事》这首歌开始播放，他说，这一首适合跳舞。于

---

① *Astral Weeks*，北爱尔兰歌手、创作人范·莫里森（Van Morrison）发布的第二张录音室专辑。《甜蜜的事》（*Sweet Thing*）是其中一首歌曲。

是我们跳了舞。他光着上身，下面只穿一条松垮的内裤，我穿着他的衬衣，没穿裤子，我们在地毯上转圈，嗅着似有若无的烟味。那天早晨，我犯下第一桩爱情之罪——把美、动听的歌与事实混为一谈。

他本应问我：什么早晨？什么唱片？可他眼睛一亮："范·莫里森？"

我点点头，摇摇头，点点头。"我知道你那时很快乐。我感觉到了。我知道。"

上帝啊，我是多么爱他。但我爱的也不完全是他：我爱他的幻影。他是怎么和我说他母亲的？即便它们应该被真相取代，我们也不可能忘记那些自己讲给自己听的故事。这就是他暂时爱慕我的原因。因为在我眼中，他是一位美丽而痛苦的英雄。拯救与救赎。我看到的从来不是他本人。给人指望的新来的女孩。

我尽可能长时间地等待，等他说些什么。他盯着吧台，手伸进帽子底下，挠挠头皮，这个动作已经被我消化和记忆。我抓起吧台上的餐巾纸，拍打脸颊，擦拭鼻子。我吻了他的嘴角，他尝起来很完美：咸、苦、甜。我感到他失去了兴趣。我知道我会迷惘很长、很长时间。我抓起丁香花，对乔治说了再见，滑下高脚凳。

我走到桥上，丁香花束散开了，手机响了两次，我把它关掉。城市容光焕发，让我感觉碰不得。我像驶离锚地，面对无垠大海的船舶。赚钱、付账单、获取竞争资格的动力回到我身上，是的，我又感到了自由，即使我不能完全夺回希望。我简直可以走上整整一夜。虽然我一直在遭受拒绝，始终需要获得认可，但这里也是我的城市。

第六章

黄金让她长春花软呢帽上的羽毛饰针黯然失色，倘若那样又该如何？许多重要人物在我们的餐馆吃饭：前总统、前市长、演员、影响了几代人的作家、金融家——你可以从发型上认出他们。也有许多根本没有名气、有特殊需要的食客过来就餐：需要我们为她大声宣读特色菜名称的盲女人；星期五带男朋友，星期天带老婆过来的男人；坐在吧台的古怪的艺术收藏家，先点一杯马提尼，然后喝光一瓶红酒作为午餐。为什么我会那么爱尼利太太？

她很脆弱，她穿衣戴帽的风格还有行为举止都让人想起濒危的珍稀鸟类，有时我会在房间对面看着她，她会回以茫然的目光。我怀疑自己将来有可能时常凝视着空气，回想她的各种失误和近乎失误，仅仅回忆这些我就觉得满足。

“嘿，尼基，我能拿一瓶福乐里吗？”

“别害她了，毛毛。”

“来吧……”

“她会喝得烂醉的。”

我叹了口气：“喝醉不正是老年人的特权吗？只要你愿意，可以随时随地躺下睡一觉。”

他眨着眼睛给我酒瓶。

“谢谢你，”尼利太太把她耳朵旁边的一只卷发夹抚平，“酒吧那个浑蛋故意少给我倒酒，他以为我不知道，其实我知道。”

“尼基其实挺不错的，他只是需要一些提醒。你喜欢福乐里吗？它现在是我最喜欢的产区了。”

“为什么？”

此前，尼利太太问过我的唯一问题是为什么我没有男朋友。她黄褐色的苹果脸笑得很开心，眼神清醒。看来她今天过得不错，我相信她会永远来我们这里。我拿起她的杯子，闻了闻。

“博若莱就像一种混合饮料——喝起来像白葡萄酒的红酒，我们甚至会因此不喜欢它，因为它似乎不属于任何一类。没人把佳美当回事——酒体太轻、太简单，缺乏层次感。但是……”我旋转杯子，它是如此……喜气洋洋。“我觉得它更纯粹。‘福乐里’的读音听起来像‘花’，不是吗？”

“女孩喜欢花。”她明智而审慎地说。

“是的。”我放下她的酒杯，向她那边挪了两英寸，我知道那儿位于她的目力范围之内。“但这些都不重要，重要的是它会对我说话，我觉得它在邀请我去享受，我能尝到玫瑰的味道。”

“孩子，你是怎么啦？这种该死的酒里面可没有玫瑰，酒就是酒，它让你放松，为你跳舞时助兴，仅此而已。你们这些孩子一张嘴说话就是生命啊死亡啊什么的，好像什么都和生和死有关。”

“难道不是吗？”

“你甚至连生活还都不懂呢！”

我想象自己去买红酒。我浏览着货架上不同产区的博若莱——摩根、布鲁依丘，还有会给我讲故事的福乐里。我会在酒标上看到不同种类的花。我想起那天下午，甜莓山农场的野草莓运过来的时候，厨子们在厨房里摆了许多纸巾和托盘，把草莓放在上面，小心翼翼地不去碰它们，似乎碰了就会变质，失去令人愉快的香味。它们和杂货店的草莓完全不同，是深紫红色，而且皱巴巴的，像某些情况下的我的乳头——杰克有一次只是碰了我的乳头就让我高潮了。我想我再也不会买过季的西红柿了。

“今晚需要我帮你叫出租车吗，尼利太太？”

“出租车？天哪，不，我会坐公交车，我每天都坐公交车，因为我还走得动路。”

“但是外面很黑！”

她挥挥手，示意我走开。她很安静，但我注意到她的眼皮越来越沉重，她每次眨眼脑袋都会下垂一点。“我怎么知道你能不能安全回家呢？”

我的声音泄露了我的想法，我害怕自己可能再也见不到她了。如果她不来了怎么办？餐馆不会为此拉响警报。需要再过多少个星期天我们才能注意到？

“泰丝，你不要担心老尼利太太。到了我这个年纪，你会发现，死亡已经成为一种需要，就像睡眠一样。”

我一整晚都在观察他的行踪。然后，晚上十点，我敲响了他办公室的门。霍华德虽然在我工作时存在感不强，但我已经不知不觉地记住了他的习惯。我发现，他总是七点来到咖啡服务台，在一楼待两个小时，然后九点——如果没有出现紧急情况的话——回办公室，十一点下班。只在一楼待两小时并不算什么，按照我们的标准属于轻松的工作，但后来我想到，我上中午班的时候，在我们进门之前他就已经在这里了，因此，他的工作时间是上午九点到晚上十一点，实在称得上是漫长的一天，然而他从未表现出疲惫的样子。

“进来。”霍华德说。他靠在椅背上，戴着阅读眼镜，桌上摊着一摞报纸，报纸旁边是一台老掉牙的台式电脑，看样子像石器时代的东西。

“泰丝！”他直起身子，“真想不到。”

“我知道我应该先预约的，很抱歉，我只是刚好看到你在这儿——”

“我的大门始终是敞开的。”

我坐下来，看着他。我不知道自己究竟想要什么，但我知道楼下的资源对我来说已经枯竭，我曾经幸福愉快地沉浸其中的那个阶段已经结束了。是霍华德让我穿上了条纹衬衫，我需要他来告诉我接下来该怎么做。

“我很好奇——关于机会，这家公司提供的机会。”我犹豫地说。门关上之后，我感到一种奇怪的脆弱，尽管外面就是正在预备打烊的同事。“我很抱歉，来之前我没有准备。”我瞥见他的书架上有一瓶四玫瑰波本威士忌，“我能来点儿那个吗？”

他摘掉眼镜，没有站起来就伸出胳膊拿下酒瓶，眼睛一直盯着我。他桌上摆着几只样品玻璃杯，有些积满灰尘，他挑出一只威士忌杯，用自己的蓝方格领带擦干净。

“我这儿没冰块。”他说，把酒递给我，却没有给自己倒酒。

“不用了，”我说，猛灌了一口，“你说过，我可以成为侍者。”

他点点头。

“所以，我希望成为侍者。我非常擅长我的工作。我比其他助理侍者优秀，也比大多数侍者优秀。”

“你有天赋，所以你是我的首选。”他含糊地说，好像不知道该如何安排。我也不知道我会被安排到哪里。“泰丝，这家公司是完全透明的。你可以去看侍者的排班表，知道他们的工作情况，目前侍者的职位没有空缺。”

“好吧，”我说，喝干了我的威士忌，“也许你可以制造空缺，或者安排我到别的地方去。”

他抬起眉毛，再次打开四玫瑰的酒瓶，又给我倒了一杯，这次给自己也倒了点儿。

“我在你身上的投入相当大，我想看到你和我们共同成长。”

“我也是。老实说，我不想离开，就算我已经恶心得要死，这儿也是我的家。但我也知道，这里实际上不由你掌管，管事的是西蒙娜，而她永远不会允许我与她平起平坐。”

“这种话千万不能被店主听到。”他并没有觉得受到冒犯，反而显得很感兴趣，“你和西蒙娜……别告诉我你们的过节和某个男孩有关。”

“不是。似乎是，其实不是。只和我有关。好了，霍华德，”我说。我靠在椅背上，试探地说：“我知道你不喜欢杰克，他可能也不喜欢你，我知道你和西蒙娜是朋友什么的，但我应该成为这儿的侍者。我知道很多人正在做的事情足够让他们立刻被炒。不用说酗酒、吸毒和偷窃什么的，《工作指南》上说，如果你连续三次迟到十五分钟以上，就得被解雇，但没有人会真的因为这些事怪罪你，某些人多年以来每次都会迟到三十分钟以上。”

“泰丝！”他笑了起来，“你原来是这个目的。”

“不是的，我也知道你不会去做，开除他相当于开除两个人。但是让我告诉你，霍华德，这潭死水已经臭了。这就是事实。而且这家餐馆不再年轻，有各种难以解决的问题，比如建筑陈旧、菜式过时，是的，人们还是会来，只是因为他们怀旧。到这里吃饭，他们不会感到兴奋。现在是引入新鲜血液——那些还没有厌倦、真正关心这家店的人——让他们成为侍者的时候了，而且他们不会破坏原有的氛围、声誉和底线。”我再次喝光杯中酒，“你应该早就已经预见到了。”

“我喜欢听你说出来。”他又给我倒酒。

“你可能是唯一的办公室里摆着皮面弗洛伊德的餐厅经理了。”

“我认为这是一本指导手册。”

我沉默地扫视他的书，他也沉默。

“你有别的目标吗？成为分析师？人类学家？建筑师？”

“为什么这么问？”

“每个人都会问。你不可能主动选择这个工作，肯定是不小心干了这行。”

“那你呢。”

“我们呢。”

我们再次陷入沉默，我觉得我的时间不多了。我唯一的愿望就是向前挤。我想要一个盟友。我想要我的工作。我想伤害他们。有人敲门——米莎探进头来。

“我要走了。”她尴尬地看着我说。

“好吧。”我说。

“请等我一会儿，泰丝。”霍华德说，抻直他的领带。

他离开之后，我站起来，走到他的办公桌前，翻看桌上的文件，想找到她的笔迹。短短几天前我才发现那张休假申请表，如果我没发现它呢？不会和杰克争吵，不会夜间自虐，不会发烧，不知道真相。或许我现在还在楼下喝着普伊-富美。他们打算什么时候告诉我呢？

我听到门把手的转动声，立刻回到座位上。

“你会把米莎安排到别的地方吗？”我不确定该不该打这张牌，但已经打出去了，无法收回。

“米莎？”他毫无戒备地问，“据我所知，她满意自己现在的位置。”

“哦，我只是想起我在《工作指南》上读到过，不允许管理层和员工发生性关系，等等。我也不知道。”

“我相信规则就是这么定的。”他看了一眼办公桌上的时钟，“你介意我们暂停本次会议吗？我还需要工作几个小时。对于你的前景规划，我希望和你达成圆满的协议，甚至在未来的几个月就有所行动。”

“哦，好吧。”我觉得自己很失败，“我明天下午三点上班。”

“你可以一点到我这里来。”

“凌晨一点？”我惊呼，“好吧。”我的大脑快速转动，“我的意思是，他们可能还在收拾——”

“你可以在后门按铃，我们在另一间办公室见面，无须打扰工作人员的夜间派对。”他把软木塞塞回威士忌瓶，“我会带冰块过去的。”

“好吧。”

“好吧。”他说。他笑着按了几下电脑鼠标，示意我告退。屏保图案消失。毕竟只是交易。

即便在那时，我也已经明白公园酒吧其实并没有什么可取之处——除非你在它周边的五个街区上班，这种酒吧存活下来的原因是它们的位置，人们来这里是为了图方便，在疲惫低落的时候迅速找到歇脚的绿洲。

然而它在纽约城的酒吧中也算比较少见：既不廉价，也不讲究，好比用普通玻璃杯喝高档红酒。他们聪明地把酒吧里的每一样东西都涂成黑色——所以你永远无法知道它有多脏。进了那儿的厕所，你会立即见识到人类的行为有多恶劣，然而当你从敞开的窗户前面经过，看到人们在昏暗的灯光下低调地品酒的时候，你会羡慕他们。

我来到酒吧，里面几乎是空的，一开始我并没有看到我认识的人，还以为他们已经不去那儿了，或者是换了新地方，还没有告诉我。然后我的眼睛适应了屋里的光线，发现萨沙在夸张地朝我挤眼，我坐在他旁边，特里冲着一排酒瓶做了个手势。

“我不知道，”我对他说，“我厌倦喝酒了，你来帮我选吧。”

萨沙从口袋里掏出一样东西，塞进我手中。是一个小首饰盒。

“你觉得怎么样？”

我打开盒盖，里面是一对镶嵌蛋白石的金耳环。

“我明天把它们寄出去。给我妈妈的惊喜。看到它们，她会把月亮翻过来的。”

我关上盒子：“你想她吗？”

“是啊。她是个老傻瓜，比我还失败，但是我爱她。”

我哭起来。萨沙露出疑惑的表情。

“你还年轻着呢，小妖怪。”

“真的吗？”

“我来教教你什么是自尊，好吗？需要干什么的时候，你他妈的就去干，要是他们敢干你，你他妈的就干回去，明白？”

“相信我，我明白。”

“听着，一开始我想，这个女孩不是那么聪明，但我们把你扔进垃圾堆考验了两个星期，觉得还不错。你这个小妖怪，小傻瓜，你会成功的。我说，‘我要直接告诉她，其他人要么想上她，要么想把她当成布娃娃摆弄，但是没关系，我会直接告诉她的。’可后来你是怎么做的？”

“我没听你的。”我抹着眼泪说，“你知道他们会离开一个月吗？去法国？”

萨沙冲着我噘起嘴：“这就是我震惊的表情。”

“糟透了。”

“是的，他们糟透了。你知道吧，杰克还是小杰克的时候，西蒙娜就玩够他了。”

“等等，你说的是真的还是隐喻？”

“你管他妈的是什么意思？拜托，你都知道的。我不会说出去。我们以前经常笑话他们，杰克那时嘴比较松。你知道我是怎么说的吗？谁他妈的会关心这些狗屁？”

“杰克小的时候？”

“管他呢，谁知道真假？他们两个搅和在一起时，他还很小，西蒙娜可没有你这么甜。可你为什么这么关心以前的事儿，小饼干？那些狗屎没人知道，也没人关心，根本不重要。”

“根本不重要。”我重复道。

公园酒吧灯火通明。特里应该调暗灯光的。一切都暴露在灯下，包括我纠结的内心——总是以我熟悉的呕吐感开始。然后我怀疑萨沙在撒谎，我从来判断不出他说的话是真是假，而且他的想法往往比较悲观。我可以确定但不知如何表达的一点是：西蒙娜破坏了杰克内心里的什么东西——因此杰克对她的依恋下面总是隐藏着愤怒。一时间，我对那个金色眼睛酒保的同情达到了极点。我想，要是我早知道……然后我笑出声来：我不知道这件事也无妨，即便它是真的——根本不重要。萨沙总是一针见血。

冷漠笼罩了我，我的人生目标从来都不是变得麻木迟钝，然而冷漠让人意想不到地舒适。我们瞎扯了一阵子。好听的歌来了，然后是平淡无奇的歌。

特里来自泽西岛——好看的那一部分。威尔来自堪萨斯州。艾丽尔来自伯克利，萨沙来自莫斯科郊外。我对他们了解多少？我们偶尔会想起对方，笑着回忆我们干过的蠢事。我看到了一切，看到我们如何未能洞悉彼此的心。我责怪工作，它让你感觉所有东西都是暂时的，不可预测。我们从未来得及说出重要的话。店主说："'百分之五十一'是训练不出来的，是你的天赋。我们的工作是识别和认可它。"

行话、信条和宣言——它们不仅让客人觉得自己的钱没有白花，也让我们感觉自己是高尚和不可或缺的。他们会想念我一个星期。至多。也许我相信的最大谬论就是：我——**我们**——是不可替代的。

那天晚上，走进霍华德另一个办公室的时候，我才意识到——或者说用自己的整个身体感知到——我对整个生活的经营建立在假设大多数男人都想上我的基础上，我不仅对这条假设笃信无疑，还在怂恿它，依靠它。然而这并不意味着我理解了性的交易的本质。我只知道如何控制它——而且还是在被人穿透之前，在那之后，我就把自己的身体当成一个筛子，所有东西都从我身上通过。和杰克在一起时，我不是筛子，而是碗，无论他给我什么，我都接受。他充满我，我随之膨胀。

有人说，霍华德是个出色的情人。我不知道“出色的情人”是什么意思，但他从来不会因为自己的年龄尴尬。他没有关灯，我们喝了一杯酒，讲到一句无关紧要的话时，他把手放在我大腿上。他又说了句什么，我把腿向他滑过去，他的手继续向上。就是这样。一句话，一只手，一句话，一条腿。这些都是我们赖以平衡的轴。

他只解开他的衬衫。他的胸口覆盖着深色的体毛。他威严地把我剥光。对于我的乳房、大腿、屁股和肩膀，他的迷恋多于惊叹，这说明我只是个玩物。他花了很长时间预热我的身体，然后才让我转过身去，脸冲着这间小办公室的书架，牛仔裤褪到脚踝。詹妮丝·罗宾逊的《世界葡萄酒地图》《葡萄酒圣经》《乳品商的法兰西指南》。新鲜感毋庸置疑——他的手干净柔软，傲慢地摆弄我。我唯一的想法是：如果换个姿势，换个房间，改变一下灯光，换一天晚上，换一个人，我还是会高潮的。

结束得很快，他没有问我是否完事。直到他退出去，我才想起安全套，我不知道男人是不是应该在进入你身体之前就考虑到这个。我想起杰克在第一次之后给我紧急避孕药，我还记得他一语不发把它递给我的样子。我没有服用，因为紧接着我的月经来了。那个时候我觉得杰克很体贴、有责任心。霍华德给我一张纸巾，纸巾藏在一堆书后面。我想，为什么要把纸巾藏起来？

他们会知道的，尽管我永远不会告诉任何人，但我也熟悉餐馆里的消息传播方式。没人看见我进来，没人看见我们出去，然而某些人，不知怎么，就会知道。西蒙娜会莫名其妙地大发雷霆，无法对自己解释原因。每个人都会感知到她的情绪，在工作时避而远之。杰克会震惊，不是因为我和另外一个男人这样，而是由于我用超越他羞辱我的方式伤害了自己，羞辱了自己。他会意识到他对我的伤害有多么可怕。我本想打消一些他的气焰，但是——丢掉纸巾时，我的心皱缩起来——我已经把自己弄得面目全非，根本没有能力做到。

“我曾经也像你。”他说，拉起裤子拉链。

“哪方面像？霍华德？”

“西蒙娜刚来时喜欢讲脏段子，比如老渔夫之类的笑话，特别下流，你根本不好意思讲给别人听，我听了会脸红。她讲这些时面无表情，但是接着你会看到她的肩膀开始抽搐——因为憋着笑。”他说话的时候是看着我的，注意力却不在我身上，“我相当认真地对待她，我不理解他们两个，后来他们打败了我。”

“然后呢？”我扣好胸罩。

“嗯，我觉得受了伤害。那种感觉很难过，不是吗？弗雷德·本森出现之后，我吃尽了苦头。从她宣布要离开我们那天开始，杰克和我拥有了一个共同点。我常常想，如果我们没有赶走他会怎样？他真的只是……消失了。她从来没告诉我发生了什么。我想，如果讲出来，她可能会心软。”他摇了摇头。

“我明白了。所以，为了惩罚她，你就去上年轻的女孩？”

“不，泰丝，我上年轻女人的原因是她们的味道更好。我不需要惩罚她，她已经在这里给自己精心建造了一座牢狱，我所要做的只是不开除她而已。”

“老天。”亏得我一直以为霍华德和我们不是一路人，以为他不受阴谋诡计和鸡毛蒜皮的小事的影响。我觉得在那一刻我已经迷失了，完全迷失。

“时过境迁之后，”他说，整理着他的衬衫纽扣，把领带折叠起来塞进口袋，“我才意识到她帮了我一个大忙。我想你也会有同样的感觉。”

“你知道我不喜欢什么吗？我不喜欢人们把未来当成现在的安慰。我不知道还有什么比这样做更没有帮助。”

“你很讨人喜欢，泰丝。”霍华德坐在桌子上说。

“你这么认为吗？”我把头发掖到耳朵后面，用胳膊支撑着自己，注视着我们和办公桌之间的空地，“我觉得你很奇怪，霍华德。我一直觉得。”

“你有没有想过，也许你也很奇怪？”

我点点头。办公桌下的地毯上有个污点，我的视野模糊起来。

我曾经以为，只要我来到这个城市，就没有什么能追赶上我，因为我每天都会翻新自己的生活，这种想法一度让我觉得自己无所不能。现在，我敢肯定这是我的幻觉。不断翻新与无所事事其实没有什么不同。

我们听到脚步声，霍华德穿起外套，耸耸肩膀。我坐在椅子上，双手叠放在腿上，他打开通向走廊的门。

尼基震惊地大叫：“老天，霍华德，你差点让我他妈的——”

然后他看见了我，我们的目光相遇，我把头扭向一边，我看到他的嘴巴僵住了，显然缺少应对这种情况的心理准备。他是个纯粹的现实主义者。我看到了他的失望。我用双手挡住脸。

“有点晚了，是不是，尼基？”

“是啊，”他说。他举起一摞抹布，“正在收拾。”

“泰丝，我们明天商量出结论。你可以从后面走。”

我点点头。有什么事让成年人去操心，所以他们把我赶进夜幕之中。我不知道他们两个会交换怎样的表情，大概是男人之间的那种心照不宣，我嫉妒他们可以毫不费力地理解这个世界。

“对不起，尼基。”关门之前的那一刻，我说。

第二天早晨，树上的花被风吹落，像干燥的建筑上掉下的油漆，我站在餐馆朝向第十六街的窗前凝视公园，这是一个暴躁的大风天，树木低头弯腰，蓝天上的云四散奔逃。

“好像又下雪了一样。”我说，但没人听到我的话。窗玻璃上贴了许多小旗子，是花瓣的冲击。

我在酒窖整理货物，这慢慢变成我的专属工作，人们下来找完东西后不会清理，因为他们知道我会收拾。西蒙娜敲门进来，拿着一篮薯片和一瓶沙龙帝皇[①]特级香槟，瓶子上还结着露水。我知道我要被炒了。

“能打扰你几分钟吗？”

我放下开箱刀，用三摞箱子摆成一张桌子和两张凳子。这些箱子曾经很重，但我现在可以一次搬起两只。

“这儿看起来很棒。”

“我尽力了。”

“我想我们可以享受一下。”她说，向我晃了晃闪亮的酒标。

“的确是享受，很久没喝到这种香槟了。”

“这是一种罪过。”西蒙娜以最轻巧的动作打开酒瓶，先是分别往两只杯子里倒了一点，然后缓缓倒满，整个过程中一直看着我。

“我现在喜欢桃红酒[②]了，”我说，“邓皮耶……简直神圣。”

“佩罗家的人很了不起，我们准备到邦多勒拜访他们。”她飞

---

① Billecart，法国历史最悠久的香槟酒庄之一，创立于1818年。

② Bandol rosé，邦多勒桃红，产于法国普罗旺斯的顶级红葡萄酒。邓皮耶（Domaine Tempier）是普罗旺斯最知名的酒庄之一，主人吕西安·佩罗（Lucien Peyraud）是当地葡萄酒协会主席。

快地看了我一眼，继续说下去。这个女人无所畏惧。“如果说人也可以有风土条件的话，他们就有。大海赋予他们智慧，阳光带给他们欢乐。他们来纽约时会过来吃饭，下次我——”

“哦。”我阻止了她的谎言。没有邦多勒，没有下一次。

“我和霍华德谈过了。”

“我想你会的。”

“你要获得晋升了，当之无愧。”

“是啊。”我想说，是吗？但做不到。

她坐在我对面，我熟悉她的脸，甚于熟悉自己的脸。我曾目不转睛地端详过她。我敢肯定，没有什么——包括时间的流逝和距离的疏远——都不能破坏这种亲密。哪怕三十年之后，当我走进这家餐馆，也能从骨子里感知它的律动和奥秘，还有她的存在。

“你要到烧烤餐厅去了。”

我用了一分钟消化这条消息。我下意识抿了一口香槟，突然意识到了什么。

“对不起，干杯。”我碰碰她的杯子，然后喝光我杯里的酒。

“我肯定不会去烧烤餐厅。”

“泰丝，至少考虑——”

“哦，西蒙娜！”

我大叫，叫喊声从成排的酒瓶上弹射回来。“烧烤、汉堡和啤酒？大电视？你为什么不去？”

“那儿的侍者赚钱很多。”

我举起一只手。“闭嘴。把话说开了吧，我不去烧烤餐厅，我辞职。我会在这儿再待两星期，可我宁愿马上就走。现在，我们能好好谈点正事了吗？”

“如你所愿。”

香槟和沉默——世界上唯一可以让你休息的东西。我叹了口气，我的声音听上去有些动摇，但最终平稳下来。我又用力吸了一口气，缓缓吐出。

“很标准的深呼吸。”她说。

“闭嘴。”

她点点头，我又深呼吸了几次。

“我有点接受不了，我承认。”

“这完全正常。”

“去了那里我会很无聊。”我看着她，看着她的红嘴唇和无情的眼睛。我想，我会想念你的。

“无聊可以激发高效，对无聊的恐惧才是最有毁灭性的。”

“你就很无聊，”我说，“无聊到精神失常，所以你跟我过不去。”

她眨眨眼：“不，泰丝，我理解你为什么要这样对自己解释，不过事实没有那么简单，我也和你一样相信我们是一家人。”

我不知道她说的是整间餐馆或是我们三个人。这并不重要。我咬了一口薯片，它噼啪作响。我流出口水。裸露的灯泡以与我的心跳相同的速度颤动。

“你会没事的。”她说。她吃了一块薯片，酝酿着最后的宣言。“你不会永远在这儿的，你现在可以找一份真正的工作了。遇到真正的男朋友。过真正的生活。不要翻白眼。”

“我在考虑红酒，比如零售，贝德福德大道那儿有家店我挺喜欢。”

“是的，棒极了，你会没事的。我认识钱伯斯酒店的人，我很愿意给他们打电话。霍华德也会给你很好的参考。”

“我敢他妈的打赌，他会的。”我希望对他们每个人生气，我觉得自己被利用了，然而这些感受无法共存。“我有一些钱，我想慢慢来。”

“聪明。”她说。我们各自吃了一块薯片。“你会没事的。”

我不知道她不断重复这些话是为了我还是为了她。我在半空中看着我们俩，我们的薯片和香槟。我看到了厨房，饭厅里聚餐的桌子已经摆好。我会去更衣室，把我柜子里的杂物放在一个塑料袋里收好，免得里面有重要的东西被我扔掉。最后，当一切都变得不再重要的时候，我会丢弃它们。

薯片上掉下的盐粒钻进我的指缝，我拍拍手，它们掉下来。我听到有人在我们头顶的饭厅里推着小车走过。粉末和满足、混乱和柠檬的味道在我嘴里挥之不去。没有一丝后悔。我看着她——我不知道未来会怎样，但我明白过去已经结束——缓缓地说：“当然，我会没事的。我永远只会觉得感激。”

我记不清了，让我回忆一下：午夜时分聚集在南岸街街角的哈西德派小孩。我打盹时，罗布林街卖肉馅卷饼的男人在吆喝“肉馅卷饼、肉馅卷饼”。我和杰克在毫无特色的街区里一走就是好几个小时，他抽着烟阐述自己的观点。我们都跑到第十六街中间，看如血的残阳坠入哈德逊河。我和斯科特一起，喝着牛皮纸袋里拿出来的啤酒，在格兰德街的几处酒吧乱兜。威尔在地铁站台上教我空手道动作。我们在烤面包上摆置华丽动人的橙色海胆肉。艾丽尔和我在桥上看日出、唱歌，赶着上班的路人把我们挤到一边，我们知道他们不知道的秘密——生活并不在一条固定的轨道上运行，你无法积累什么，每个夜晚结束时，一天的时日会被擦除干净，所以，如果保持振作，就永远不会疲惫。

记得尼基曾经说过：“生活是趁你还在等待的时候降临的。”虽然这是老生常谈，但不见得不对。我的生活过于丰富，以至于我无法窥见它以外的东西。我不希望这样。真的。它会永远那么响亮吵闹、令人满足吗？我们总是渴望最狂野、最接近本源、最浓烈刺激、速度加到最大的生活——我们曾经就是这样。纵然我们已经忘记了常客，忘记了特色菜，忘记了打卡上班。

以前心情好的时候，西蒙娜曾说：“别担心，小家伙，这些都不会留下划痕。”

然而我却看到人们身上的划痕。独坐酒吧的陌生人熟门熟路地点酒，点鸡肝慕斯，和工作人员聊天。食客专注地看着盘中的菜肴，我只能用“虔诚”形容他们的目光。从他们身上，我看到了自己：划痕和伤疤。不，我不会永远等待，可是在这方面，我们永远都是生活的囚徒。

那些花已经枯萎了。

每天早晨五点我都在痛苦挣扎。

这家伙已经有女朋友了。

上帝，他们应该在这儿做一个真人秀节目。

我什么时候能停止感动？

原来，炼狱的折磨有一百万种。

我什么时候能接受教训？

是啊，斯科特辞职了——主厨脸都青了。

她刚从后面出来。

可是，爱情故事是没有情节的。

大概是布什维克的比萨店。

好吧，风格战胜了内容。

30号桌需要关注。

这就是城里发生的事。

不要太多愁善感，那一个。

李子是真实的。

纽约完善了它。

可蛋糕是虚幻的。

不必刻意养成愤世嫉俗的习惯，它会自然开花结果。

我的意思是，相比之下，斯大林像个天使。

但她为什么会带来栀子花？

我吸了大麻。

35号桌没救了。

拿走它们。

这太罕见，即使对我而言。

当你开始赌博，你就知道迟早要输。

累死我了，要双份的。

她想干吗？

刚刚够用。

我猜你不得不去。

他妈的三圈。

在星期二。

上帝啊，我们发了一宿的酒疯。

致　谢

我的感激之情无穷无尽。

感谢克劳迪娅·赫尔

感谢梅尔·弗莱希曼

感谢彼得·盖泽斯

除了更加努力地工作，我不知道如何才能配得上大家给予我的重视、帮助和时间。谢谢你们。

感谢罗宾·德瑟、桑尼·梅塔和保罗·博加斯。感谢卡罗尔·卡森、奥利弗·曼迪和卡桑德拉·帕帕斯。感谢克里斯汀·吉莱斯皮、莎拉·伊戈尔、艾林·麦格拉思和乔丹·罗德曼。感谢凯瑟琳·豪里根、丽塔·麦德里格、莉迪亚·比希勒和克诺夫出版集团的出色团队。

感谢莎拉·布什、西尔维·罗素科夫、梅雷迪思·米勒、劳伦·帕维尔曼和三叉戟出版公司的每个人。

感谢麦克道威尔·克罗尼、博得克里夫·克罗尼，感谢斯普伦赛顿旅馆的凯西和史蒂芬为我提供的时间和空间。

感谢海伦·舒尔曼和乔纳森·迪伊。

感谢摩尼·道斯帮助我取得了餐饮业的博士学位，感谢希瑟·贝尔茨和迈克尔·帕萨拉奎亚。感谢蒂亚。

感谢乔迪·威廉姆斯、卡里尼·海耶斯，感谢“比韦特”餐厅的亲爱的们。

感谢DHM和南加州大学的每个人。

感谢帕姆。

感谢克里斯蒂娜。

感谢AGH。

感谢卡尔。

感谢布拉德利。

感谢我不知疲倦的读者和支持者：玛歌·韦斯曼、艾米丽·赛门蒂纳、摩根·派尔、玛丽安·麦基、韦弗利·赫伯特，马里亚纳·佩拉加罗、伊莱·贝利、T. J. 斯蒂尔、戴夫·彼得森，亚历杭德罗·德卡斯特罗、卢和弗朗西斯卡、凯文·拉格、温迪·戈德马克、丹尼斯·坎波诺和南希·费雷罗。

感谢读过每版草稿的每句话的SJD，谢谢你说出了我唯一需要听到的那句评论：这很好，继续写下去。

扫二维码，关注卖书狂魔熊猫君，

并回复“甜苦”，

了解更多《你要像喜欢甜一样喜欢苦》故事背后的秘密。

图书在版编目（CIP）数据

你要像喜欢甜一样喜欢苦 / (美) 斯蒂芬妮・丹勒 (Stephanie Danler) 著 ; 孙璐译. -- 南京 : 江苏凤凰文艺出版社，2016

书名原文：SWEETBITTER

ISBN 978-7-5399-9614-1

Ⅰ. ①你… Ⅱ. ①斯… ②孙… Ⅲ. ①长篇小说—美国—现代 Ⅳ. ①I712.45

中国版本图书馆CIP数据核字（2016）第207676号

图字：10-2016-383号

书　　名　你要像喜欢甜一样喜欢苦

著　　者　（美）斯蒂芬妮・丹勒
译　　者　孙　璐
责任编辑　丁小卉　姚　丽
特约编辑　读客周奥扬　读客朱亦红
责任监制　刘　巍　江伟明
策　　划　读客图书
版　　权　读客图书
封面设计　读客图书　021-33608311
出版发行　凤凰出版传媒股份有限公司
　　　　　江苏凤凰文艺出版社
出版社地址　南京市中央路165号，邮编：210009
出版社网址　http://www.jswenyi.com
经　　销　凤凰出版传媒股份有限公司
印　　刷　三河市龙大印装有限公司
开　　本　890mm x 1270mm　1/32
印　　张　11.25
字　　数　261千
版　　次　2017年1月第1版　2017年4月第3次印刷
标准书号　ISBN 978-7-5399-9614-1
定　　价　42.00元

如有印刷、装订质量问题，请致电010-85866447（免费更换，邮寄到付）
